BMS

Curd Nickel

Auge um Auge

Thriller

SWB
Verlag

Umwelthinweis:
Dieses Buch wurde auf chlor- und
säurefreiem Papier gedruckt

1. Auflage 2011

Lektorat und Korrektorat: Maria Konstantinidou, Stuttgart

Titelfoto: Valentin Agapov/www.shutterstock.de
Titelgestaltung: Sig Mayhew/www.mayhew-edition.de

Satz: Julia Karl / www.juka-satzschmie.de

Druck und Verarbeitung: E. Kurz + Co., Druck und
Medientechnik GmbH, Stuttgart www.e-kurz.de
Printed in Germany
ISBN: 978-3-942661-73-7

www.swb-verlag.de

I.

Es war schon recht spät, als Gerhard Berger seinen Dienst in der Forensik der Station 29c antrat.

„Musst du immer auf die letzte Minute kommen?“, fragte sein Kollege Franz Aymanns ein wenig verärgert.

„Tut mir leid, Franz“, antwortete Berger etwas außer Atem. Er war die Treppe zur Station regelrecht hinaufgehetzt. „Aber ich musste noch die Kinder von der Schule abholen. Sabine hatte mich angerufen, dass es in der Kanzlei heute länger wird. Irgend so ein Erbschaftsstreit mit Körperverletzung und was weiß ich …“

„… Und was weißt du“, höhnte Aymanns. „Wegen dir kann ich schon wieder länger machen!“

„Das sind doch nur ein paar Minuten. Ich mache das schon wieder gut, das verspreche ich dir. Außerdem kannst du ja jetzt abhauen!“

Aymanns lächelte bitter: „Von wegen! Wenn du wüsstest, was hier in den vergangenen Stunden los war. Uns hat man wieder ein richtiges ‚Schätzchen‘ untergejubelt. Schon der Zweite, der auf keinen Fall hierher gehört!“

Bergers Augen weiteten sich: „Doch nicht schon wieder so einer wie der Bartsch …?!“

„Doch, genau so ein brutaler Vergewaltiger und Mörder wie Bartsch! Egon Schieber heißt er. Der hat die Menschen bei lebendigem Leib gehäutet, während er sie vergewaltigte. Genau wie bei Bartsch dürfen wir auch seine Zelle nur zu dritt betreten!“

„Dafür sind wir personell und technisch doch gar nicht eingerichtet“, rief Berger empört aus. „Der gehört, genauso wie der Bartsch, in einen Hochsicherheitstrakt mit Videoüberwachung!“

„Das solltest du mal unserem lieben Schullenberg sagen. Der hat ihn sich schließlich andrehen lassen!“ Die Verbitterung in Aymanns Gesicht war unübersehbar. So war es denn auch allzu erklärlich, dass ihn das Zuspätkommen Bergers zusätzlich verärgerte.

Dieser legte ihm freundschaftlich den Arm auf die Schulter: „Du kannst dir sicher sein, Franz, den Burschen kauf ich mir!“

„Und wie …? Unser Stationsleiter sieht hier für sich eine Chance, Abteilungsleiter zu werden! Der tut doch alles, um der Pflegedienstleitung zu gefallen!“

„Aber *so* nicht! Unser Job ist eh schon gefährlich genug. Dass er jetzt auch noch lebensgefährlich werden soll, das sehe ich nicht ein!“

„Dann musst du dir nicht Schullenberg kaufen, sondern gleich nach ‚vorne‘ gehen. All jene, die mal selbst an der Basis gekämpft und sich dann irgendwann mal nach oben geschleimt haben, verlieren schnell den Blick für das Reale, sobald sie ein eigenes Büro haben. Wenn sie dann die Arbeit einteilen, statt sie auszuführen, sind sie plötzlich auf einer anderen Ebene. Was meinst du, warum zum Beispiel die Pöstchen beim Personalrat so begehrt sind? Je weiter du dich vom Kranken oder Behinderten entfernst, umso weniger Stress hast du, wirst besser honoriert und bekommst eine angesehenere Position. Für diese Perspektive tun einige einfach alles!“

Berger gab seinem Kollegen einen Klaps: „Komm, zeig mir mal den Neuen!“

„Aber ich schreib mir für heute eine Überstunde auf, darauf kannst du dich verlassen!“

Jene Forensische Abteilung war ursprünglich als intensiv-therapeutische Station gedacht. Die hier betreuten Patienten waren allesamt nach § 63 StGB untergebracht. Mit Hinblick auf die Schuldunfähigkeit oder verminderte Schuldfähigkeit ihrer begangenen Straftaten, wurde versucht unter psychologischer Betreuung zu analysieren und entsprechende Therapiekonzepte zu entwickeln. Gemäß der Prognosen für den Einzelnen, wurden die Klienten dann zu den vorgesehenen Fachabteilungen verlegt, wo sie dann entweder, bei schlechter Prognose, verwahrt oder aber individuell therapiert wurden.

Die Unterbringung auf dieser Station geschah in der Regel in Doppelzimmern und gemeinsamen Aufenthaltsräumen. Nur für besonders undurchsichtige Fälle gab es einen Seitentrakt mit zwei vergitterten Zellen, ausgestattet mit Mobiliar und sanitären Einrichtungen aus unverwüstlichem Stahl, die an der Wand

oder dem Boden festgeschraubt waren. Es war jedoch nie angedacht gewesen, dass Patienten hier untergebracht wurden, die die denkbar abscheulichsten Verbrechen begangen hatten. Für diese Fälle gab es andere Abteilungen in dieser Einrichtung. Dementsprechend war auch die momentane Stimmung unter den Kollegen dieser Station, die sich nun nach dem weiteren Zugang eines besonders schweren Falles in Richtung Revolte aufschaukelte. Die Empörung in den Gesichtern war nicht zu übersehen.

Egon Schieber hockte mit angezogenen Knien auf seinem Bett und lehnte sich grinsend an die Wand, als Berger und Aymanns an den Gittern seiner Zelle erschienen. Schon auf den ersten Blick sah Berger, dass dieser Mann noch viel weniger hierher gehörte, als sein Zellennachbar Bartsch. Neben einem ausgeprägten Buckel und einem Gesicht, an dem überhaupt nichts ebenmäßig erschien, schien er noch einen leichten Schiefhals zu haben, denn sein Kopf war abnorm zur Seite gelehnt.

„Was sollen wir denn *damit*“, meinte Berger entsetzt. „Der ist doch erheblich geistig behindert! Was will man an dem denn therapieren?“

„Das fragen wir uns hier alle! Und wenn du dann auch noch hörst, wie bestialisch er seine Opfer zugerichtet hat, dann läuft dir das kalte Grausen den Rücken hinunter. Und das sind erst mal nur ein paar Vorinformationen, die wir haben. Das komplette Krankenblatt wird noch nachgereicht.“

„Weiß unsere Obrigkeit denn überhaupt, wen man hier aufgenommen hat?“

„Er soll angeblich der Sohn eines bekannten Bonzen aus der Wirtschaft sein.“

„Und wenn schon! Dieser arme Kerl kann mit Sicherheit nichts dafür, dass er behindert ist. Man sollte bei ihm eher eine Förderung als eine Therapie in Betracht ziehen.“ Dabei trat Berger an das Gitter der Zelle heran.

„Ich wäre an deiner Stelle etwas vorsichtiger, Gerd“, meinte Aymanns warnend, „denn dieser arme Kerl kann ...“

Wie ein Wiesel sprang Egon Schieber plötzlich von seinem Bett auf und schnellte zum Gitter. Wie ein Schraubstock umfasste er durch das Gitter Bergers Handgelenk und zog ihn an sich. Mit Wucht knallte dabei Bergers Gesicht gegen die Stäbe. Instinktiv zog er mit der Hilfe von Aymanns seinen Arm zurück. Tief durchatmend schauten dann beide auf die Hand des Betreuers, die von tiefen Kratzspuren durchsetzt war und etwas blutete.

„Mein Gott ...“, stammelte Berger, „das darf doch nicht wahr sein!“

Dann sah er langsam zu dem Gesicht des grinsenden Schieber auf, dessen Augen den blanken Wahnsinn spiegelten. Ein Wahnsinn, der schauerlicher nicht sein konnte.

„Kaputt machen“, geiferte dieser. „Mach dich kaputt!“

Entsetzt blickte Berger den Mann an. Mit einer derart aufsässigen Handlungsweise des Patienten hatte er überhaupt nicht gerechnet.

„Zeig mal her“, meinte Aymanns und schaute sich Bergers Hand an.

„Der ist ja brandgefährlich“, schnaufte Berger weiter. „Der gehört in die Fixierung!“

„Ist nur oberflächlich“, fuhr Aymanns nach Betrachten des Handgelenks fort. „Kannst leider keine Krankmeldung draus machen.“ Dann wandte er sich zu Schieber: „Hast du gehört, was der Kollege da sagte? Schon mal in der Fixe gelegen ...?“

„Ich mach euch kalt, wenn ihr kommt“, kam die schaurige Antwort. Eine Antwort mit der Stimme eines Monsters, schnaufend und hechelnd.

„Ich denke, dass wir dich jetzt erst mal ins Land der Träume schicken“, entgegnete Aymanns kalt. Dabei schaute er Schieber fest ins Gesicht. „Aber das mit der dicken, fetten Spritze in deinen Arsch, das können die Kollegen besorgen, ich hab schon längst Feierabend!“ Bei dem letzten Teil des Satzes hatte er sich Berger zugewandt.

„Von wegen“, hallte eine Stimme von der Seite her. Es war Dieter Ermers, ein Kollege der beiden.

„Wie, von wegen …?“ Aymanns war sichtlich irritiert.

„Notfall-Teamgespräch, soeben von Schullenberg angesetzt“, entgegnete Ermers beinahe geheimnisvoll. „Alle haben zu erscheinen. Auch die, die freihaben. Es werden auch die zu Hause angerufen, die Nachtwache haben!“

„Dann kann es sich nur um die beiden neuen ‚Schätzchen‘ hier handeln.“

„Richtig, um was sonst …?!“

Makaber grinsend wandte sich Aymanns zu Schieber: „Vielleicht werden wir dich ja eher los, als wir zu hoffen wagten. Mir sollte es recht sein!“

„Kalt mach ich euch, kalt …“, hauchte dieser.

***

„Sie können sich ja wohl denken, warum ich Sie alle herberufen habe“, eröffnete Frau Dr. Ilse Kleine das Teamgespräch.

Es mochten wohl über zwanzig Leute in dem kleinen überfüllten Raum zugegen sein. Viele von ihnen waren regelrecht verärgert, da sie in ihrer Freizeit erscheinen mussten. Am meisten Unmut zeigten jedoch jene, die Nachtdienst hatten und teilweise aus ihrem Tiefschlaf geweckt wurden.

„Ich frage mich, ob das so auf diese Art nötig war“, erscholl die Stimme von Alan Steinbrink aus dem murmelnden Hintergrund. „Während Sie heute Abend gemütlich im Fernsehsessel hocken, muss ich wieder los zur Wache!“

„Dies ist eine Ausnahmesituation, die zum ersten Mal stattfindet“, konterte die leitende Klinikärztin. „Da wir alle einen verantwortungsvollen Job haben, setze ich voraus, dass hierfür jeder Verständnis aufbringt!“

„Hat man denn auch Verständnis, wenn ich heute Nacht im Dienst einschlafe? Ich denke nicht!“

„Nun hören Sie schon auf zu jammern, Herr Steinbrink! Ich denke, so manch anderer wäre froh, wenn er Ihren Job hätte“, rief Dr. Kleine erbost. „Wir sollten jetzt lieber zur Sache kommen, anstatt herumzuflennen!“

Das saß. Sofort herrschte Totenstille. Keiner wagte mehr aufzumucken.

„Es ist nun mal so“, fuhr die Ärztin bestärkt fort, „dass auf der Station 29a umfangreiche Renovierungsarbeiten stattfinden. Insofern blieb uns gar nichts anderes übrig, als die Patienten Bartsch und Schieber befristet auf Ihrer Station unterzubringen. Sobald die Arbeiten halbwegs abgeschlossen sind, werden die beiden umgehend nach 29a verlegt.“

„Mussten es denn gleich die Schlimmsten und Gefährlichsten sein ...“, kam eine Stimme aus dem Hintergrund.

„Sie sind momentan die Einzigen, die einen abgelegenen Flur mit zwei separaten Zellen haben. Auf 29a ist dort momentan nur Bauschutt.“

„Aber personell ..., so kann es doch nicht bleiben“, wandte Berger ein. „Schauen Sie mal her“, dabei hielt er sein zerkratztes Handgelenk hoch. „Ohne jeglichen Grund oder Vorwarnung ist der Schieber auf mich losgegangen! Vielleicht sollten Sie, das leitende Personal, uns allen selbst kurz vormachen, wie man sich ihm nähern soll. Ich denke, wir würden gern von Ihnen lernen!“

Verhaltenes Gelächter erscholl in der Runde.

„Herr Schullenberg wird den Dienstplan umgestalten“, entgegnete Dr. Kleine, ohne auf die Provokation Bergers einzugehen. „Es werden kurzzeitig drei Planstellen von 29a hierher übertragen. Dabei ist auch eine zusätzliche Nachtwache eingeplant. Und sobald eine der Zellen betreten werden muss, kann sofort Personal sowohl von 29a als auch 29b angefordert werden. Auch beim schlimmsten Notfall ist es verboten, die Zellen mit weniger als drei Personen zu betreten. Und die Personen sollten männlich sein. Ich glaube, das versteht sich von selbst.“

„Das Problem ist“, wagte sich Berger erneut einzuwerfen, „dass der Schieber niemanden an sich heranzulassen scheint. Wie sollen wir da vorgehen?“

Die Ärztin schien auf diese Frage etwas ratlos. „Hat da jemand von Ihnen einen Vorschlag?“, kam die ehrliche Frage. „Es sind doch hier sicherlich Kollegen mit jahrzehntelanger Erfahrung anwesend ...?“

„Vielleicht ein Blasrohr“, rief jemand von der Seite her.

Schallendes Gelächter.

„Ich meine das ohne Flachs“, fuhr dieser fort. „Was sollen wir denn machen, wenn man an dieses Monster nicht herankommt?“

„Das Wort ‚Monster‘ habe ich überhört“, tadelte Kleine. „Seien Sie froh, dass Sie gesund zur Welt gekommen sind. Ich bin überzeugt, dass dieser Mann selbst lieber normal wäre, als so, wie er jetzt ist!“

„’Tschuldigung, Frau Doktor. Aber ich denke da an die Tiermedizin. Einem Löwen oder Gorilla kommt man da mit einem Betäubungsgewehr oder Blasrohr bei. Hört sich zwar brutal an und ich mag gar nicht daran denken, was wäre, wenn das jemand von draußen hört …“, dabei zuckte der Mann mit den Schultern, „aber was sollen wir denn sonst machen …?“

Dr. Kleine dachte einen Moment nach. Dann nickte sie und seufzte dabei tief: „Es dürfte wirklich niemand von draußen hören, was wir hier reden. Aber als allerletzte Option …“ Dann wandte sie sich an ihre Kollegin Dr. Weilinghoff: „Setzen Sie sich mit einer Tierklinik in Verbindung und erkundigen Sie sich nach derartigen Methoden. Oder besser Sie fragen, ob jemand von denen uns mal besuchen kann.“

Weilinghoff nickte: „Ich schau erst mal, was ich so in den gelben Seiten über Tierkliniken finde.“

„Aber gehen Sie behutsam vor, wenn Sie den Fall erklären. Ich möchte nicht, dass wir schon morgen in den Zeitungen stehen. Und Sie“, dabei wandte sich Kleine an Schullenberg, „ändern sofort den Dienstplan, damit wir schon mal für die nächsten Tage abgedeckt sind. Denken Sie, dass Sie es in wenigen Minuten schaffen, bevor wir die Runde gleich auflösen?“

Der Stationsleiter schoss wie von der Sehne geschnellt hoch: „Aber selbstverständlich, Frau Doktor!“

„Schleimscheißer“, presste Aymanns leise hervor. Es konnten nur die unmittelbar Danebenstehenden vernehmen und diese pflichteten ihm bei, denn das Gemurmel um ihn drückte verhaltene Zustimmung aus.

„Eine Frage noch", traute sich Gerhard Berger mit fester Stimme zu fragen.

„Ja ...?" Dr. Kleine hatte angenommen, die Runde sei somit beendet.

„Ich denke, es wäre nicht schlecht, etwas mehr Hintergrundwissen über Bartsch und Schieber zu haben. Wer sind sie, was haben sie gemacht und was hat man mit ihnen vor?"

Murmelnde Zustimmung erhallte den Raum.

Eine Zeit lang schaute Dr. Kleine nachdenklich in die Runde. Schließlich antwortete sie: „Also gut, wenn Sie es unbedingt detailliert wissen wollen: Über Bartsch, der ja schon einige Tage hier ist, dürfte eigentlich so ziemlich alles bekannt sein. Hochintelligent, ehemals Ingenieur, nach Schädel-Hirn-Trauma durch einen Unfall wesensverändert. Daraufhin unkontrolliert aggressiv und sexuell abartig. Aus einem ehrlichen und rechtschaffenen Mann ist eine Bestie geworden, der es völlig egal ist, ob sie einen Mann oder eine Frau vor sich hat. Er missbraucht seine Klientel auf gräulichste Art und ergötzt sich anschließend daran diese noch barbarischer zu ermorden. Ähnlich oder noch extremer ist es bei Schieber. Er ..."

„Stimmt es, dass seine Eltern prominent sind?", warf jemand von hinten ein.

„Darauf wollte ich gerade kommen. Ich möchte Sie alle nochmals daran erinnern, dass Sie der absoluten Schweigepflicht unterliegen. Sein Vater ist ein äußerst einflussreicher Politiker. Es ist selbstverständlich, dass ich den Namen dieses Mannes nicht nennen werde. Ich bin die Einzige hier in der Klinik, die ihn weiß, und werde auch die Einzige bleiben. Schiebers Verhalten war noch vor wenigen Wochen mit dem von Bartsch gleichzusetzen."

„War?", kam die ungläubige Frage aus der Runde.

„Richtig. Jene, die ihn bisher gesehen haben, werden festgestellt haben, dass bei ihm eine schwere geistige Behinderung vorliegt. Er war bislang im nahen Ausland untergebracht. Es mochte wohl aus Scham der Eltern so gewesen sein. Jedenfalls hat man dort versucht, seine Aggressionen und Abartigkeiten durch

eine sogenannte Lobotomie zu behandeln. Das ist eine Durchtrennung gewisser Hirnbereiche, was seinerzeit im Dritten Reich praktiziert wurde und jetzt hier bei uns strengstens verboten ist."

„Das wird jetzt ja richtig spannend", raunte Aymanns leise Berger zu.

„Still", presste dieser zurück. Er selbst war von der Dramatik der Geschichte fast atemlos.

„Die ganze Prozedur ist leider völlig in die Hose gegangen. Aus dem gefährlichen Ungeheuer ist ein noch gefährlicheres geworden. Man mag mir das Vokabular verzeihen", dabei blickte sie zu jenem Mann hinüber, den sie noch soeben kritisiert hatte, „aber mir fällt nichts Passenderes ein. Noch nie in meiner langjährigen Praxis ist mir ein Mensch mit einem derartigen Aggressionspotenzial untergekommen."

„Wieso ist er nicht im Ausland geblieben, dann wäre das Problem jedenfalls für uns hier gelöst gewesen?", kam die Zwischenfrage.

„Da fragen Sie mich was! Es hat auf jeden Fall einen politischen Hintergrund, davon bin ich überzeugt."

„Und wir armen Säcke bleiben jetzt drauf sitzen und können schauen, was wir machen", meinte ein anderer bitter.

„Da haben Sie leider recht."

„Und wie soll es nun mit ihm weitergehen, was hat man vor?", kam die nächste interessierte Frage. In dem Raum herrschte mittlerweile eine Anspannung, die von massiver Wissbegierde geprägt war.

Dr. Kleine seufzte laut: „Wenn ich das wüsste ... Jedenfalls sollten wir medikamentös versuchen, was möglich ist."

„Wird man das nicht schon andernorts versucht haben?"

Dr. Kleine konnte sich ein makabres Grinsen nicht verkneifen. Sie seufzte bitter, als sie antwortete: „Möglicherweise ist die Idee mit dem Blasrohr gerade darum nicht die schlechteste ..."

II.

Sonntagmorgen. Es schien ein wunderschöner Frühsommertag zu werden. Gerhard Berger hatte heute seinen freien Wochenendtag. Einen Tag am Wochenende musste er in der Regel immer arbeiten, bei Personalengpässen oder Urlaubszeit auch das gesamte hindurch.

Und so saß er auf der Terrasse in seinem kleinen Garten hinter dem Haus und schaute seiner Sabine zu, wie sie den Frühstückstisch deckte. Die grazilen Bewegungsabläufe seiner wunderschönen und herrlich gewachsenen Frau faszinierten ihn immer wieder aufs Neue. Vom Fleiß, von der Liebenswürdigkeit her, er hätte es nicht besser treffen können, als diese Frau seinen Schatz nennen zu dürfen.

Dann wandte sich sein Blick den Kindern zu, die einvernehmlich im von ihm selbst gebauten Sandkasten saßen und friedlich miteinander spielten. Es war schön, dass Marcus, zehn, und Ronja, acht, so ziemlich in einem Alter waren. Das war damals bei der Familienplanung so gewollt und hatte dann auch geklappt.

„Soll ich dir mal etwas sagen, mein Schatz?“, sagte er gedankenversonnen zu seiner Frau, die neben ihm mit dem Geschirr hantierte, ohne den Blick von den Kindern zu wenden.

„Nun …?“

„Ich bin glücklich.“

„Ach, ja …?“, schmunzelte Sabine.

„Glücklich, dass ich dich habe, glücklich, dass wir unsere süßen Kinder haben, glücklich, dass wir unser eigenes Häuschen haben, glücklich, dass …“

„Wie bist du denn drauf?“, lachte Sabine und setzte sich auf seinen Schoß.

„Es ist halt so. Einfach nur so, heute scheint in meinem Gefühlsleben einfach alles zu passen.“

„Gibt es dafür einen bestimmten Grund?“

Berger betrachtete die üppige Oberweite seiner Frau, die sich vor seinen Augen präsentierte. Dann schaute er zu Sabine auf: „Ich glaube, gerade ist noch ein weiterer hinzugekommen.“

„Den kann ich mir denken", tadelte Sabine lachend. „Ihr Männer seid da wohl alle gleich gestrickt."

„Die Arterhaltung ist der Sinn unseres Daseins", philosophierte Berger und knuddelte mit seinem Gesicht die Brüste seiner Frau. Gleichzeitig merkte er, wie sich im vorderen Bereich seiner Hose der Stoff spannte. Dabei knurrte er los, wie ein Tier, dessen Gattung noch nicht erforscht war.

„Hör auf, Gerd", presste Sabine hervor, obwohl sie es schön fand. „Die Kinder ...!"

„Na und ...? Ich habe nichts zu verbergen!"

„Gerd ...", presste Sabine lachend hervor.

„Mama, was macht ihr da?", meinte Ronja, die mit ihrem Bruder vor ihnen stand.

„Ich hab die Mama nur sehr lieb", lachte Berger, „genauso lieb, wie wir euch haben."

„Wenn das stimmt", meinte die piepsige Stimme Ronjas, „dann können wir heute ja fahren."

„Fahren, wohin ...?" Berger konnte im Moment nicht zuordnen, was seine Tochter meinte.

„Na, zum Phantasia-Land", warf Marcus ein. „Du hast gesagt, wenn du wieder einen freien Tag hast, werden wir alle dort hinfahren."

„Moment, Moment, Kinder", meinte Berger abwiegelnd, während Sabine sich von seinem Schoß erhob. „Ich sagte aber nicht, den *nächsten* freien Tag."

„Aber Papa", quengelte Ronja, „ich habe mich schon so darauf gefreut!"

„Kinder", sagte Berger, als wollte er einen Vortrag halten, „wir werden dort hinfahren, aber nicht heute!"

„Warum eigentlich nicht?", meinte Sabine und setzte sich erneut auf seinen Schoß. Dabei kraulte sie ihrem Mann den Nacken. Sie wusste nur zu gut, dass sie damit erreichen konnte, was sie wollte. „Eigentlich haben wir doch für heute noch nichts Aktuelles auf dem Schirm."

„Außer deine gemeinen Tricks", lachte Berger, der das Nackenkraulen sichtlich genoss.

„Schatz, ich meine es ernst."

„Papa ...", quengelten nun beide Kinder gleichzeitig. Sie wussten, dass sie ihr Ziel so gut wie erreicht hatten.

Berger seufzte laut auf: „Also gut, nach dem Frühstück starten wir. Mama wird uns noch ein paar dicke Schnitten zum Mitnehmen schmieren, der Tag wird für uns teuer genug!"

Ein glücklicher Haufen Menschen knuddelte und umarmte sich.

III.

Josef Schurecke war ein 55-jähriger, sehr einflussreicher Wirtschaftsmanager. Als Aufsichtsratsvorsitzender einer großen Mineralölgesellschaft hatte er die Macht über Milliarden von Dollars und anderen Währungen. Im Grunde gab es nichts, was er sich nicht kaufen, und schon gar nichts, was er durch seine Macht nicht erreichen konnte. Mit einer Ausnahme: Zufriedenheit. Nicht die Zufriedenheit, die Vermögen und Reichtum ausmacht, sondern die Zufriedenheit eine heile Familie zu haben, in der alles im Einklang liegt. Ein Einklang, den man sich eben nicht erkaufen konnte.

Es war Paul, der diesen Einklang störte, sein Sohn Paul Schurecke. Dieser sein Sohn, sein eigenes Fleisch und Blut hatte eine Vorliebe, die ihm nicht nur peinlich war, sondern für die er sich abgrundtief schämte. Derart schämte, dass er sich im Innersten wünschte, dass es diesen Jungen niemals gegeben hätte. Es war nicht die Liebe, die die Grundlage zum eigenen Sohn prägte, sondern ein regelrechter Vaterhass.

„Nur mein Einfluss hat dich bisher vor dem Knast bewahrt“, schrie Josef Schurecke seinen Sohn an. „Ohne mich säßest du jetzt unter Kriminellen oder besser: deinesgleichen – und könntest Tüten kleben!“

Josef Schurecke war derart erregt, dass seine Frau Elvira befürchtete, sein tief geröteter Kopf würde platzen. Mit Sorge legte sie ihrem Mann den Arm auf die Schulter.

„Josef, denke an dein Herz“, sagte sie sanft.

„Mein Herz, mein Herz ..., das ist unserem Bengel doch scheißegal“, regte sich Schurecke erneut auf. „Anstatt mit 26 Jahren anständig zu arbeiten, lebt der Herr im puren Luxus und schmeißt mit dem Geld um sich! Wenn er wenigsten ein paar Miezen damit aufreißen würde! Aber nein, er schleicht um Spielplätze, Schulen und Kindergärten herum und betätschelt kleine Kinder! Was ist nur in dich gefahren, dass du so abartig veranlagt bist?!“

„Ich weiß es selbst nicht, Vater“, antwortete sein Sohn ehrlich. „Glaub mir, es ist mir selbst unangenehm, dass es so mit mir ist.

Aber wenn ich diese kleinen Geschöpfe vor mir habe, ihre zarte Haut, der Geruch der Kindlichkeit, das erregt mich immens."

Schurecke schnaufte wie ein Stier vor Wut und fasste seinen Sohn an den Kragen: „Du perverses Schwein wagst es, mir das so ins Gesicht zu sagen?!"

„Josef", rief seine Frau und zerrte ihn am Arm. „Es ist immer noch unser Sohn!"

„Unser Sohn …? Eine missratene Missgeburt ist das, die uns Schimpf und Schande bereitet!"

Schurecke ließ seinen Sohn los und hielt sich das Herz. Er hatte zwar bisher nur Vorboten eines Herzinfarktes gehabt, aber jetzt spürte er, dass sich etwas ankündigen würde, wenn er nicht aufhörte.

„Siehst du, das hast du jetzt davon", kam die Rüge Elviras beinahe triumphierend.

Schurecke atmete tief durch und zwang sich zur Ruhe, als er im bedrohlichsten Ton, der ihm möglich war, zu seinem Sohn sagte: „Du weißt noch, welche Auflagen du gestern vom Richter bekommen hast?"

„Ja, Vater." Im Grunde verstand Paul Schurecke seinen Vater ja. Ihm selbst war völlig klar, dass seine abartigen Vorlieben mit Gesetz und Moral nicht vereinbar waren. Aber er hatte sie nun mal, was sollte er machen?"

„Du rufst jetzt auf der Stelle die Therapeutin an und machst noch für heute einen Termin! Ist das klar …?"

„Das verspreche ich dir, Vater. Ich hoffe nur, dass es noch heute klappt."

„Wenn du genug Geld hast, dann klappt alles! Wenn du genug hinblätterst, holen sie dich auch noch ab und tragen dich dort hin!" Schurecke hatte sich mittlerweile etwas beruhigt. Zwar mochte er es nicht glauben, aber vielleicht tat sich ja wirklich etwas bei seinem Sohn …

***

„Ich freue mich sehr, Sie kennenzulernen“, begrüßte Diplom-Psychologin Rita Matain ihren neuen Klienten.

„Ganz meinerseits“, stammelte Paul Schurecke, als er die Räumlichkeiten betrat.

„Waren Sie schon einmal in psychotherapeutischer Behandlung?“

„Nö, warum ...?“

Die Psychologin zog die Augenbrauen zusammen: „Sie wissen doch selbst, warum Sie hier sind?“

„Na ja, schon. War wohl ’ne blöde Antwort. Deswegen noch nicht, wenn Sie das meinen.“

„Genau das meine ich. Wir reden hier offen und ehrlich, nicht um den Brei herum. Sonst macht das alles hier keinen Sinn. Seit wann etwa haben Sie diese pädophilen Triebe?“

„Nun ja“, stammelte Schurecke. Ihm fiel diese direkte Offenheit schwer. Er war Derartiges nicht gewohnt. „Seit ungefähr ein paar Jahren.“

„Etwas präziser bitte.“

„Vielleicht auch schon früher. So mit dreizehn, vierzehn vielleicht. Da fühlte ich mich immer den erheblich Jüngeren hingezogen.“

„Also mit der pubertären Phase beginnend.“

„Mag sein, dass es so war.“ Am liebsten hätte sich Schurecke schnellstens aus dem Staub gemacht. Den ganzen Vorgang empfand er als unangenehm.

„Ich möchte Ihnen erst einmal einiges zur Therapie sagen“, meinte die Psychologin, nachdem sie Platz genommen hatten. „Wir praktizieren hier die klientenzentrierte Gesprächsführung nach Rogers. Sagt Ihnen das was?“

„Eigentlich nicht“, zuckte Schurecke mit den Schultern.

„Die Absicht liegt darin, dass der Klient im Gespräch selbst nach Lösungsmöglichkeiten für sein Fehlverhalten sucht. Können Sie mir folgen?“

„Nicht so richtig ...“

„Wenn Ihr Innerstes begriffen hat, wie abnorm Ihr Tun ist, dann lehnt es sich dagegen auf und versucht selbst dem entge-

genzuwirken. Dabei werde ich Sie im Gespräch begleiten, aber nicht lenken. Sie selbst geben die Richtung vor und lenken das Gesprächsschiff."

„Wenn Sie das sagen, wird es wohl Sinn machen." Im Grunde verstand Schurecke überhaupt nichts. Er hielt sein Gegenüber schlichtweg für plemplem und dabei spiegelte sich für ihn exakt die Vorstellung, die man wohl allgemein von Psychologen hatte. Er spürte, wie sich in ihm so etwas wie eine innere Abwehrhaltung aufbaute, ob er wollte oder nicht.

„Und Sie werden sehen, in der Gruppe klappt so etwas noch viel besser", fuhr die Therapeutin fort.

Schureckes Augen weiteten sich ungläubig: „In der Gruppe ...?"

„Natürlich in der Gruppe. Wir machen hier psychotherapeutische Gruppensitzungen, Sie werden gleich zu viert sein."

„Gleich schon ...?"

„Ja, in wenigen Minuten kommen schon die Ersten."

Paul Schurecke schluckte mehrmals, bevor er antwortete: „Ich war der Meinung, es handle sich bei uns um Einzelgespräche."

„Gruppengespräche sind viel dynamischer und ertragreicher, Sie werden sehen."

„Damit bin ich aber gar nicht einverstanden, das haben Sie mir am Telefon aber nicht gesagt", protestierte Schurecke.

Die Therapeutin schaute ihrem Gegenüber fest in die Augen: „Ihnen nicht, aber Ihrem Vater."

„Meinem V-a-t-e-r ...?!" Paul Schurecke konnte nicht glauben, was er da hörte.

„Ja, er hatte mich nach unserem Gespräch selbst angerufen und mich vorinformiert. Er war von meinem Vorschlag der Gruppentherapie geradezu begeistert. Und ich gebe Ihnen den Rat, sich zu fügen, nach dem, was ich gehört habe ... Glauben Sie mir: Nicht jeder bekommt so eine Chance auf dem Silbertablett serviert!"

Paul Schurecke war jetzt völlig sprachlos. Ihm fiel einfach keine Antwort dazu ein. Er merkte jedoch, dass sich bei ihm immer mehr etwas aufbaute. Von der Abwehrhaltung zur Animosität

gegenüber der Therapeutin sowie zunehmender Hass gegenüber seinem Vater.

Und dann läutete es schon an der Eingangstür. Nachdem die Therapeutin geöffnet hatte, vernahm Schurecke allerhand Gemurmel, das sich dann auch noch verstärkte, als weitere Klienten eintrafen. Mit großem Unbehagen sah Paul Schurecke seiner ersten Therapiestunde entgegen ...

***

Nachdem die Gruppe komplett war und man sich begrüßt hatte, begann Rita Matain mit dem Therapiegespräch. Für Paul Schurecke begannen zwei quälende Stunden, in denen er sich nur widerwillig und halbherzig äußerte. Für ihn war es fast so etwas wie Majestätsbeleidigung, dass er, der Sohn eines der einflussreichsten Männer weit und breit, gezwungen wurde, an dieser Runde teilzunehmen. Bei keiner Gelegenheit versäumte er darauf hinzuweisen wer und was er war. Dass er dabei seinen Respekt bei den anderen verspielte, merkte er nicht. Er war es in seinem überbehüteten Leben immer gewohnt, der Mittelpunkt zu sein. Dass es nur einzig das Geld seines Vaters war und er selbst überhaupt keinen eigenen Anteil daran hatte, war ihm bisher nicht bewusst geworden. Es gibt Besserwisser, die zwar eine hervorragende Position haben, dabei aber nicht merken, dass sie Idioten sind.

Rita Matain entging die arrogante Abwehrhaltung ihres Patienten natürlich nicht. Sie hoffte, dass sich dieses Verhalten im Laufe der nächsten Stunden geben würde. Ein wenig konnte sie die Situation für Paul Schurecke sogar nachvollziehen. Aber auch nur ein wenig. Letztendlich war sie selber froh, dass diese Therapieeinheit nun zu Ende war. Höflich verabschiedete man sich gegenseitig und dann leerte sich die Praxis recht schnell.

„Warte mal kurz“, rief Lothar Utikal, als Schurecke in seine Corvette einsteigen wollte.

Paul Schurecke drehte sich zu ihm um: „Ist noch was?“

„Eigentlich nicht. Ich wollte dich nur fragen, was du von dem ganzen Zirkus hältst."

„Warum fragst du gerade mich?", kam die distanzierende Frage. Man konnte Schurecke ansehen, dass er sein Gegenüber nicht als ebenbürtig ansah.

„Ich weiß nicht", meinte Utikal mit verhaltender Stimme. „Du wirktest auf mich vorhin so unnahbar, als wolltest du mit uns nicht zu tun haben."

„Und wenn schon …?"

„Welchen Sinn macht das denn? Sollten wir nicht besser zusammen kommunizieren? Also, was hältst du von dem Zirkus?"

„Soll ich dir darauf wirklich eine ehrliche Antwort geben?", meinte Schurecke im spöttischen Ton.

„Natürlich, darum frage ich dich ja."

Schurecke musterte Utikal nun eindringlicher: „Du selbst hast ja auch nicht viel gesagt."

„Eben", lächelte Utikal. „Komm, lass uns zusammen eine Kleinigkeit trinken gehen …"

***

„Es sind besonders die kleinen süßen Ärsche, die ich so geil finde", grinste Utikal.

„Bei mir ist es die weiche Haut, die mich nervös macht. So eine kleine blanke Muschi, die ich stundenlang streicheln könnte."

„Nur streicheln …?" Das grinsende Gesicht von Utikal verformte sich zu einer Fratze.

„Na ja, ein bisschen mehr könnte es dann schon sein." Paul Schureckes Atemfrequenz nahm bei dem Gedanken deutlich zu. Auch dass ihm plötzlich jemand gegenübersaß, der die gleichen Gedanken hatte, war für ihn eine völlig neue Situation. Die Situation gefiel ihm.

„Hat so eine Kleine dein Ding schon mal in den Mund …?"

„Bis jetzt noch nicht. Aber das wäre nicht schlecht."

„Das musst du erlebt haben", schwärmte Utikal. „Einfach superaffentittengeil!"

„Aber welche von den Gören macht das denn freiwillig?“

„Zuerst nimmst du natürlich Zuckerbrot. Und wenn das nicht klappen will, musst du halt ein wenig die Peitsche nehmen.“

„Und dann bekommst du Ärger und kannst für ein paar Jahre in den Bau“, seufzte Schurecke.

„Wusstest du, dass das sexuelle Vergnügen mit Jüngeren in manchen Kulturen gang und gäbe ist?“, meinte Utikal. „Nur in unseren ‚fortschrittlichen‘ Kulturen ist das verboten!“

„Echt ...?“

„Natürlich! In einigen Ländern gehört es zur Normalität, dass Jüngere schon sehr früh damit Erfahrung haben. Ist es Fortschritt, wenn wir hier bei uns den Kindern vorenthalten, was das Schönste auf der Welt ist?“

„Wenn du das so sagst ...“

„Schon Marco Polo hatte man bei seinen Reisen stets einen Jüngling ins Bett gelegt. Das ist in allen Aufzeichnungen vermerkt!“ Utikal fing an, sich regelrecht ‚heiß‘ zu reden. „Und uns will man für das bestrafen, was andernorts völlig normal ist!“

„Vielleicht sind wir ja gar nicht so abartig, wie man uns einreden will“, sinnierte Schurecke.

„Natürlich nicht! Kaiserin Sissi ist damals an Syphilis gestorben. Weißt du, woher sie diese Krankheit hatte?“

„Von ihrem Mann, Kaiser Franz-Josef, denke ich.“ Schurecke wusste im Moment nicht, worauf Utikal hinauswollte.

„Richtig. Und weißt du auch, woher der Franz-Josef die Syphilis hatte?“

„Wohl von einer Nutte oder so ...“

„Falsch. Von seiner Mutter!“

„Du meinst, die Mutter hatte mit ihrem eigenen Sohn ...?“

„Genau das meine ich! Wenn das heute passiert, ist das ein Verbrechen. Damals aber hat sich kein Mensch daran gestört! Ich will damit sagen, dass wir einfach nur zum falschen Zeitpunkt am falschen Ort sind und sonst nichts! Deshalb sind wir noch längst nicht abnormal, sondern eher die anderen, die sich Moral und Anstand zurechtbiegen, wie sie es wollen!“

Schurecke nickte zustimmend. Er reichte Utikal die Hand: „Du hast völlig recht, Lothar. Wie konnten wir nur so blöd sein zu glauben, was man uns einreden will!“

Und so redeten sie sich ihre Abart schön. Es bahnte sich zwischen den beiden eine dicke Freundschaft an. Eine Freundschaft, die für andere tödlich enden sollte …

IV.

Station 29c.

„Was ist dir denn passiert?“, fragte Gerhard Berger seinen Kollegen Steinbrink. Dieser lief über den Flur und zog das Bein nach.

„Hör bloß auf! Neben der Psychiatriezulage sollten wir auch Gefahrenzulage bekommen!“

„Du auch ...? Lass mich raten: Schieber?“

„Nee, Bartsch. Der hat einfach durch die Gitterstäbe getreten, als ich ihm Feuer geben wollte. Der braucht mich nicht mehr nach Feuer fragen, das sage ich dir! Fußnägel kann der von mir aus vor lauter Schmacht kauen!“

„Aber der tritt doch nicht ohne Grund zu. Bei Schieber könnte ich mir das eher vorstellen, bei ihm weniger.“

„Hat er aber, wie du siehst!“

„Dann hast du ihn provoziert, sei ehrlich!“ Berger war schon viel zu lange im Geschäft, um nicht zu wissen, dass von ‚nichts‘ nichts kommen kann.

„Nun ja“, druckste Steinbrink, „ich hatte das Feuerzeug recht weit weggehalten.“

„Und dann auch immer weiter zurück gezogen, gib es zu!“

„Deshalb braucht dieser Drecksack doch nicht gleich zuzutreten“, protestierte Steinbrink. „Ein bisschen Spaß war das, sonst nichts.“

„Hoffentlich hat er sich beruhigt“, lächelte Berger. „Wir müssen jetzt nämlich in seine Zelle hinein.“

„Was, jetzt ...?“

„Richtig, jetzt gleich. Die Weilinghoff hat eine sofortige Blutentnahme angeordnet. Irgendeine Bestimmung des Medikamentenspiegels oder so.“

„Hat das nicht Zeit bis später? Du kannst dir wohl denken, dass wir im Moment beide nicht besonders Bock darauf haben.“

Berger schüttelte mit dem Kopf: „Franz weiß schon Bescheid, er kommt, sobald er mit der Arzneiausgabe fertig ist.“

„Können wir nicht in 29a fragen, ob einer hochkommen kann?“

Gerhard Berger konnte sich ein lautes Lachen nicht verkneifen: „Und was sollen wir denen sagen, Alan? Etwa, dass du den Bartsch geärgert und du nun die Hosen voll hast, in seine Zelle zu gehen? Nur zu! Am besten, du rufst dort sofort an."

„Ist ja gut, ist ja gut", knurrte Steinbrink. „Vielleicht sollte ich dem Bartsch sagen, dass es nicht so gemeint war."

„Ich denke, so verkehrt ist der Bartsch eigentlich gar nicht. Der knallt nur durch, wenn er einen nackten Arsch sieht. Aber dann gerät der völlig außer Kontrolle."

„Dann schlage ich vor, dass wir bekleidet die Zelle betreten", lachte Steinbrink versöhnlich.

„Keine schlechte Idee", feixte Berger zurück.

„Kann man mitlachen?", fragte Aymanns, der hinzutrat.

„Wohl besser nicht, Franz. Der Alan hat uns alle schon genug versaut."

Die drei gingen zur Zelle von Bartsch. Der Schmerz in Steinbrinks Schienbein hatte derweil nachgelassen, sein Gang wirkte wieder normal.

Adolf Bartsch schaute auf, als die Männer vor den Gitterstäben erschienen.

„Was wollt ihr?", fragte er knapp.

„Blutentnahme, Adolf. Hat Dr. Weilinghoff angeordnet. Bist du damit einverstanden?"

„Von mir aus ..."

Mit einem lauten Geschepper öffnete sich die Gittertür und die Männer traten in die Zelle ein.

„Du kennst das ja", sagte Berger. „Mach bitte deinen Arm frei."

Völlig unerwartet sprang Bartsch auf und stürzte sich auf Steinbrink. Wie zwei Schraubstöcke legte er die Hände um seinen Hals und drückte erbarmungslos zu.

Es dauerte einige Momente, bis Berger und Aymanns die Situation begriffen.

„Adolf, hör auf mit dem Scheiß! Lass los", rief Berger und versuchte zusammen mit Aymanns, Bartsch von Steinbrink wegzureißen. Aber es gelang nicht. Wie von Sinnen drückte der Mann Steinbrinks Kehle zu.

„Du wirst mich nicht mehr provozieren, du Schwein“, keuchte er.

„Totmachen, mach tot“, vernahm man die krächzende Stimme Schiebers aus der Nebenzelle.

Es half nichts. Laut blies Gerhard Berger in die Trillerpfeife, die er rasch aus seiner Jackentasche hervorkramte. Und dann schlug er gemeinsam mit Aymanns mit voller Wucht auf den Kopf von Bartsch ein, bis dieser das Bewusstsein verlor …

***

„Komm, Ronja, du isst jetzt rasch dein Brot auf“, drängte Sabine Berger.

„Ich mag aber nicht mehr, Mama.“ Dabei zog die Kleine eine Schnute, dass man sie am liebsten zum Knuddeln hochgenommen hätte. Sie sah wirklich aus wie ein Engelchen.

„Ich auch nicht“, schloss sich Marcus an.

„Euer Vater wird das aber gar nicht gerne sehen, wenn er gleich runterkommt. Man soll nie mit leerem Magen aus dem Haus gehen.“

„Aber wenn wir doch nicht mögen, Mama …“

„Hungrige Kinder bringt die Mama aber nicht gern zur Schule“, warf Gerhard Berger ein, der gerade zur Küche hineinkam.

„Wie geht es eigentlich eurer Lehrerin?“, fragte Sabine ihren Sohn.

„Frau Kaubisch ist immer noch krank.“

„Und euer Stundenplan? Habt ihr jetzt bis halb eins oder nicht?“

„Weiß ich nicht, Mama.“

„Und du, Ronja?“

„Weiß auch nicht.“

„Ihr wisst ja, dass euch Papa abholt. Wenn ihr eher Schluss habt, dann könnt ihr ja Papa auf dem Handy anrufen. Und dann ist da auch noch der Schulbus. Zur Not könnt ihr auch den benutzen, auch wenn er, wie immer, hoffnungslos überfüllt ist, klar?“

Die niedlichen Kinder nickten ehrfurchtsvoll.

„Ob die Gemeinde das jemals auf die Reihe bekommt?“, meinte Gerhard Berger kopfschüttelnd. „Im Grunde ist es eine Unverschämtheit, Kinder wie Vieh in so einen Bus zu pferchen, einfach unverantwortlich. Woanders wäre das strafbar!“

„Ich habe gelesen, dass in den skandinavischen Ländern in den Schulbussen für jedes Kind ein Sitzplatz vorhanden sein muss“, wandte Sabine ein.

Ihr Mann winkte ab: „Skandinavien. Hier werden die Gelder für Managergehälter und Bonuszahlungen gebraucht. Und für Politiker, die sich ihren Dienstwagen samt Chauffeur nach Spanien bringen lassen, weil sie dort einen Bürgermeister besuchen wollen!“

Sabine musste lächeln. Sie fand ihren Gerd besonders süß, wenn er sich aufregte. Aber recht hatte er, denn es war irgendwie nicht richtig, dass die meisten Eltern die kleineren Kinder zumeist selbst zur Schule brachten, um ihnen jenen ‚Viehtransport‘ im Bus zu ersparen. Fahrgemeinschaften mit anderen Eltern konnten sie leider nicht eingehen, da ihr Haus derart abgelegen war, dass in ihrer Ecke keine weiteren schulpflichtigen Kinder waren.

Dann wandte sie sich den Kindern zu, die lustlos mit ihrem Nuss-Nougat-Knäckebrot herumspielten: „So Kinder, Jacken an, Schulranzen aufsetzen und ab die Post!“

Wortlos und gut gelaunt kamen die Kinder der Aufforderung nach.

„Habt ihr alles, auch die Handys?“

„Meins ist doch kaputt, Mama“, meinte Ronja. „Wann kriege ich ein neues …?“

„Jetzt im Moment jedenfalls nicht. Und du, Marcus, hast du deins?“

„Ja, Mama.“

„Und den Haustürschlüssel, für alle Fälle?“

„Auch.“

„Na dann los! Geht schon mal zum Auto, ich sage Papa noch Tschüss!“

Zärtlich näherten sich die Gesichter der beiden, so, dass jeder den Atem des anderen spürte.

„Ich wünsche dir jede Menge Straftaten und Verkehrsvergehen“, hauchte Berger seine Frau an.

„Deine Verkehrsvergehen kenne ich. Wir sind eine Anwaltskanzlei und kein dänisches Bettenlager“, lachte diese und gab ihrem Mann einen zärtlichen Kuss.

Berger begleitete seine Frau noch zur Tür und beobachtete, wie sie die Kinder auf der Rückbank des Autos einlud. Ein kurzer Wink und dann verschloss er rasch die Haustür, weil das Telefon läutete. Schnell eilte er hin, nichts Gutes ahnend.

„Berger“, meldete er sich.

„Ich bin's, Franz.“

„Scheiße“, sagte Berger nur, denn er konnte sich denken, was jetzt kam.

„Danke für die nette Begrüßung“, lachte Aymanns am anderen Ende. „Aber du hast es wohl erraten: Kannst du jetzt sofort zum Dienst kommen?“

„Was ist passiert?“

„Schramm ist aus dem Dienst gegangen, Kieferbruch!“

„Kieferbruch? Dem ist doch nicht etwa beim Trinken der Toilettendeckel auf den Kopf geknallt?“

„Nee, du Witzbold. Er musste nur seine Fresse zu nahe an die Gitterstäbe von Schiebers Zelle halten.“

„Schieber wieder …?“

„Richtig. Durch die Gitterstäbe hat der dem Robert eine verpasst. Ohne jegliche Vorwarnung!“

„Es wird wirklich Zeit, dass wir so ein Blasrohr oder Ähnliches bekommen“, meinte Berger bitter.

„Da sagst du was. Und wenn nicht, dann bastle ich mir eins, das verspreche ich dir. Also, kommst du …?“

„Natürlich. Ich mach mich nur noch ein wenig frisch.“

„Also, dann bis gleich!“

Es herrschte so eine Art Ehrenkodex auf der Station. Wenn es irgendwie möglich war, sprangen die Kollegen füreinander ein. Das wusste jeder von jedem. Jene, die sich nicht daran hielten, wurden schlichtweg geschnitten, was hieß, wenn sie selbst mal in Not waren, ließ man sie auch hängen.

Bevor er aus dem Hause ging, versuchte Berger noch seinen Sohn über Handy zu erreichen. Da der Junge sein Mobiltelefon noch ausgeschaltet hatte, informierte er dann Sabine. Die Kinder mussten nun eben den Schulbus nehmen, denn Sabine konnte die Kanzlei keinesfalls eher verlassen. Das war aufgrund des regen Kundenverkehrs nicht möglich. Sie gingen davon aus, dass sich Marcus noch meldete. Ein fataler Irrtum …

***

Bereits um 11 Uhr hatte Ronja Schulschluss. Sie wusste, dass auch ihr Bruder den Unterricht beendet hatte und wartete ungeduldig vor dem Schulgebäude. Er kam und kam nicht. Und so ging sie dann in das Gebäude zurück. Sie brauchte nicht lange zu suchen, denn Marcus stand abseits in einer Ecke und war eifrig mit seinem Handy beschäftigt.

„Warum kommst du denn nicht, Marcus“, rief sie etwas erbost ihrem Bruder zu.

„Schau mal, der Sven hat mir ein paar neue Spiele übertragen. Echt geil!“

„Lass mal sehen!“

Und so standen die beiden da und betrachteten fasziniert das Display des Handys und merkten nicht, wie die Zeit verging.

Schließlich zupfte Ronja am Ärmel von Marcus' Jacke: „Du, mir müssen Papa anrufen, damit er uns abholt!“

„Einen Moment noch, ich bin gleich fertig.“

Nach wenigen Augenblicken schloss Marcus die Spielanwendungen und suchte die Nummer seines Vaters. Doch plötzlich erlosch das Display.

„Oh, Mist, ich glaube der Akku ist leer“, meinte Marcus. „Ich hab ihn gestern Abend auch nicht mehr aufgeladen.“

„Das hast du jetzt davon! Warum musst du auch so viel spielen?“, meckerte Ronja.

„Du hast doch gerade selbst mitgespielt“, verteidigte sich der Junge.

„Komm, dann lass uns den Valentin fragen, ob er zu Hause anrufen kann."

Und so machten sie sich auf den Weg zu ihm.

„Ihr spinnt ja wohl", sagte der Hausmeister recht unfreundlich. „Ich kann doch nicht für jeden Schüler zu Hause anrufen, der sein Handy leer hat. Ihr könnt den Schulbus nehmen, wie andere auch!"

Eingeschüchtert gingen die Kinder wieder Richtung Straße und mussten mit ansehen, wie sich der prall gefüllte Schulbus vor ihren Augen gerade in Bewegung setzte. Auch Fahrzeuge der Eltern von Mitschülern waren nirgendwo mehr zu sehen.

„Was machen wir jetzt", fragte Ronja ratlos, „etwa wieder zum Valentin …?"

„Der schimpft doch sowieso wieder", knurrte Marcus.

„Papa hat gesagt, dass wir ein Taxi nehmen sollen, wenn es nicht anders geht."

„Das geht auch nicht."

„Wieso, du hast doch immer zehn Euro in deinem Etui für solche Fälle."

Marcus schaute betreten zu Boden: „Die hab ich Sven für die Spiele gegeben. Die wollte ich nachher aus meinem Sparschwein wieder rein tun."

Jetzt wurde Ronja richtig sauer: „Da wird Papa aber sehr böse sein, wenn er das hört! Zum Laufen ist es ganz schön weit bis nach Hause!"

„Wir fragen trotzdem ein Taxi. Papa oder Mama können ja morgen bezahlen."

Völlig bedröppelt gingen sie zum Taxistand.

„So ein Pack wie ihr hat mir gerade noch gefehlt", schrie der Taxifahrer die Kinder aus dem Fenster an. Dabei umwehte sie eine leichte Alkoholfahne. „Kein Geld dabei haben und dann Taxi fahren wollen! Wer sagt mir denn, ob ich mein Geld überhaupt bekomme?"

„Mein Papa wird dir das morgen geben", antwortete Ronja mit piepsiger Stimme.

„Verschwindet“, kam die knappe Antwort, bevor das Fenster wieder hochgefahren wurde.

Und so standen die eingeschüchterten Kinder völlig ratlos am Straßenrand. Irgendwelche fremden Leute anzusprechen wagten sie nicht mehr. Zu groß war ihre Angst vor Tadel und Abweisung. Und zum Hausmeister zurück trauten sie sich schon gar nicht.

Schweren Herzens setzten sich die beiden in Bewegung. Sie hatten einen weiten Heimweg vor sich …

***

„Paul, siehst du die beiden Kleinen dort hinten, sind die nicht süß?“

„Das kann man wohl sagen“, meinte Schurecke Zunge schnalzend. „Ich würde gerne wissen, wo die hinwollen.“

„Fragen wir sie doch einfach!“

„Meinst du wirklich …?“

„Warum nicht? Vielleicht brauchen sie sogar Hilfe“, entgegnete Utikal zweideutig.

Zwischen Schurecke und Utikal war mittlerweile eine dicke Freundschaft gewachsen. Ihre Therapiestunden bei Frau Matain besuchten sie zwar regelmäßig, jedoch nahmen sie den Vorgang gar nicht ernst. Die Psychologin merkte das zwar, hielt sich mit Informationen für den Vater aber zurück. Dieser Mann war zu einflussreich und sie hatte Angst davor, dass er erführe, dass sie als Therapeutin versagt hatte. Insofern ließ sie alles so laufen, wie es lief.

Zwischen den Therapiestunden trafen sich Schurecke und Utikal fast jeden Tag. Dabei schaukelten sie sich in ihren perversen Fantasien immer wieder aufs Neue hoch. Abartige Gedanken wurden hierbei bagatellisiert und als völlig normale Vorgänge dargestellt. Die prüde Gesellschaft war es, mit der etwas nicht stimmen musste!

Sogar seinen Eltern stellte Paul Schurecke Utikal als guten Kumpel vor. Ja, sie freuten sich sogar darüber, dass ihr Sohn ei-

nen Kameraden hatte, mit dem er etwas unternahm. Besser das, als um Kindergärten herumzuschleichen, dachten sie jedenfalls.

Und so stiegen Schurecke und Utikal aus dem Auto und näherten sich Marcus und Ronja.

„Habt ihr denn keine Schule?“, fragte Utikal.

„Die ist schon lange aus“, entgegnete Marcus freimütig. Er dachte überhaupt nicht daran, dass von den Männern irgendwelche Gefahren ausgehen könnten.

„So früh? Das ist aber ungewöhnlich.“

„Unsere Lehrerin ist krank.“

„Na, dann seid ihr ja heute sehr früh zu Hause.“

„Von wegen. Wir haben noch ganz weit zu laufen.“

„Warum nehmt ihr nicht den Schulbus?“ Utikals Anspannung nahm zu.

„Den haben wir verpasst.“

„Und eure Eltern? Ruft sie doch an.“

„Die können wir nicht erreichen, mein Handy ist leer. Hast du ein Handy?“, fragte Marcus. Er hoffte, dass der fremde Mann ihnen helfen würde.

„Ich? Äh ..., nein.“ Dabei blinzelte Utikal Schurecke zu: „Hast du deins dabei?“

„Leider auch vergessen“, grinste Schurecke freundlich. Dabei zeigte er seine leeren Handflächen.

„Schade“, sagte Marcus enttäuscht.

„Aber wer sagt denn schade“, meinte Utikal liebevoll. „Wir bringen euch rasch. Dann seid ihr noch viel eher zu Hause.“

Ronja zupfte ihren Bruder an der Jacke: „Du weißt, was Mama und Papa gesagt haben.“

„Ich weiß, Ronja. Wir sollen niemals mit fremden Männern mitgehen.“ Irgendwie störte es Marcus, dass ihn seine Schwester zurechtwies.

Schurecke hob seinen Arm und deutete auf die andere Straßenseite. Dabei wandte er sich bewusst dem Jungen zu: „Schau mal, das ist mein Auto!“

Marcus Augen weiteten sich: „Wow ...“, schwärmte er. „Eine echte Corvette ...?“

„Da staunst du, was? Schon mal mit so einer Rakete gefahren?"

„Nee", meinte er beeindruckt. „Wie viele PS hat die denn?"

„Ich habe sie aufmotzen lassen, über vierhundert."

„Wahnsinn!" Die leuchtenden Augen des Jungen sagten alles. In der Schule würden ihn alle beneiden, wenn er erzählte, dass er in diesem Geschoss gesessen hatte.

Schurecke legte Marcus den Arm um die Schulter: „Also das Taxi steht bereit, ihr braucht nur noch einzusteigen!"

„Marcus, das sollten wir nicht tun", meinte die kleine Ronja besorgt und zupfte an dem Arm ihres Bruders.

„Warum nicht?", meinte Marcus nun richtig aufgeregt. Der Anblick der Corvette faszinierte ihn einfach nur. „In ein paar Minuten sind wir dann zu Hause!"

„Aber Papa und Mama …"

„Die machen sich Sorgen, weil sie uns für kleine Kinder halten", unterbrach Marcus seine Schwester barsch. „Ich fahr jedenfalls mit!"

Nur widerwillig folgte Ronja ihrem Bruder und den Männern. Sie hatte ein schlechtes Gefühl dabei, dass sie nicht auf ihre Eltern hörten. Das schlechte Gefühl verstärkte sich noch, als sie hinten eingestiegen waren.

Und dann rauschte die Rakete mit tosendem Triebwerk los. Das Gesicht von Marcus war vor Aufregung gerötet, als er von der Beschleunigung in den Sitz gepresst wurde. Als säße er im Karussell auf dem Jahrmarkt, geiler konnte das Gefühl nicht sein.

Doch es dauerte nicht lange, dann wurde der Junge stutzig. Er merkte, dass der Wagen eine völlig andere Route einschlug. Es war so ziemlich die entgegengesetzte Richtung als die, in der ihr Haus lag.

„Du bist falsch", rief er den Männern vorne zu. „Wir wohnen doch da hinten!" Dabei deutete er zum Heckfenster hinter ihm.

„Keine Sorge", beschwichtigte Schurecke, „ich will dir nur kurz auf der Autobahn zeigen, was die Kiste draufhat."

Für den Moment beruhigte das den Jungen, dann aber überkam ihn ein ungutes Gefühl. Und mit fortschreitender Zeit wich dieses Gefühl der Angst.

Schon nach kurzer Zeit lenkte Schurecke seine Corvette in Richtung Wald.

„Du wolltest doch zur Autobahn“, sagte der Junge argwöhnisch.

„Gleich hinter dem Waldstück fängt sie an“, beruhigte Schurecke, „dies hier ist nur eine Abkürzung!“

Waren es anfangs noch asphaltierte Straßen, so schaukelte das Gefährt nun über unbefestigte Schotterwege. Nur durch die länger anhaltende Trockenheit war es überhaupt möglich, dass der Wagen dieses unwegsame Gelände passieren konnte. Immer tiefer drangen sie in den Forst ein. Neben einem aufgeschichteten Holzstoß blieben sie schließlich stehen, umgeben von dichtestem Gebüsch und Astwerk.

Ronja und Marcus waren mittlerweile von Todesangst erfasst. Während der gesamten Fahrt hatte keiner von ihnen mehr einen Ton gesagt. Nur ängstliche Blicke wechselten sie miteinander. Beide spürten, dass gleich etwas Furchtbares geschehen würde. Das Mädchen hatte ihre feuchten Händchen auf die ihres Bruders gelegt und drückte sie derart fest zusammen, dass ihre Fingerkuppen geradezu weiß wirkten.

„So, da wären wir“, sagte Schurecke gut gelaunt, als er den Motor abstellte. Dass er aufs Äußerste erregt war, konnte er dabei nicht verbergen.

Utikal erging es ähnlich. Mit Schweißperlen auf der Stirn schaute er zu seinem Kumpan hinüber und zwinkerte ihm zu.

„Werdet ihr uns jetzt bitte nicht wehtun …?“, stammelte Ronja fast flehend. Ihr Bruder war zu keinem Wort fähig. Die nackte Angst lähmte ihn.

Schurecke wandte sich in dem Sitz um: „Aber nein, wo denkst du denn hin? Wir wollen nur ein bisschen lieb zu euch sein, sonst nichts!“

„Wir möchten aber nicht …“, bettelte das Kind förmlich, denn es wusste, dass es kein Entrinnen gab. Die ‚Onkels‘ würden gleich furchtbar böse zu ihnen sein.

Schurecke und Utikal stiegen aus dem Wagen aus und stellten die Sitze etwas vor. Die enge Bank, auf der die Kinder hinten

saßen, war eigentlich nicht als Sitzgelegenheit gedacht, sondern eher als Ablage.

„So, Kinder“, keuchte Schurecke fast. Seine Erregung steigerte sich mit jeder Sekunde. Seine Hände zitterten ein wenig, als er Ronjas Arm ergriff: „Endstation, ihr steigt jetzt aus!“

„Ich will aber nicht“, schrie Ronja in Todesangst.

„Sei nicht so zickig!“

Brutal riss Schurecke das Kind aus dem Auto heraus und warf es vor sich auf den Boden. In gleicher brutaler Weise ging Utikal mit Marcus vor, der sich jedoch vehement wehrte. Mit einigen heftigen Faustschlägen in das Gesicht des Jungen ließ seine Gegenwehr nach. Mit blutigen Lippen und Tränen in den Augen lag auch er auf dem moosbedeckten Waldboden.

Was nun geschah, lässt sich in Worten nicht beschreiben. Auf widerlichste Art vergingen sich die Männer an den Kindern, bis diese das Bewusstsein verloren. Doch das störte sie nicht. Wie Besessene tauschten sie sich aus und wiederholten ihre grausamen Vorgänge immer wieder aufs Neue. Wie blutrünstige Bestien vollzogen sie ihr perverses Werk bis zur eigenen Erschöpfung. Als sie dann endlich von den geschändeten Kindern abließen, lagen diese mit verzerrten Gliedmaßen vor ihnen. Ihre Augen waren derart verdreht, dass nur noch das Weiße von ihnen sichtbar war.

Wie die Tiere hechelten Schurecke und Utikal und blickten auf die kindlichen Leiber nieder. Aus den unteren Körperöffnungen beider quoll das Blut. Die kleinen Körper sowie auch die der beiden Barbaren waren blutverschmiert. Es war nicht nur Blut, sondern auch sauer riechendes Erbrochenes von Ronja, was ihnen allen anhaftete.

Die Männer schauten sich gegenseitig an. Jeder wusste, dass sie eines der abscheulichsten Verbrechen begangen hatten, das man sich vorstellen konnte.

„Warum wehren sich diese Bälger auch so“, meinte Utikal beschwichtigend. „Sie sind selbst schuld!“

„Wir wollten doch wirklich nur nett zu ihnen sein“, pflichtete Schurecke bei. „Das haben sie nun davon!“

Sie standen beide da und keuchten noch immer.

„Und jetzt …? Was machen wir jetzt?“, fragte Utikal schließlich.

Schurecke überlegte einen Moment, bevor er antwortete: „Dass wir mächtig Ärger bekommen werden, wenn die uns das nachweisen, das steht fest. Und dass die beiden Bälger uns wiedererkennen, auch.“

„Das heißt mit anderen Worten, dass wir uns einige Zeit auf ‚betreutes Wohnen‘ einrichten können“, meinte Utikal bitter.

„Wenn du damit den Knast meinst, ja. Und mit ‚einige Zeit‘ werden wir wohl nicht auskommen. Das werden mit Sicherheit ein paar Tage mehr. Auch mein Vater wird da nicht viel ausrichten können. Im Gegenteil: Er wird sogar froh sein, wenn er sich bestätigt fühlt!“

„Und das alles wegen dieser Rotzbalgen hier“, knirschte Utikal. Es war nicht zu glauben, er wurde jetzt regelrecht zornig auf die Kinder.

„Willst du das?“, fragte Schurecke herausfordernd, obwohl für ihn klar war, dass er mit Utikal konform war. „Jahrelang weggesperrt zu werden?“

„Natürlich nicht!“

„Also?“ Erneut dieser herausfordernde Unterton.

Utikal deutete auf den Holzstoß hinter ihnen. Es war ein riesiger Berg aufgestapelter Meterstücke Eichen- und Buchenholz von wohl anderthalb Metern Höhe. Sie mochten zur Kaminholzgewinnung dienen: „Für unsere Zwecke geradezu ideal.“

„Du meinst verbrennen …? Ich hatte eher an verscharren gedacht!“

„Und was ist, wenn sie das Loch irgendwann auffinden? Was meinst du, wie viele Suchhunde sich in Kürze hier tummeln werden. Überall sind hier unsere DNA-Spuren nachzuweisen. Nach einem Waldbrand aber nicht mehr!“

Schureckes Gesicht hellte sich auf: „Mensch, der Gedanke ist ja geradezu genial!“

„Danach müssen wir nur zusehen, dass wir unsere Klamotten verschwinden lassen. Auch Schuhe und Unterwäsche. Wenn wir dann noch ausgiebig duschen, ist nichts mehr an uns zu finden!“

„Warte, da kommt mir eine Idee“, rief Schurecke und eilte die wenigen Schritte zum Auto. Schnell wurde er im Kofferraum fündig: „Wusste ich es doch: Ich war doch gestern im Sportgeschäft. Die Frau hat mir gleich mehrere Sportanzüge und Schuhe zum Aussuchen mitgegeben. Ich wollte das gar nicht, aber sie bestand darauf. Bezahlen könnte ich ja mal irgendwann. Der Name ‚Schurecke‘ scheint wohl die Leute zu karikativen Handlungen zu drängen.“

„Genau das, was wir brauchen“, meinte Utikal begeistert. „Dann komm, lass uns gleich beginnen, bevor hier noch zufällig jemand aufkreuzt!“

„Und einen Riesenkanister BW-Einfach voller Sprit hab ich auch dabei! Was wollen wir mehr …?“

Schnell setzten die beiden Männer ihr verbrecherisches Werk um. Sie nahmen die Kinder wie wertlose Mehlsäcke und warfen sie auf den Holzstoß. Dann entkleideten sie sich und legten die Sportkleidung an. Ihre Kleidung und alles, was im Auto noch von den Kindern stammte, warfen sie ebenfalls auf die Brennstelle.

Den größten Teil des Benzins ergoss Schurecke schließlich über die Körper der bewusstlosen Kinder und zog mit dem Rest eine längere Spur bis zum Auto hin. Nachdem Schurecke nun seinen Wagen in Position gefahren hatte, zündete Utikal aus der offenen Beifahrertür heraus die Benzinspur mit einem zusammengerollten Papierstück an. Mit Vollgas brauste die Corvette im gleichen Moment davon.

Innerhalb weniger Augenblicke zog die brennende Bahn sich bis zu dem Holzstoß hin. Es dauerte nur Sekunden, bis alles lichterloh in Flammen stand. Durch die immense Hitze richteten sich die kleinen Körper der Kinder kurzzeitig auf, um dann wieder langsam in sich zusammenzusinken. Es sah gespenstisch aus.

Aufgrund der bestehenden Trockenheit ging es sehr rasch, bis die Flammen auf das angrenzende Unterholz übergriffen. Als das Auto den Forst verließ, hatte sich schon ein Waldbrand entwickelt, der sich mehr und mehr ausbreitete. Riesige Flammenwände waren schnell weithin sichtbar und zogen sofort die Aufmerksamkeit der Bevölkerung auf sich.

Schurecke war bemüht, nun gemächlich seinen Wagen zu lenken. Es war nicht nötig jetzt noch zusätzlich durch Raserei aufzufallen …

V.

„Was hat du denn da?“, fragte Gerhard Berger, als Aymanns mit einem eigenartigen Gebilde in der Hand an ihm vorbeilief. Es war ein Besenstiel, an dessen Ende ein Brettchen genagelt war.

„Einen Schieberschieber“, antwortete dieser trocken.

„Einen was …?“

„Schieberschieber. Eigene Konstruktion, muss ihn nur noch perfektionieren.“

„Kann es sein, dass du mit deiner Arznei nicht auskommst?“, grinste Berger.

„Die Klinikleitung hat die Anschaffung eines Betäubungsgewehres oder Blasrohrs abgelehnt“, entgegnete Aymanns daraufhin knapp.

„Wie bitte? Da bin ich aber überrascht. Die Kleine hatte doch Weilinghoff damit beauftragt!“

„Die haben im Nachhinein wohl kalte Füße bekommen. Der Gedanke, dass in der Öffentlichkeit bekannt wird, welche Methoden wir hier offiziell anwenden, hat sie wohl ganz bange werden lassen. Und darum hab ich mir überlegt, ob ich nicht selbst etwas basteln könnte, um an den Schieber näher heranzukommen, ohne dass es uns eine blutige Nase bereitet. Und deshalb diesen Schieberschieber! Mann kann ihn auch Schiebermat oder Schiebermeter nennen. Meter vielleicht, weil er circa einen Meter lang ist.“ Dabei präsentierte Aymanns das Teil, als hätte er soeben das Rad neu erfunden.

Berger nahm das Teil und begutachtete es schulterzuckend: „Das müsstest du mir schon näher erklären, Herr Düsentrieb.“

„Also“, sagte Aymanns fast geheimnisvoll: „An diesem Brettchen am Ende des Stiels befestigen wir eine Injektionsspritze mit Klebeband. Sie sollte jedoch nicht zu fest an dem Holz arretiert sein. Wenn ich jetzt die Kanüle der Spritze aus einem Meter dem Schieber in den Hintern drücke, dann drückt das Ende des Besenstiels den Kolben der Spritze vor.“

„Das wird nicht funktionieren, Franz“, meinte Berger kopfschüttelnd. „Dann müsste das Brettchen beweglich sein. Zum Beispiel durch eine Hülse darüber.“

Aymanns schien etwas enttäuscht, hatte er doch einen regelrechten Beifallsturm erwartet. Nach kurzer Zeit des Überlegens sagte er eher etwas zickig: „Es ist ja noch nicht fertig. Aber meine Idee ist gut, da kannst du sagen, was du willst!“

„Na klar, Franz. Frag doch mal einfach in der Beschäftigungstherapie nach, ob …“

„Telefon für dich, Gerd“, unterbrach Steinbrink. „Deine Frau, hört sich nicht gut an …“

***

„Wann hatten die beiden denn Schule aus?“, fragte Berger seine Frau, als er sich neben seiner Sabine an den Küchentisch gesetzt hatte. Er war regelrecht nach Hause gehetzt. Dabei war es ihm egal gewesen, an höchster Dienststelle eine Genehmigung auf vorzeitiges Verlassen der Dienststelle einzuholen. Steinbrink hatte ihm mit „Das mache ich schon“ aus der Stationstür geradezu hinausgeschoben.

„Um elf, hatte Frau Kaubisch mir gesagt.“ Sabines Hände zitterten leicht und ihre Augen waren mit Tränen gefüllt. Sie konnte die Situation noch nicht so richtig begreifen.

„Das ist jetzt fünf Stunden her“, schüttelte Berger den Kopf. „Wir kennen unsere Kinder, sie würden niemals noch irgendwelche Freunde besuchen, ohne uns eine Nachricht zu hinterlassen.“

„Der Akku von Marcus’ Handy war leer, hat der Hausmeister gesagt.“

„Wenn der Hausmeister das wusste, dann hätten sie uns doch von seinem Telefon erreichen können.“

„Sie wollten es nicht. Der Hausmeister hatte es ihnen mehrmals angeboten“, schluchzte Sabine.

Berger schüttelte den Kopf: „Das glaube ich nicht, warum sollten sie das ablehnen?“

„Haben sie aber, wie der Hausmeister erzählte!“ Nun gab es für Sabine Berger kein Halten mehr. Sie hielt sich die Hände vors Gesicht und weinte bitterlich.

Berger atmete tief durch: „Ich ruf jetzt die Polizei an, da stimmt was nicht …“

***

„Nun denken Sie nicht gleich an das Schlimmste, Frau Berger“, meinte Hauptkommissar Popp zu Sabine. „In den allermeisten Fällen klärt sich die Sache rasch auf.“

„Aber man hört doch so viel“, schluchzte die Frau nun hemmungslos und drückte dabei ihr Gesicht gegen die Schulter ihres Mannes.

„Aber dass es in den meisten Fällen glimpflich abläuft, das steht nie in den Zeitungen. Sie werden sehen, in ein paar Stunden sitzen Sie wieder alle zusammen und Sie werden Ihren Kleinen den Marsch blasen!“

„Ihr Wort in Gottes Ohr“, zweifelte Gerhard Berger die Worte des Hauptkommissars an. „Unsere Kinder sind noch nie weggeblieben, ohne uns Bescheid zu sagen. Das mag bei den meisten anderen so sein, bei unseren jedenfalls nicht!“

„Mein Kollege Pimpelkamp hatte erst die letzten Tage so einen ähnlichen Fall, stimmt's, Holger …?“

„Richtig“, meinte Kommissar Pimpelkamp eifrig zustimmend. „Ein Quintett zwölf- bis dreizehnjähriger Bengel hatte uns nach den Vermisstenmeldungen der Eltern stundenlang auf Trab gehalten. Erst am späten Abend fanden wir sie alle auf!“

Berger konnte sich ein angedeutetes Lächeln nicht verkneifen. Zu ungewöhnlich war die Konstellation der Namen beider Kommissare: „Und was war …?“

„Sie lagen alle voll wie die Haubitzen im Stadtpark in einem völlig abgelegenen Gebüsch. Red Bull mit Jägermeister war die Ursache.“

„Hören Sie“, meinte Berger entrüstet. Auch Sabine hob den Kopf von seinen Schultern an und mochte nicht glauben, was sie da hörte.

Popps zorniger Blick traf Pimpelkamp: „Ich hatte eher an den Fall mit den beiden Mädchen gedacht, Holger.“

„Ach den“, antwortete Pimpelkamp. Ihm war anzusehen, dass ihm der unüberlegte Vergleich peinlich war.

„Ich möchte mich für meinen Kollegen entschuldigen“, sagte Popp sichtlich angesäuert. „Ich denke, er hatte sein Gehirn noch nicht eingeschaltet, als er den Mund aufmachte.“

Popp reichte es langsam. Als ihm Pimpelkamp vor einigen Monaten ins Dezernat zugeteilt wurde, hatte er gleich ein schlechtes Gefühl dabei. Zwar war der Mann im Grunde ein recht fähiger Beamter, aber es gab immer wieder Kapriolen von ihm, die von unbedachten Impulsen geprägt waren. Genialität wechselte sich mit Verhaltensweisen ab, die man auch der Witzfigur ‚Monk‘ zuordnen konnte.

„Wir brauchen als Allererstes ein paar Bilder von Ihren Kindern und etwas Persönliches von ihnen, das wir den Suchhunden unter die Nase halten können. Ein Lieblingsspielzeug vielleicht oder so“, meinte Popp zu den Eltern.

„Und dann, wie geht es weiter ...?“, wandte sich Berger an den Hauptkommissar, als seine Frau losgeeilt war, um die gewünschten Sachen zu holen. Pimpelkamp ignorierte er dabei demonstrativ, zu verletzt war er noch von diesem dämlichen Vergleich.

„Das gesamte Programm der Fahndung wird jetzt anlaufen. Es werden jetzt gleich Suchstaffeln zusammengestellt, die die umliegende Gegend intensiv durchkämmen werden, es werden Zeugen aufgerufen sich zu melden, wenn sie die beiden Kinder gesehen haben, eben alles, was zu so einer Suchfahndung gehört. Zu alledem werde ich auch noch einen Helikopter anfordern, um auch aus der Luft suchen zu können. Und je länger sich das Ganze hinzieht, umso mehr werden wir es intensivieren.“

Gerhard Berger nickte nachdenklich.

„Und während Herr Pimpelkamp jetzt sofort losgeht und das alles organisiert“, dabei nickte er dem Kommissar auffordernd zu, „werde ich hier bei Ihnen bleiben und Ihr Telefon präparieren lassen. Es ist damit zu rechnen, dass Sie in Kürze angerufen werden.“

„Wer soll uns denn anrufen?“, fragte Sabine Berger, die mit den gewünschten Utensilien in den Händen zurückkam.

Popp hob beschwichtigend die Handflächen hoch: „Möglicherweise ein Entführer, sofern es überhaupt einen gibt.“

Sabine zuckte zusammen und ihre Augen weiteten sich ängstlich. Nicht wegen der Worte, die der Hauptkommissar sagte, sondern weil aus der Ferne mehrere Martinshörner zu hören waren.

„Ich frage sofort nach, was da los ist“, sagte Popp beruhigend. Schnell kramte er sein Handy aus der Tasche und drückte ein paar Tasten. Schon nach wenigen Momenten lächelte er Sabine zu: „Entwarnung! Es ist nur ein Waldbrand hier ganz in der Nähe. Bei dieser Trockenheit ist das ja auch kein Wunder.“

Erleichtert atmeten alle auf …

***

„Derart humanitäre Verhaltensweisen kenne ich von Ihnen gar nicht, Herr Valentin“, sagte Irene Kaubisch unüberhörbar zweideutig zum Hausmeister.

Hans Valentin wusste sehr wohl, was die Frau meinte, stellte sich jedoch dumm: „Ich weiß nicht, was Sie meinen, Frau Konrektorin.“

„Hören Sie doch auf, Valentin! Was Sie vorhin den Polizisten erzählt haben, ist doch schlichtweg gelogen!“

Der Hausmeister zuckte mit den Schultern und besaß auch noch die Dreistigkeit, der Lehrerin rotzfrech ins Gesicht zu schauen: „Warum sollte ich gelogen haben?“

„Weil Sie jetzt Schiss bekommen haben! Schiss davor, dass man Sie für Ihre Unverfrorenheit bestrafen könnte!“

Valentin spürte, wie ihm das Blut in den Kopf schoss. Trotzdem antwortete er stammelnd: „Welche Unverfrorenheit? Ich wüsste nicht …“

„Sie verdammter Lügner!“ Kaubisch war außer sich. „Fortgejagt haben Sie die Kinder, als sie bei Ihnen ihre Eltern anrufen wollten!“

„Wer sagt denn so was …?“, stotterte der Mann jetzt.

„Die Mitschüler, die das beobachtet hatten! Und ich glaube ihnen, denn ich kenne *Sie* doch!“

„Das ist nicht wahr …“, brachte der Hausmeister nur noch skandierend hervor.

Die Lehrerin hob langsam ihren Finger und meinte in einem Ton, der den Hausmeister erschauern ließ: „Ich werde Sie jetzt bei der Polizei melden. Und wenn das wahr ist, was man sagt, dann sorge ich dafür, dass Sie dafür bestraft werden. Darauf können Sie Gift nehmen! Und was Ihren Job hier als Hausmeister betrifft, kann ich Ihnen sagen, dass ich Sie sofort bei der Schulbehörde anzeigen werde. Für mich sind Sie hier nicht mehr tragbar und ich bin überzeugt, dass man das an anderer Stelle genauso sieht!“

Hans Valentin wurde es regelrecht übel. Es war eine Übelkeit, die sich zusammensetzte aus Wut, Scham und Trotz. Das Schlimme daran war, dass er noch immer glaubte, recht gehandelt zu haben, als er die Kinder abgewiesen hatte …

***

Es geschah, wie Hauptkommissar Popp befürchtet hatte: Keinerlei Lebenszeichen von den Kindern. Mit voranschreitender Stunde wurde die Suche intensiviert. Die örtlichen Rundfunksender unterbrachen ihre Programme, um die Fahndungsaufrufe bekannt zu geben. In der Ortschaft selbst und in der umliegenden Gegend nahm die Polizeipräsenz mehr und mehr zu. Hunderte von Menschen wurden nach ihren Beobachtungen gefragt. Bis zur Dämmerung wurde die unmittelbare Umgebung von mehreren Hundertschaften von Polizeibeamten durchkämmt, jedoch lagen vorerst keinerlei Spuren oder Aussagen vor, die die Fahndung weiterbrachte. Und mit zunehmender Zeit nahmen die schlimmsten Befürchtungen zu. Erschwerend war noch, dass eine Anzahl der bereitstehenden Polizisten auch noch für den Ablauf der Waldbrandbekämpfung benötigt wurden.

Es war bereits später Abend, als die Bergers zusammen mit Popp und Pimpelkamp ziemlich ratlos im Wohnzimmer saßen und darauf warteten, dass irgendetwas passierte. Ein Telefonat, das Klarheit brachte, die Nachricht eines Beamten oder irgendetwas …

Mit rot geweinten Augen klammerte sich Sabine fest an ihren Mann. Längst hatte man aufgegeben, an einen guten Ausgang der Tragödie zu glauben. Gerhard Bergers Gesicht wirkte erstarrt, ohne irgendwelche Mimik schaute er stumm vor sich her.

Hauptkommissar Popp fühlte sich momentan auch nicht gerade wohl in seiner Haut. Besonders die Stille im Raum machte ihm zu schaffen. Er empfand es wie eine nonverbale Anklage der Eltern.

„Mag sein, dass Sie mir nicht glauben“, sagte er schließlich, „aber es gibt immer noch Hoffnung.“

Berger schaute zu ihm hinüber. Sein Blick sagte mehr, als ein intensives Zwiegespräch.

„Wir hatten schon, dass nach Wochen die Leute unversehrt aufgefunden wurden“, meinte Pimpelkampf in der Hoffnung, den Eltern Mut machen zu können.

Entsetzt schaute Sabine auf.

„Pimpelkamp“, knirschte Popp nur.

Dieser schaute seinen Chef fragend an.

„Es wäre wirklich besser, Sie halten einfach nur die Klappe!“

Beleidigt drehte der junge Kommissar sein Gesicht weg. Hatte er es doch wirklich nur gut gemeint!

Endlich läutete das Telefon, das sie auf den Tisch vor sich liegen hatten. Mit hastigen Fingern nahm es Berger auf.

„Für Sie …“, meinte er nur und reichte es dann an Popp weiter.

„Habt ihr Idioten nicht mitbekommen, dass diese Leitung frei bleiben soll?“, maulte Popp in die Muschel. „Warum ruft ihr mich nicht übers Handy an?!“

Gespannt beobachteten nun alle, wie Popps Mimik nun lebhafter wurde, er immer wieder kurz zustimmend nickte und schließlich mit einem Seufzer das Gespräch beendete. Erwartungsvolle Blicke waren dann auf ihn gerichtet.

„Nichts Weltbewegendes aber zumindest ein kleiner Hinweis.“ Und zu den Bergers gewandt: „Ihre Kinder hatten nach Schulschluss versucht, sich ein Taxi zu nehmen.“

„Und warum haben sie es nicht getan?“, meinte Berger.

„Weil der Taxifahrer sie davongejagt hat. Recht unwirsch sogar. Einige Passanten hatten das beobachtet und es uns gemeldet. Als der Fahrer dann vernommen wurde, haben die Kollegen festgestellt, dass dieser auch noch völlig betrunken war. Der wird wohl die nächste Zeit vom Taxi auf eine Rikscha umsteigen müssen, sein Führerschein ist jedenfalls vorerst in der Reinigung.“

„Wirklich weiter hilft uns das nicht“, meinte Pimpelkamp.

„Nicht so richtig, stimmt“, sinnierte Popp. „Zumindest wissen wir jetzt, dass die Kinder wirklich alles versucht haben, um nach Hause zu kommen.“

„Was nur heißt, dass unsere Sorgen und Ängste berechtigter sind, als je zuvor“, entgegnete Berger bitter, während seine Frau nun erneut losschluchzte …

***

Mit versteinerter Miene schaute Josef Schurecke am Abend die Nachrichtensendung im Regionalfernsehen. Da er den ganzen Tag sehr beschäftigt gewesen war, hörte er nun zum ersten Mal etwas über das Verschwinden der beiden Kinder. Ausführlich wurde über die Fahndung berichtet und welchen Stand die Ermittlungen bisher ergeben hatten. Die gesamte Bevölkerung wurde um Hinweise gebeten und zum Schluss wurde dann ein Interview mit Pimpelkamp gezeigt. Dieser zeigte sich dort allerdings von seiner besten Seite. Sehr souverän klärte er die Bevölkerung über alles Wissenswerte auf.

Josef Schurecke erfasste ein ungutes Gefühl, das ihn den ganzen Abend nicht mehr verließ.

„Was hast du?“, fragte ihn seine Frau schließlich, als sie später gemeinsam vor dem Fernseher saßen. „Du wirkst heute so abwesend!“

„Hast du das von den beiden Kindern gehört, die verschwunden sind?“

„Ja, hab ich. Schrecklich, was ...?“

„Allerdings. Und irgendwie bin ich auch besorgt“, sagte Schurecke mehr zu sich selbst als zu seiner Frau.

„Aber warum denn?“

„Kannst du dir das nicht denken?“

„Du meinst Paul ...?“, sagte Elvira Schurecke ungläubig, ja fast empört. „Der ist doch in Therapie und Frau Matain hat von erheblichen Fortschritten berichtet. Außerdem hat sich der Junge zwar mal ein paar Kindern genähert, aber angefasst oder gar missbraucht hat er nie welche. Also Josef, ich bitte dich ...!“

„Belüg dich doch nicht selbst, Frau! Er hat sie intensiv betätschelt und die Eltern haben nur durch eine ordentliche Bargeldzuwendung von einer weiteren Verfolgung abgesehen und die Anzeige zurückgezogen! Wäre er mit den Kindern unbehelligt geblieben, dann wäre auch mehr passiert, davon bin ich überzeugt!“

„Aber Kinder entführen, das geht doch nun wirklich zu weit, Josef! Außerdem hat er jetzt andere Interessen, jetzt, wo er viel mit dem Lothar zusammen ist.“

„Dieser Utikal ist mir, ehrlich gesagt, auch nicht ganz geheuer. Die hängen doch nur noch den ganzen Tag mit den Köpfen zusammen und tun im Grunde keinen Handschlag, außer Spaß zu haben. Zwischendurch dann mal eine Therapiestunde. Das alles passt mir überhaupt nicht!“

„Ja, was verlangst du denn, was sollten sie denn sonst tun?“

„Jetzt reicht es aber, Elvira“, rief Schurecke außer sich. „Arbeiten zum Beispiel, etwas Sinnvolles tun! Unser Sohn ist von Beruf Millionär, das muss man sich mal vorstellen!“ Die Erregung Schureckes steigerte sich.

„Willst du ihm vorwerfen, dass seine Eltern so wohlhabend sind? Wir beide haben ihn schließlich so erzogen. Du warst immer dabei, wenn er alles bekam, was er wollte. Nur eines hast du ihm nie gegeben“, meinte nun Elvira vorwurfsvoll.

„Und was sollte das gewesen sein?“, höhnte ihr Mann. „Ich wüsste nichts, was er nicht bekommen hätte.“

„Oh doch: Zeit! Du hattest nie Zeit für ihn, nur Geld! Damit du immer reicher werden konntest, musste er praktisch während seiner gesamten Kindheit auf den Vater verzichten!“

„Und auf die Mutter etwa nicht?“, spottete Schurecke. Seine Aufregung hatte sich etwas gelegt, er musste sich jetzt selbst vor seiner Frau verteidigen. „Erzogen haben ihn doch mehr oder weniger Zofen, während seine Mutter lieber Stadtbummel in Rom, Mailand oder sonst wo machte!“

„Ich streite nicht ab, dass auch ich mich nicht richtig verhalten habe, Josef. Aber dass aus der Konsequenz daraus ein Paul geworden ist, der uns nun Schwierigkeiten bereitet, haben wir beide mitzuverantworten, ob wir wollen oder nicht!“

Josef Schurecke wurde plötzlich ruhig und nachdenklich. So verharrte er eine längere Zeit, bevor er dann sagte: „Wo ist der Bursche eigentlich?“

„In seinem Trakt, denke ich.“

Während andere Kinder ein kleines Zimmer ihr Eigen nennen, hatte Schurecke für seinen Sohn seinerzeit ein fast 200 Quadratmeter großes Areal als Kinderwohnung anlegen lassen. Je nach Pauls Alter wurde dieser Trakt dann in regelmäßigen Intervallen seinen Wünschen entsprechend umgestaltet, wie und wann er wollte.

„In seinem Trakt?“, fragte Schurecke ungläubig. „Ich höre nichts.“ Er war es gewohnt, die meiste Zeit des Tages laute Techno-Rhythmen aus der Richtung des Traktes zu hören, die er schlichtweg als Hottentotten-Musik bezeichnete.

„Er ist aber da, ich weiß es genau.“

„Na, ist ja auch egal, Frau“, meinte Schurecke nun versöhnlich. „Wir sollten uns nicht zanken, es führt eh zu nichts, jetzt nachzukarten. Lass uns lieber das Beste aus dem machen, was wir haben.“

„Du sagst es, Josef“, pflichtete ihm seine Frau bei.

Und so saßen sie den Rest des Abends einträchtig nebeneinander und schauten fern.

Trotz allem legte sich die Beklemmung in Josef Schurecke nicht. Immer wieder plagten ihn die Gedanken an die zwei ent-

führten Kinder und an seinem Sohn. Voller Sorge ging er schließlich zu Bett. Es dauerte Stunden, bis er endlich einschlief.

***

Wie jeden Morgen gehörte es für Josef Schurecke zum Ritual des Frühstücks, die regionale Tageszeitung zu lesen. Elvira vermied es dabei zu stören, wenn er tief versonnen hinter dem aufgeschlagenen Blatt versunken war, um das Aktuellste zu studieren.

Natürlich war der Aufmacher des heutigen Tages die Entführung der beiden Kinder. Der mittlerweile gelöschte Waldbrand war das zweite große Thema.

Ob er wollte oder nicht: Hatte er schon bei der Kindesentführung ein sehr schlechtes Gefühl gehabt, so war dies auch bei dem Waldbrand der Fall. Alle Vermutungen der Behörden schlossen nicht auf Unachtsamkeit von Spaziergängern oder möglicher Selbstentzündung hin, wie es bei dieser Trockenheit durch zum Beispiel Glasscherben passieren kann. Nein, es wurde vorsätzliche Brandstiftung vermutet, da der Primärherd des Ausbruchs laut Feuerwache viel zu schnell sichtbar wurde. Als er dann auch las, dass in der Nähe des Waldes ein roter Sportwagen gesichtet wurde, der sich von dem Geschehen entfernte, wurde Josef Schurecke richtig stutzig.

Nachdenklich faltete er die Zeitung zusammen und schaute seine Elvira an. Dabei seufzte er demonstrativ.

„Was hast du, gibt es etwas Besonderes?“, fragte diese, wohl befürchtend, es habe etwas mit ihrem gestrigen Gespräch zu tun.

„Es geht um den Waldbrand. Man hat einen roten Sportwagen beobachtet, der dort abhaute.“

„Rote Sportwagen gibt es viele“, meinte Elvira nun wohl wissend, was jetzt kommen würde.

„Richtig, unser Sohn hat zum Beispiel einen“, sagte Schurecke hart.

„Meinst du, dass du jetzt nicht übertreibst, Josef?“, Elvira Schurecke war jetzt wirklich entrüstet. „Neben Kinderentführer

soll der Junge auch noch ein Brandstifter sein? Ein bisschen viel Unrecht, was du ihm da antust, meinst du nicht?"

Schurecke legte das Tagesblatt auf den Tisch und erhob sich.

„Wo willst du hin?", fragte Elvira Unheil ahnend.

„Ich muss mit ihm reden, sonst zerplatze ich noch ...!"

***

Entschlossen schritt Schurecke zum Schlafgemach seines Sohnes. Ohne anzuklopfen oder sich sonst wie bemerkbar zu machen, riss er die Tür auf. Ein alkoholdurchsetzter Geruch schlug ihm entgegen. Paul und sein Freund Lothar lagen selig in dem riesigen Bett und schliefen fest. Dass Utikal hier übernachtet hatte, darauf war Schurecke nicht gefasst. Diese innige Freundschaft der beiden schlug ihn in der letzten Zeit sowieso recht sauer auf. Auch hierbei umspülte ihn ein Gefühl des Unbehagens.

Auf dem Tisch abseits stand eine leere Flasche Wodka, was die Ursache für die alkoholisierte Raumluft zu sein schien. Und daneben lagen, er konnte es nicht glauben, massenhaft Prospekte von FKK-Urlaubszielen, wo Familien mit ihren Kindern unbekleidet abgebildet waren.

Schurecke schnaufte wie ein Stier und nahm eines der Hochglanzprospekte in die Hand. Lauter kleine Jungen und Mädchen, die voller Urlaubsfreuden im Sand oder sonst wo spielten, umgeben von ihren Eltern, die allesamt eine glückliche Eintracht bildeten.

Josef Schurecke räusperte sich laut, doch die beiden schnarchten ungestört weiter. Beinahe wutentbrannt ging Schurecke entschlossen hin und riss das Oberbett seines Sohnes zur Seite. Als dann noch immer nichts geschah, rüttelte Schurecke recht heftig an den Beinen seines Sohnes.

Dieser gähnte und streckte sich, bevor er die Augen öffnete. Als müsste er sich erst orientieren, schaute er dösig gegen die Zimmerdecke.

Schurecke räusperte sich erneut.

Erschrocken wandte sich sein Sohn ihm zu und fuhr hoch. Im ersten Moment schien er nicht zu wissen, wie er reagieren sollte. Im Grunde war er verärgert über das brutale Wecken, doch die Angst vor dem Vater überwog.

Schurecke nahm ihm die Entscheidung ab und hielt ihm jenes Hochglanzprospekt vor die Nase: „Planst du deinen nächsten Urlaub?“

„Ich ..., äh ..., was ...?“, stammelte Paul.

„Ja meinst du, ich hätte eine Sprachstörung? Ich hab dich was gefragt“, kam die erneute Aufforderung.

„Ach, Urlaub ..., ja ..., möglich.“

Schurecke wedelte mit dem Prospekt und meinte mit dem verächtlichsten Ton, der ihm möglich war: „Genau dort sehnt ihr beiden euch wohl hin. Die werden dort bestimmt schon auf euch warten, die kleinen süßen Jungen und Mädchen ...“

„Aber Vater“, rief Paul entsetzt.

Schurecke beugte sich zu seinem Sohn vor: „Hör bloß auf, Junge, bevor ich mich vergesse“, sagte er verachtungsvoll.

Auch Utikal war mittlerweile hellwach, er wagte jedoch nicht, einen Mucks zu sagen.

„Warum ist dein Freund eigentlich in der Therapie?“, fragte Schurecke scharf. „Auch wegen kleiner Jungs ...?“

„Nein, nein ...“, stammelte Paul.

„Weswegen denn ...?“, drängte Schurecke.

„Weswegen ...? Äh ...“

„Spielsucht“, lenkte Utikal ein.

„Ja, Spielsucht“, bestätigte Paul eifrig.

„Pillemann-Spielsucht wohl“, höhnte der Vater.

„Wo denkst du hin, Vater“, tat Paul entrüstet.

Joseph Schurecke schaute Utikal fest in die Augen: „Du wirst jetzt auf der Stelle mein Haus verlassen, verstanden?“

„J-ja ...“, stammelte Utikal.

„Und du wirst auch nicht wieder herkommen, ist das klar?“

Betretenes Schweigen.

„Und das gilt nicht nur für heute, sondern auch für die Zukunft. Ich hoffe, wir verstehen uns!“

„Vater“, rief Paul entsetzt. Er hatte sich mittlerweile gefangen.

Doch Paul Schurecke hatte keinen Gesprächspartner mehr. Sein Vater hatte das Schlafgemach bereits verlassen.

***

„Und, was sagen die Jungs?“, fragte Elvira, als ihr Mann zum Frühstückstisch zurückkam. Natürlich konnte sie ihrem Mann ansehen, dass es in ihm brodelte.

„Ich habe den Utikal vor die Tür gesetzt.“

„Was hast du?“, fragte Elvira ungläubig.

„Du hast richtig gehört.“

„Damit bin ich aber überhaupt nicht einverstanden, Josef“, protestierte seine Frau energisch. „Er ist der beste Freund unseres Sohnes!“

„Hausverbot hat er ab sofort auch!“

„Bist du des Wahnsinns?“, sagte Elvira fassungslos. „Was ist denn in dich gefahren?!“

Schurecke warf die FKK-Prospekte auf den Tisch.

Ungläubig betrachtete seine Frau die Lektüre. Dabei schüttelte sie entsetzt den Kopf.

„Das hier ist in mich gefahren“, sagte Schurecke hart. „Muss ich weitererzählen …?“

Elvira schloss ihre Augen. Auch sie erfassten nun erste Zweifel.

„Und jetzt …?“, fragte sie beinahe hilflos.

„Ich habe Angst, Frau“, sagte Schurecke leise. „Angst davor, dass das wahr ist, was ich befürchte …“

***

Popp und Pimpelkamp saßen sich im Büro gegenüber. Seufzend nickten sie sich zu. Sie hatten soeben den Bericht der Spurensicherung bekommen. Nachdem der Waldbrand gelöscht war, wurde nicht nur nach Brandbeschleuniger gesucht, sondern auch nach weiteren Spuren. Insbesondere nach denen der vermissten Kinder.

„Ich glaube, wir haben ein Problem, Mucke“, sagte Kommissar Pimpelkamp bitter. Mucke war Popps Spitzname, denn eigentlich hieß er Nepomuk, was ihm überhaupt nicht gefiel. Dies war eines der Dinge, das er seinen Eltern zeitlebens übel genommen hatte: War es nicht nur der Nachname, der nicht gerade berauschend war, so mussten ihn seine Eltern auch noch Nepomuk taufen. Insofern war der Name Mucke für ihn das kleinere Übel, wobei er jedoch Wert darauf legte, dass jenen Spitznamen auch nur seine Bekannten benutzten.

„Da sagst du was, Holger“, meinte Popp ratlos. „Wie bringen wir es den Eltern nur bei? Die Leichen der Kinder waren bis zur Unkenntlichkeit verbrannt. Nur ein DNA-Test konnte sie identifizieren und dieser war für die SPUSI schon schwierig genug.“

„Zu hoffen, dass wir dort irgendwelche Hinweise oder Spuren auf die Täter finden, ich glaube, das können wir uns von der Backe putzen“, knirschte Pimpelkamps Stimme regelrecht.

„Richtig. Die Täter haben ganze Arbeit geleistet. Nur, dass man dort irgendwo einen roten Sportwagen hat fahren sehen. Das ist alles, was wir bis jetzt haben, sonst nichts!“

„Und dass dieser Sportwagen damit in Zusammenhang steht, das sei auch noch dahingestellt“, entgegnete Pimpelkamp.

„Genau so ist es. Im Grunde sind wir im Moment völlig orientierungslos. Wir können nichts anderes tun, als auf weitere Hinweise der Bevölkerung zu hoffen.“

„Und mit den Eltern reden“, sagte Pimpelkamp bitter. „Wer macht es …?“

„Ich denke, ich bin da etwas geschickter“, meinte Hauptkommissar Popp mit einem angedeuteten Lächeln.

In diesem Moment klopfte es an der Bürotür und schon im gleichen Moment trat der Mann auch schon ein. Es war Benno Kuschnickel von der SPUSI.

„Ah, Benno“, rief Popp erfreut. „Was macht deine Frau, die war doch so krank?“

„Der Dagmar geht es wieder besser. Gott sei Dank war der Befund von der Mammografie negativ.“

„Na, dann sei froh“, schaltete sich Pimpelkamp mal wieder ‚feinfühlig‘ ein. „Wäre doch schade drum, bei so einer netten Frau!“

Zwar waren die verbalen Ausrutscher des Kommissars im Revier allgemein bekannt, aber Kuschnickel ärgerte sich doch schon ein bisschen: „Da muss ich dir recht geben, Holger. Im Gegensatz zu deiner …“, antwortete er ein wenig angekratzt.

„Wie meinst du das?“, kam die naive Frage.

„Nun, solange mein Schatz nicht, wie deiner, morgens vor dem Spiegel steht und höhnisch sagt: ‚Das gönn ich ihm’, so lange ist die Welt für mich in Ordnung!“

Popp konnte sich ein lautes Auflachen nicht verkneifen. Zwar war Pimpelkamps Frau nicht gerade hässlich, aber ihre vorderen Zahnreihen waren schon recht auffällig. Man höhnte im Revier, dass es eine Kreuzung zwischen Mensch und Kaninchen sein müsse.

„Nun hör aber mal …“, rief Pimpelkamp empört.

„Hört auf, Kinder“, schlichtete Popp lachend. „Wir haben jetzt Wichtigeres zu tun, als uns zu zanken.“

„Allerdings“, lenkte Kuschnickel ein. Dabei klang der Ton seiner Stimme nicht gerade ermutigend. „Was wir eigentlich schon vorher wussten, hat sich bestätigt: nicht der geringste Anhaltspunkt, Gegenstand oder sonst was, an dem man irgendwelche DNA-Spuren auch nur ansatzweise nachweisen könnte. Wir hatten gehofft, etwas außerhalb des elementaren Brandherdes zu finden, was uns weiterhilft. Ein Tempo-Taschentuch oder eine Zigarettenkippe …, doch nichts Brauchbares!“

„Ich denke“, sagte Hauptkommissar Popp nachdenklich, „dass wir wirklich zu antiquaren Mitteln greifen sollten. Zu Methoden, die man früher häufig angewandt hat.“

„Und die wären …?“, fragte Pimpelkamp.

„Auf so einer alten Polizeikarre ein Megafon montieren und die Bevölkerung um ihre Mithilfe bitten. Ich bin mir sicher, dass die Kinder von irgendjemandem gesehen wurden. Und dieser Jemand ist sich gar nicht bewusst, wie wichtig seine Beobachtung ist …“

***

Sabine Berger hatte ihr Bewusstsein verloren. Nachdem ihr Hauptkommissar Popp die grausame Wahrheit mitgeteilt hatte, versagten ihre Gliedmaßen. Sie fiel um, wie ein Baum. Nur mit Mühe konnten die Männer die gebrochene Frau auffangen, als sie niederstürzte. Leider konnte man nicht verhindern, dass sie mit der Wange gegen eine Stuhlkante stieß und sich sofort eine klaffende Platzwunde auftat. Schnell ergoss sich eine Blutlache auf dem Boden. Rasch sprang Popp hinzu und drückte ein Küchentuch, das so herumlag und einen relativ sauberen Eindruck machte, auf die Blutung.

Auch Gerhard Berger hatte Mühe, sich auf den Beinen zu halten. Kreidebleich hielt er sich an dem Küchentisch fest und hatte dabei das Gefühl, als entleerte sich das Blut aus seinem Haupt.

„Setzen Sie sich erst mal hin“, sagte Popp und drückte ihn sanft auf den Stuhl nieder, nachdem er mit Sabine fertig war.

Pimpelkamp betätigte derweil sein Handy, um einen Arzt zu rufen. Zwar hatte man befürchtet, einen zu brauchen, dass Sabine jedoch umgehend zusammenbrach und sich verletzte, damit konnte keiner rechnen.

Bergers Gesicht hatte die Kontur einer Maske angenommen. Schwer atmend stierten seine Augen geradeaus, ohne dabei einen Punkt zu fixieren. Sie waren geprägt von völliger Leere und ohne jegliches Wimpernspiel.

Popp und Pimpelkamp schauten sich Rat suchend an. Dies war einer jener Situationen, um die man einen Kriminalbeamten wirklich nicht beneiden konnte.

Pimpelkamp holte schon Luft, um etwas zu sagen, doch Popp hob schnell beschwichtigend seine Hand. Jetzt war wirklich nicht der Zeitpunkt für einen Kommentar Pimpelkamps, auch wenn es dieser noch so gut meinte. Er deutete zu Bergers Frau, um die er sich jetzt besser kümmern konnte.

„Möchten Sie ein Glas Wasser oder etwas anderes?“, fragte Popp leise.

Bergers Augen füllten sich ein wenig. Nur leicht wandte er seinen Kopf zum Hauptkommissar und verneinte.

Popp legte ihm die Hand auf die Schulter: „Ich verspreche Ihnen, dass wir dieses Schwein fangen werden. Die ganze Härte des Gesetzes wird der zu spüren bekommen!"

„Ob sie sehr leiden mussten ...?", fragte Berger heiser.

Der Kriminalbeamte atmete tief durch. Er fühlte sich denkbar schlecht, als er antwortete: „Im Moment beginnen wir erst mit den Ermittlungen. Näheres kann ich Ihnen jetzt wirklich noch nicht sagen."

Der Notarzt traf ein. Schnell zog er eine Spritze auf und injizierte Sabine Berger ein Kreislauf stabilisierendes Mittel. Dann versorgte er rasch die Platzwunde an ihrer Wange, die Pimpelkamp bis dahin mit einem Papiertaschentuch notdürftig abgedeckt hatte. Das Küchentuch war mittlerweile blutdurchtränkt.

Sabine schlug langsam die Augen auf. Als müsste sie sich kurz erinnern, irrten ihre Augen suchend umher. Doch dann brach es aus ihr heraus: „Neiiin ..., neiiin ...", schrie sie wie von Sinnen. „Wo sind meine Kinder ..., ich will meine Kinder wiederhaben ..., neiiin ...!" Dabei schlug sie wie wild ihren Kopf und die Arme hin und her.

Schnell eilten Popp und Pimpelkamp herbei und halfen dem Arzt dabei, die Frau zu bändigen. Auch Gerhard Berger gesellte sich besorgt hinzu. Beruhigend redete er auf seine Frau ein, obwohl er nicht weit davon entfernt war, ähnliche Verhaltensweisen an den Tag zu legen.

Der Arzt zog derweil eine weitere Spritze auf. Es kostete schon ein wenig Mühe, der tobenden Frau die dünne Kanüle in die Armvene zu platzieren und die milchige Flüssigkeit zu verabreichen. Endlich war es geschafft und die Wirkung setzte auch schon nach wenigen Momenten ein. Zusehends wurde die Frau ruhiger und ruhiger.

„Was haben Sie ihr gegeben?", keuchte Popp, nachdem er losgelassen hatte. Er war ziemlich außer Atem. „Das Zeug wirkt ja ruckzuck!"

„Ein Benzodiazepin", kam die knappe Antwort.

„Ein was …?“

„So etwas wie Valium. Das werden Sie wohl kennen.“

„Oh ja, das kennen wir nur zu gut“, antwortete Popp und wandte sich Gerhard Berger zu: „Und auch Sie sollten sich davon vom Arzt geben lassen.“

Auch aus Berger war es regelrecht herausgebrochen. Laut schluchzend rannen ihm die Tränen wie Bäche an den Wangen hinunter. Dabei irrte sein Blick einfach nur fassungslos umher. Es war schlicht zu grausam und unwirklich, was er da realisieren musste.

***

„Hat jemand den Kuschnickel gesehen?“, fragte Tanja Bolding.

„Hinten, in unserem Gruselkabinett“, antwortete Werner Krahé, ohne von seinem Display aufzuschauen.

„Gruselkabinett?“, fragte die junge Frau etwas irritiert.

„Na“, schaltete sich Henning Pouwell von der Seite her kichernd hinzu, „wenn jemand fragt, wie sich unsere führenden Köpfe hier auf der Wache nennen und er hört: Popp, Pimpelkamp und Kuschnickel, dann denkt der doch wirklich, er sei im Gruselkabinett oder so!“

Krahé und Pouwell grinsten sich dabei fast einen Appel ab.

„Und wenn der dann auch noch hört, die hätten einen Sittenstrolch eingefangen, dann wird er doch fragen: ‚Wurde die Frau nur gepoppt oder auch gepimpelkampt …?‘“

Die beiden Kriminalbeamten amüsierten sich köstlich. Dass Tanja Bolding mit hochrotem Kopf danebenstand, interessierte sie nicht.

„Vielleicht wurde sie ja auch vom Kusch genickelt“, kam eine Stimme von der Seite her.

Erschrocken fuhren Krahé und Pouwell zusammen. Etwas abseits von ihnen stand Kuschnickel, der jedes Wort gehört hatte.

„Ach Benno, du …?“, stammelte Krahé.

„Irgendwas Neues?“, fragte Kuschnickel trocken. „Vielleicht eine lustige Nachricht bei dir auf dem Schirm, Werner?“

„Ich hab was“, meinte Tanja Bolding und reichte Kuschnickel einen Zettel, der zusammengetackert war. „Der Zettel wurde gerade von einem Jungen im Auftrag abgegeben. Er sollte nur dir übergeben werden, Benno.“

„Warum denn so geheimnisvoll?“, meinte Popp, der mit Pimpelkamp hinzutrat.

Die junge Frau zuckte nur mit den Schultern.

„Das werden wir ja gleich sehen“, sagte Kuschnickel nun seinerseits gespannt und riss das Schreiben auseinander. „Rote Corvette“, steht dort drauf, sonst nichts.“

Popp schüttelte mit dem Kopf: „Nur rote Corvette? Das ist aber wirklich eigenartig!“ Dabei nahm er den Zettel Kuschnickel aus der Hand, um ihn selbst zu studieren.

„Das heißt auf jeden Fall, dass der Informant nicht bekannt sein will“, meinte Kuschnickel nachdenklich. „Warum nur?“

Der Hauptkommissar schnippte mit den Fingern: „Ganz klar: Der Besitzer jener Corvette muss eine einflussreiche Person sein, mit der sich anzulegen einem mächtig Ärger einbringen kann.“

„Genau“, meinte Pimpelkamp, „der Unbekannte weiß sehr wohl, dass hier ein schlimmes Verbrechen vorliegt, möchte aber selbst außen vor bleiben, um sich eigene Konsequenzen zu ersparen!“

„Im Grunde bekommen wir hier gerade den oder die Täter auf dem Silbertablett serviert“, lachte Popp erleichtert. „Eine rote Corvette eines sehr einflussreichen Besitzers zu ermitteln ..., dass es uns so leicht gemacht wird, hätte ich nun wirklich nicht gedacht!“

Kuschnickel nahm den Zettel wieder an sich: „Dann kümmert ihr euch um die Corvette und ich nehme das Papier hier mit ins Labor. Ich bin mir sicher, dass noch weitere unsichtbare Informationen drauf sind ...“

VI.

„Wir haben mit der einflussreichen Person wirklich nicht übertrieben“, sagte Popp zu Pimpelkamp, als sie vor das Eingangstor des riesigen Anwesens von Josef Schurecke fuhren. Schon von Weitem hatten sie die umfangreichen Sicherheitsmaßnahmen erblickt. Neben einer Vielzahl von Kameras waren auch gleich vor dem Tor zwei geschniegelte Gestalten in Design-Anzügen postiert.

„Sie wünschen?“, fragte einer, nachdem Popp das Fenster herunterfuhr.

„Kriminalpolizei“, dabei hielt Popp seinen Dienstausweis hoch. „Wir möchten zu Herrn Paul Schurecke!“

„Werden Sie erwartet?“

„Ich denke mal nicht!“ Dabei konnte sich Popp ein Lachen nicht verkneifen.

„Dann fürchte ich, dass es schwer werden wird, einen Termin zu bekommen.“

„Ach wissen Sie“, lachte Popp über die naive Verhaltensweise des Bodyguards, „dann wäre es wohl besser, wir verhaften sie gleich alle. Sie dann natürlich zuerst“, wobei Popp auf sein Gegenüber deutete.

Dieser schien etwas verwirrt. Es dauerte einige Augenblicke, bis sich sein arroganter Denkapparat der Situation angepasst hatte: „Dann muss ich Sie anmelden“, sagte er schließlich.

„Ich bitte darum“, schloss sich Popp dem höflichen Ton an.

Schon nach wenigen Augenblicken beugte sich der Mann zum Hauptkommissar hinunter: „Herr Schurecke lässt bitten!“

***

„Du willst unseren Paul denen doch nicht ausliefern?“, fragte Elvira Schurecke entsetzt.

„Natürlich will ich das“, fauchte ihr Mann zurück. „Er ist ein gemeiner Drecksack! Ein Kinderschänder und Mörder! Soll er doch sein Leben lang im Knast schmoren!“

„Es ist unser Sohn, Josef“, meinte die Frau eindringlich. „Es ist und bleibt immer noch unser Sohn!“

„Unser Sohn …?“, höhnte ihr Mann. „Es ist allenfalls einer, der unsere Gene in sich hat, sonst nichts!“

„Ich werde verhindern, dass sie ihn mitnehmen“, meinte Elvira entschlossen.

„Und wie …? Wolltest du ihn verstecken oder dich vor ihn werfen, wenn sie ihn abführen?“

„Die werden doch wohl wissen, wer wir sind?!“

Schurecke lachte laut auf: „Und wenn schon. Holen werden sie ihn so oder so, da nützen uns auch unsere Milliarden nichts!“

Elvira Schurecke umfasste den Hemdkragen ihres Mannes und schüttelte ihn, als müsste sie ihn wecken: „Bei all deinem Hass zu Paul, Josef: Es geht hier auch um uns! Schimpf und Schande werden über uns kommen und keiner wird mehr etwas mit uns zu tun haben wollen. Willst du das …?“

Schurecke beruhigte sich und dachte nach. Was aus Paul wurde, war ihm wirklich egal, aber sein eigenes Leben und das seiner Frau, das sollte doch weitgehend geschont bleiben. Und mit der Schimpf und Schande, da hatte sie nicht Unrecht.

„Was sollen wir denn machen?“, sagte er schließlich beinahe kleinlaut.

„Am besten, wir sagen gar nichts und halten erst mal Rücksprache mit unseren Anwälten“, presste Elvira noch schnell hervor, da Popp und Pimpelkamp in Begleitung eines ‚Butlers‘ erschienen.

„Sie können sich denken, Herr Schurecke, warum wir hier erscheinen?“, fragte Popp nach einer kurzen Begrüßung.

„Nein, kann ich nicht. Hab ich etwa falsch geparkt?“

Mit dieser abweisenden Arroganz hatte Popp wirklich nicht gerechnet: „Wir wollen zu ihrem Sohn“, antwortete er nun seinerseits reserviert.

„Hat der denn falsch geparkt?“

Nun reichte es dem Hauptkommissar: „Ich werde Ihnen mal etwas sagen, Herr Schurecke. Zwar bin ich mir sicher, dass Sie nicht so dumm sind und nicht wissen, warum wir hier sind, aber ich kann es Ihnen gerne zum Mitschreiben sa-

gen: Wir sind von der Mordkommission und wollen Ihren Sohn festnehmen!“

„Vergreifen Sie sich nicht im Ton“, entgegnete Schurecke beinahe drohend. „Auch wenn Sie von der Polizei sind, sollten Sie nicht vergessen, wen Sie vor sich haben!“

„Wegen Kindesmissbrauchs und zweifachen Mordes“, fuhr Popp unbeirrt fort. „Ich denke, das war klar genug. Also, wo finden wir ihn!?“

Schurecke winkte dem Butler zu. Dieser nickte kurz und entfernte sich dann in die Richtung, in der sich die Gemächer des Sohnes befanden. Keiner bemerkte, dass in dem Antlitz des Butlers so etwas wie Wohlwollen zu erkennen war. Es war auch nur ein kurzes Aufflackern der Zufriedenheit gewesen, das keiner mitbekommen sollte.

„Sagen Sie ihm, dass es zwecklos ist, sich aus dem Staub zu machen“, rief Popp dem Mann hinterher. „Er würde seine ohnehin schlechte Lage nur noch verschlimmern!“

„Darf ich Ihnen etwas zu trinken anbieten?“, versuchte Elvira Schurecke die angespannte Situation zu entschärfen.

„Nein danke“, winkte Popp ab. Er war froh, wenn er aus diesem Palast wieder raus war.

Es dauerte eine Zeit lang, bis Paul Schurecke dann endlich erschien. Der Butler schien so seine Mühe gehabt zu haben, den Mann zum Mitgehen zu überzeugen. Das mochte auch daran liegen, dass sich der Butler und Paul Schurecke nie sonderlich gut verstanden hatten. Und es war höchste Zeit, dass die Männer kamen. Einige Minuten länger und Popp wäre selbst los, um ihn zu holen.

„Was wollen die Männer von mir, Vater?“, stammelte Paul Schurecke. Dabei war sein Gesicht von blanker Angst geprägt.

„Ich erkläre Ihnen hiermit die vorläufige Festnahme wegen Kindesmissbrauchs und Mord“, sagte der Hauptkommissar förmlich.

Pimpelkamp ging auf den Mann zu und holte seine Handschellen hervor.

Entsetzt blickte er dem Kommissar entgegen: „Das wirst du doch nicht zulassen, Vater“, rief Schurecke voller Panik. Dabei drehte er seinen Oberkörper von den Handschellen weg.

„Tu, was man von dir verlangt“, sagte sein Vater hart. Josef Schurecke sah ein, dass es aussichtslos war, sich jetzt zu widersetzen.

„Aber Vater!“

„Tu es“, kam die eindringliche Aufforderung. „Ich hole dich da schnellstmöglich wieder raus!“

Und schon klickten die Verschlüsse der Handschellen.

Entsetzt schaute Schurecke auf seine Handgelenke: „Aber das könnt ihr doch nicht machen“, meinte er mit abnorm geweiteten Augen ungläubig.

„Doch, können wir“, sagte Popp nur knapp und fasste Schurecke unter den Arm. „Und wenn es nötig ist, können wir noch viel mehr. Mitkommen!“ Dabei zogen er und Pimpelkamp den sich verhalten wehrenden Mann mit sich fort. Doch sein Widerstand verringerte sich mit jedem Schritt, mit dem sie der Tür näher kamen.

„Ach, noch was zum Schluss“, wandte sich Popp kurz vor der Tür noch mal um: „Die Corvette Ihres Sohnes ist beschlagnahmt. Sie wird jeden Moment von zwei Kollegen der Spurensicherung abgeholt. Ich setze mal voraus, dass sie von niemandem daran gehindert werden!“

„Sie wissen, dass ich mit dem Polizeipräsidenten gut befreundet bin?“, rief Josef Schurecke den Männern hinterher.

„Das weiß ich zwar nicht, aber wenn Sie es sagen, wird es wohl so sein“, meinte Popp cool, als sie durch die Tür gingen. Er wollte nur eines: schleunigst raus hier!

***

„Und Sie erwarten, dass wir Ihnen glauben?“, fragte Hauptkommissar Popp fast höhnisch.

„Richtig, diese Kinder hier“, dabei schob Paul Schurecke die Fotos von sich, „hab ich noch nie gesehen. Ich weiß überhaupt nicht, was Sie von mir wollen!“

„Und was haben Sie gestern so gemacht?“

„Ich war gestern den ganzen Tag zu Hause.“ Schurecke vermied es in keiner Weise, seine Arroganz zu zügeln. Mit ver-

schränkten Armen saß er da und lächelte sein Gegenüber herausfordernd an.

„Kann das jemand bestätigen?"

„Möglich, dass mich jemand vom Personal gesehen hat. Die meiste Zeit war ich in meinen Räumlichkeiten und ich kann mich nicht entsinnen, sie an diesem Tag verlassen zu haben."

Popp schaute Pimpelkamp an und schüttelte den Kopf. Dann beugte er sich zu Schurecke vor und sagte eher freundschaftlich: „Hören Sie, mein Freund, dämlichere Lügengeschichten habe ich selten gehört. Wenn wir Ihr Personal in die Mangel nehmen und unter Druck setzen, glaube ich nicht, dass alle ausnahmslos für Sie lügen werden. Dafür ist diese Sache wohl auch denen zu heiß. Abgesehen davon, dass ich nicht glaube, dass Sie ein derartiger Sympathieträger bei Ihren Leuten sind, für die sich ein Meineid lohnen würde. Auch die Wirkungsweise eines Haufen Scheinchens von Ihrem Vater und sein Einfluss hören hier auf!"

„Es stimmt aber", sagte Schurecke eher trotzig. Noch hoffte er voller Naivität, dass neben der Macht seines Vaters auch die SPUSI gewissen Respekt vor dem Namen ‚Schurecke' hatte und sein Vater auch in dieser Richtung aktiv sein würde. Er war es schlicht gewohnt, dass alle vor dem Namen kuschten. Dass dies jetzt anders sein sollte, war für ihn völlig neu.

Popp atmete tief durch: „Junge, man hat gesehen, wie die Kinder in Ihre Corvette gestiegen sind! Es ist ein Zeuge vorhanden!"

„Wer denn?", meinte Schurecke. „Zeigen Sie ihn mir!"

„Den werden Sie noch früh genug kennenlernen", log Popp. Irgendwie behagte auch ihm nicht, dass neben jenem Hinweiszettel nichts Weiteres vorlag. Weitere Zeugen hatten sich trotz aller Aufrufe leider nicht gemeldet.

„Dann waren Sie gestern auch den ganzen Tag allein in Ihren Gemächern. Keinerlei Besuch oder so?"

„Niemand." Schurecke hütete sich, Utikal zu erwähnen. Irgendwie glaubte er, dass es im Moment für ihn besser sei.

Kuschnickel betrat das Büro. Entschlossen reichte er Popp einen Zettel und musterte dabei Schurecke siegessicher.

Nach einem kurzen Blick lächelte der Hauptkommissar bitter und legte Schurecke das Blatt vor: „Ich denke, dass Ihr Spielchen jetzt zu Ende ist."

„Und warum ...?", stotterte Schurecke unsicher. Er konnte sich denken, was jetzt kommen würde. Verzweifelt arbeitete es in seinem Kopf nach einem Ausweg.

Popp haute mit der flachen Hand auf den Tisch, dass es nur so schepperte: „Das ist das Ergebnis der DNA-Untersuchung. Die Kinder haben eindeutig in Ihrem Wagen gesessen!"

„Echt ...? Äh ..., kann ich die Fotos noch mal sehen?", stammelte Schurecke.

Popp schob sie ihm erneut zu.

„Ach, ja ..., stimmt", meinte Schurecke, als hätte ihn gerade die Erleuchtung erfasst. „Letztens hab ich die beiden kurz mitgenommen, fällt mir jetzt wieder ein!"

„Mann, hören Sie doch auf", rief der Hauptkommissar erbost. „Wollen Sie mich verarschen?!"

„Doch, doch ...", meinte Schurecke eifrig.

„Und wo soll das gewesen sein?", knirschte Popp förmlich vor Wut. Er musste sich jetzt zusammenreißen. Am liebsten wäre er diesem rotzfrechen Verbrecher an den Hals gegangen.

„Irgendwo in der Stadt hatten sie mich angesprochen. Der Junge war ganz wild darauf, einmal Corvette zu fahren und seine Schwester wollte auch unbedingt mit. Warum sollte ich den Kindern den Gefallen nicht tun?"

„Den genauen Ort und den genauen Zeitpunkt bitte", grollte Popps Stimme bedrohlich leise.

„Den genauen Zeitpunkt weiß ich nicht mehr. Muss irgendwann in den letzten Tagen gewesen sein, wie ich bereits sagte."

Es ging nicht mehr anders. Schnaufend vor Wut umfasste Popp Schureckes Kragen und riss ihn zu sich über den Tisch heran, sodass man das Einreißen des Stoffes hören konnte: „Bürschchen, ich werde dich ...!"

„Mucke, hör auf", riefen Pimpelkamp und Kuschnickel wie aus einem Mund. Dabei sprangen sie auf und versuchten, ihren Chef von dem Mann loszureißen. Schließlich gelang es ihnen.

Mit Schrecken wurde Popp bewusst, dass er außer Kontrolle geraten war. Schwer atmend rieb er sich das Gesicht und musterte den beinahe triumphierenden Schurecke. Über sich selbst entsetzt stürmte er dann zum Büro hinaus.

„Ich denke mal, dass Ihr Wachtmeister Poppeye die längste Zeit hier Dienst gemacht hat", grinste Schurecke Pimpelkamp und Kuschnickel an. Danach begutachtete er sein zerrissenes Hemd.

„Donnerwetter", höhnte Schurecke weiter, „Ihr Kollege kann aber ganz schön handgreiflich werden!"

„Ich möchte mich für meinen Kollegen entschuldigen", sagte Pimpelkamp förmlich, obwohl er gern dort weitergemacht hätte, wo Popp aufgehört hatte. Es gehört oftmals sehr viel Selbstdisziplin dazu, derartig widerliche Verbrecher entsprechend ihrer Rechte respektvoll zu behandeln.

„Ihre Entschuldigung können Sie sich sparen", entgegnete Schurecke voller Arroganz. „Mein Vater wird schon dafür sorgen, dass dieser Mann demnächst Knöllchen schreiben wird und sich nicht mehr bei der Kripo tummelt."

„Ich werde derweil das Gespräch fortführen", meinte Pimpelkamp, als sei nichts gewesen.

„Fortführen, soll das ein Witz sein ...? Kein Wort werde ich mehr ohne die Anwesenheit meines Anwalts sagen. Was glauben Sie, was mein Vater sagen wird, wenn er erfährt, dass ich hier misshandelt wurde?"

***

„Und, wie war es gestern Abend?", fragte Popp.

„Jede Menge Überstunden gemacht", entgegnete Pimpelkamp und dabei war seine Müdigkeit nicht zu übersehen.

„Hat es sich denn wenigstens gelohnt?"

„Das wird sich zeigen, möglicherweise aber schon. Ich war in dem wohl feinsten Club für betuchte Persönlichkeiten, den es hier im Umkreis gibt."

„Als Kripobeamter?"

„Natürlich nicht. Ich hatte mich als Automobilhändler für Sportwagen der gehobenen Klasse ausgegeben. Ich dachte, damit komme ich bei den jungen Leuten gut an."

„Und hat man dir geglaubt?", zweifelte Popp ein wenig.

„Natürlich. Ich hab auch ganz schön dick aufgetragen und mich nicht lumpen lassen. Die Spesenabrechnung reiche ich gleich ein."

„Ach so, ja ...", knurrte Popp. „Erzähl weiter."

„Nun, Paul Schurecke ist dort bestens bekannt. Ein mieser Angeber sagte man allgemein, dessen Vorlieben für kleine Kinder dort jeder kennt."

„Das wussten wir ja auch schon. Er musste sich ja deswegen mehr oder weniger zwangsweise in Therapie begeben, um eine härtere Bestrafung zu umgehen. Erzähl weiter!"

„Okay. Doch eins nach dem anderen: Schurecke wurde in der letzten Zeit fast ausschließlich mit seinem neuen Kumpel gesehen. Lothar Utikal heißt der." Dabei nahm die Stimme Pimpelkamps mehr und mehr einen geheimnisvollen Klang an.

„Dann und wann einen neuen Kumpel ist doch normal in diesem Alter", zuckte Popp mit den Schultern.

„Doch jetzt halte dich fest: Ich habe herausbekommen, dass dieser Utikal zusammen mit Schurecke die Therapie besucht."

Schurecke beugte sich etwas vor. „Ich glaube, jetzt wird es interessant."

„Genau! Ich war gleich heute Morgen in der Praxis seiner Psychologin, Rita Matain. Sie wollte aufgrund der Schweigepflicht nicht sofort mit der Sprache herausrücken. Nach so einer kleinen Strafandrohung wegen Behinderung der Ermittlungen von Straftaten hat sie mir dann erzählt, warum dieser Utikal dort therapiert wird."

„Lass mich raten", lachte Popp: „Kleine Jungs und Mädchen!"

„Genau das!"

„Dann wird die Sache sogar hochinteressant", schmunzelte Popp. „Den holst du jetzt sofort her, sobald du ihn aufgespürt hast. Wenn wir die beiden getrennt vernehmen, wird sich mit Sicherheit einer von ihnen verplappern!"

„Und was ist mit den DNA-Spuren in der Corvette? Sollte Benno nicht …“

Popp winkte ab: „Spuren von ihm werden mit Sicherheit dort sein, das können wir später auch noch untersuchen lassen. Viel wichtiger wäre, dass wir den Mann mit dem Zettel finden oder sich ein weiterer Zeuge meldet.“

„Und wenn nicht …?“

„Dann wird die Sache etwas schwieriger. Für diese furchtbare Tat belangt werden die mit Sicherheit, da bin ich mir völlig sicher. Bei dem uns zugespielten Zettel, den DNA-Spuren im Auto und der Vorgeschichte der beiden. Ich wüsste keinen Richter, der hier nicht zur Höchststrafe greifen würde.“

***

„Guten Tag, Herr Hauptkommissar!“

Popp wandte sich erschrocken der Tür zu, durch die gerade jemand unaufgefordert hereingekommen war. Er hatte das gar nicht mitbekommen, da er so vertieft die Unterlagen vor sich studierte.

„Herr Polizeipräsident …“, stammelte Popp. Natürlich wusste er sofort, warum dieser Mann, den er nur aus Zeitung oder Rundfunk kannte, so plötzlich vor ihm stand.

„Ich denke, Sie können sich mein Erscheinen erklären“, meinte Präsident Kämmerer wie beiläufig und nahm Popp gegenüber Platz.

„Allerdings.“ Was sollte Popp auch herumdrucksen? Jetzt dumm stellen und blöd herausreden brachte doch sowieso nichts. Dass er sich bei Schurecke nicht richtig verhalten hatte, stand außer Zweifel, und dazu stand er auch. Ansonsten hatte sich der Hauptkommissar überhaupt nichts vorzuwerfen.

„Sie wissen, dass wir gegenüber unseren Festgenommenen eine gewisse Fürsorgepflicht haben, solange sie nicht verurteilt sind?“, begann der Polizeipräsident das Gespräch.

„Ich weiß, Herr Präsident“, antwortete Popp tapfer. „Ich hatte einen ‚Blackout‘ und werde dafür die Konsequenzen tragen. Es tut mir furchtbar leid.“

„Ich bin mit Josef Schurecke schon seit langer Zeit befreundet. Unsere Freundschaft bestand schon, bevor er ein derart einflussreicher Mann wurde. Sie ist also nicht zweckgebunden, wie viele meinen."

„Das mag sein", entgegnete Popp mutig, „und für den Vorfall möchte ich mich auch in aller Form entschuldigen!"

Kämmerer blickte Popp fest in die Augen: „Popp, darum geht es hier eigentlich weniger!"

„Nicht, worum denn …?", meinte Popp überrascht.

„Um den Fall selbst, Popp, um den Fall selbst!"

„Der ist doch für mich sonnenklar! Alle uns vorliegenden Beweise …"

„Welche Beweise denn?" Das Gesicht des Polizeipräsidenten wurde nun noch ernster, als es ohnehin schon war.

„Na, die DNA-Spuren, die Vorgeschichte des Mannes und dieser Zettel mit dem Hinweis …"

„So ein popeliger Zettel, den hier jeder abgegeben haben kann, ist das nicht ein wenig dünn …?", fragte Kämmerer eindringlich.

Popp konnte nicht glauben, was er da hörte: „Aber Herr Präsident, das reicht allemal!"

Abrupt erhob sich der Polizeipräsident von seinem Stuhl: „Da müssen Sie schon mehr heranbringen, Popp. Mit dem Wenigen, das vorliegt, sehe ich für eine Verurteilung eher düster. Und", dabei fixierte er den Hauptkommissar mit noch festerem Blick, „reißen Sie sich in Zukunft zusammen bei ihrem Begegnungsstil gegenüber dem Jungen, der schon als Kind auf meinem Schoß gesessen hatte. Sonst sehe ich für Ihr berufliches Fortkommen hier noch düsterer!"

Ein letzter, eindringlicher Blick, der Popp beeindrucken sollte. Dann drehte sich Kämmerer um und ging.

Der Hauptkommissar schluckte mehrmals und stand wie ein bedröppelter Hund da, als Pimpelkamp erschien.

„Kann mir irgendwie denken, was gerade hier los war", versuchte er seinem Chef Mut zu machen.

Popp atmete tief durch und meinte leise und mehr in sich gekehrt: „Wir alle hier, Holger, haben doch stets das gleiche Ziel, denke ich."

„Richtig, für Recht und Ordnung zu sorgen. Was sonst?“

„Und dafür, dass alle, mit denen wir hier zu tun haben, gleich vor dem Gesetz behandelt werden, oder …?“

„Exakt. Dafür wurden wir schließlich ausgebildet. Dafür werden wir bezahlt“, pflichtete Pimpelkamp bei.

„Leider musste ich jetzt sehr anschaulich feststellen, Holger“, sagte Popp bitter, „dass es immer wieder Menschen gibt, die vor dem Gesetz gleicher sind als andere …“

***

Lothar Utikal war darauf vorbereitet, dass ihn die Kripo abholen würde. Gleich nach der Verhaftung seines Sohnes hatte sich Josef Schurecke bei der Familie gemeldet. Schurecke war es nicht gerade leicht gefallen, nun auch Utikal als seinen Schutzbefohlenen zu betrachten. Wollte er jedoch das Ansehen seiner Familie aufrechterhalten, so blieb ihm gar nichts anderes übrig. Letztendlich spielte da auch der Druck seiner Elvira eine entscheidende Rolle. Im tiefsten Winkel seines Herzens jedoch verachtete er seinen Sohn und erst recht Utikal. Doch das Eigeninteresse überwog den eigentlichen Wunsch. Und so wurden dann zusammen mit Utikals Eltern und dem Rechtsanwalt Orthwin Heinemann Verhaltensmaßnahmen besprochen, die unbedingt einzuhalten waren. Vorher hatte dieser auch mit Paul Schurecke ein längeres Gespräch geführt, was Popp zähneknirschend erdulden musste. Dem Hauptkommissar war klar, dass hier ein Geflecht gebastelt wurde, das dem Unrecht diente und das Recht mit Füßen trat. Das unmittelbare Ergebnis folgte dann auf dem Fuß: Schurecke gab danach nur noch Äußerungen in Anwesenheit Heinemanns von sich.

Utikals Eltern mussten auch erst mal verarbeiten, mit was sie aus heiterem Himmel konfrontiert wurden. Zwar waren seine Eltern nicht gerade arm, aber es lagen Welten zwischen ihrem gesellschaftlichen Stand und dem der Schureckes. Auch ihnen waren die sexuellen Vorlieben ihres Sohnes bekannt und sie litten

nicht minder unter Verzweiflung und Peinlichkeit als die Schureckes.

Insofern spielte Utikal den völlig Überraschten, als er abgeholt wurde. Und zwar so überzogen, dass sogar Kommissar Pimpelkamp misstrauisch wurde.

„So eine Show, wie der abgezogen hat, hab ich noch nie erlebt", sagte er später zu Popp, als sie wieder im Revier waren. „Der zeigt sich völlig verblüfft, wehrt sich aber kein bisschen gegen seine Verhaftung. Ich glaube, der wäre sogar vorausgegangen, wenn er keine Handschellen umgehabt hätte."

„Was sagt uns das?", fragte Popp scharfsinnig.

„Der wusste Bescheid", kam die spontane Antwort.

„Richtig, Zeit zum Überlegen hatte er ja. Ich denke, dass der alte Schurecke schon seine gesamte Rechtsabteilung mobilisiert hat. Zwar bestätigt mich das in meiner Überzeugung, dass wir die Richtigen verhaftet haben, doch lässt uns das einen Vorgeschmack auf das bekommen, was auf uns zukommen wird. Richte dich schon mal auf einiges ein, Holger!"

„Sollen wir jetzt gleich zu ihm hinein oder lassen wir ihn noch etwas schmoren?"

„Jetzt gleich", entgegnete Popp. „Aber denk stets daran, dass wir es nicht nur mit den Gegnern zu tun haben, die uns gegenübersitzen, sondern auch gegen einen aus unseren eigenen Reihen."

„Meinst du etwa einen Spitzel?", fragte Pimpelkamp ungläubig.

„Nicht direkt, aber irgendwie doch", grinste Popp bitter.

„Das musst du mir schon näher erklären."

„Also, das Blöde ist, dass der alte Schurecke über all unsere Ermittlungen umgehend in Kenntnis gesetzt wird. Durch wen brauche ich dir wohl nicht zu sagen."

„Durch den Polizeipräsidenten, da hast du leider recht. So weit hatte ich ehrlich gesagt noch gar nicht gedacht", dabei klapste sich Pimpelkampf mit der Hand gegen die Stirn.

„Insofern", fuhr Popp fort, „weiß Schurecke immer aktuell, ob wir nur jenen Zettel als Beweis haben oder ob sich ein weiterer Zeuge gemeldet hat. Ganz schön blöd, was?"

„Da sagst du was“, schüttelte Pimpelkamp den Kopf. „Das ist nicht nur blöd, sondern geradezu schizophren. Im Grunde macht sich der Präsident doch strafbar damit!“

„Dann gehe hin und verhafte ihn doch“, höhnte Popp. „Meinen Segen hast du dabei.“

„Du hattest recht, als du das mit der Gleichheit vor dem Gesetz sagtest“, meinte Pimpelkamp bitter.

„Papperlapapp. Wir wissen es und müssen damit leben! Was schlichtweg heißt, dass uns einzig die Psychologie bleibt. Nie dürfen wir Schurecke oder Utikal gegenüber zugeben, dass der Zettel momentan das Einzige ist, was wir haben. Dann lachen sie uns aus. Wir müssen sie immer in der Anspannung lassen, dass sich gerade ein weiterer Zeuge gemeldet hat oder dabei ist, es zu tun. Ihre Angst davor ist momentan unser Verbündeter. Nur so haben wir die Chance, dass sich einer von ihnen verquasselt.“

Popp traute seinen Ohren nicht, als er Pimpelkamp Shakespeare zitieren hörte: „Genug der überflüssigen Worte, schreiten wir zur Tat“, und sich zum Vernehmungsraum wandte …

Mit fast trotzigem Blick wurden sie von Utikal empfangen. Seine Augen drückten neben dem Trotz so etwas wie ‚Ihr könnt mir ja doch nichts anhaben‘ aus. Der Multimilliardär Josef Schurecke schien allgegenwärtig zu sein.

„Dann wollen wir mal“, versuchte Popp das Gespräch zu eröffnen und nahm Utikal gegenüber Platz. Pimpelkamp blieb derweil etwas abseits stehen.

„Was wollen wir …?“, kam die herablassende Antwort.

„Na, uns unterhalten!“ Popp schien etwas überrascht. Mit so einer despektierlichen Haltung hatte er nicht gerechnet.

„Ein Dreck werde ich“, spottete Utikal.

Popp blickte zu Pimpelkamp. Dieser zuckte nur mit den Schultern. Er schien auch keinen Rat zu wissen.

„Jetzt hören Sie mir mal zu, Bürschchen“, sagte der Hauptkommissar eindringlich. „Ich gebe Ihnen den gut gemeinten Rat, etwas kooperativer zu sein. So ein Richter hat es überhaupt nicht gern, wenn sich einer so benimmt, wie Sie!“

„Fuck“, rief Utikal nur und streckte ihm den Mittelfinger entgegen.

Popp verspürte wieder jenen Drang, den er bei Schurecke gehabt hatte. Ein Räuspern Pimpelkamps im Hintergrund bewahrte ihn jedoch vor einem erneuten Kontrollverlust.

Tief holte er Luft, bevor er sich zur Ruhe zwingend fragte: „Ist das alles, was Sie zu sagen haben …?“

„Was ich zu sagen habe, sage ich nur in Anwesenheit meines Rechtsanwalts“, schmunzelte Utikal schäbig. „Ist das klar …?“

Wie ein Stier schnaufte der Hauptkommissar durch die Nase, erhob sich und verließ zusammen mit Pimpelkamp den Vernehmungsraum. Er konnte nichts machen, das Recht war auf Utikals Seite. War es nun das Recht des Unrechts oder das Unrecht des Rechts, was ihn momentan so hilflos und zornig machte?

Utikal grinste den beiden mit dem Bewusstsein hinterher, unangreifbar zu sein …

***

Kurt Holzinger war schon über zwanzig Jahre leitender Richter im hiesigen Gerichtshof. Er hatte eigentlich recht früh Karriere gemacht und schon in jungen Jahren diesen leitenden Posten übertragen bekommen. Doch danach hatte er das Gefühl, als stagnierte er, jegliche Bewerbungen zu einer höheren Instanz wurden bislang nicht berücksichtigt. So verging Jahr um Jahr und er fand sich schließlich damit ab, dass das ansässige Gericht wohl so etwas wie die Endstation seiner beruflichen Laufbahn war. Verbitterung und depressive Verstimmungen hierüber hatte er längst überwunden und auch die Phase, bei der der Alkohol sein Freund zu werden schien, war beigelegt. Nachdem ihm klar wurde, dass das keine echte Freundschaft war, sondern nur eine geheuchelte, die schließlich zu noch mehr Verbitterung und Verblendung führte.

Er staunte nicht schlecht, als es noch am späten Abend an seiner Haustür klingelte.

„Wer mag das um diese Zeit noch sein?“, fragte er seine Frau.

„Schau nach, dann weißt du's“, kam die lakonische Antwort.

Lustlos schlurfte der Richter los, war er doch gerade im Begriff gewesen, ins Bett zu gehen.

„Richter Holzinger?“, hörte seine Frau eine laute Stimme von der Haustür her.

„Ja.“

Danach nur noch verhaltenes Gemurmel und schließlich ein: „Kommen Sie rein!“

„Sie sind doch der leitende Richter des ansässigen Gerichtes und mit dem Fall Schurecke vertraut“, sagte der fremde Mann beinahe geheimnisvoll.

„Wer sind Sie und was wollen Sie …?“, fragte Holzinger nun energisch. „Sie sagten gerade, dass Sie von höherer Dienststelle kommen.“

„Jedenfalls so etwas Ähnliches“, meinte der Fremde. „Sagen wir mal: Es ist zwar keine gerichtliche Einrichtung, aber eine wesentlich einflussreichere.“

„Da bin ich aber nun wirklich gespannt!“ Holzinger verspürte so etwas wie Verärgerung in sich aufsteigen, den Mann überhaupt hineingelassen zu haben.

„Können wir allein unter vier Augen …“ Dabei blickte der Fremde kurz zu Holzingers Frau.

„Zwar ungern, aber wenn es sein muss“, und zu seiner Frau gewandt: „Else, du hast gehört!“

„Phh …“ Mit einem eingeschnappten Seufzer stolzierte seine Frau davon.

„Nun sei doch nicht gleich beleidigt“, rief ihr Mann hinterher. „Ich werde dir nachher schon sagen, was war!“ Anschließend führten die beiden Männer eine eindringliche Unterhaltung. Und je länger diese dauerte, umso unsicherer wurde Holzinger. Bevor der Fremde dann wieder ging, legte er noch einen geheimnisvollen, prall gefüllten Umschlag auf den Tisch. Als der Mann dann fort war, öffnete der Richter ihn sofort. Es war ein kleines Vermögen an Bargeld darin enthalten. Selten hatte sich Holzinger so mies und elend gefühlt, wie in diesem Moment.

„Und …?“, fragte seine Frau, die den Seelenzustand ihres Mannes sofort erkannte. „Was wollte der Kerl von dir?“

„Der …? Äh …, er war von der Lotteriegesellschaft und hat mir den Gewinn gebracht!“ Dabei präsentierte Holzinger seiner Frau den Umschlag.

„Etwas Dämlicheres fiel dir auf die Schnelle wohl nicht ein, was?“, spottete seine Frau. Sie war dabei schon fast eher darüber beleidigt, dass die Lüge so plump war.

Holzinger ging auf seine Frau zu und schaute sie ernst an. Diesen ernsten Blick war sie von ihrem Mann nicht gewohnt. Sie erschauerte regelrecht, als sie ihn sagen hörte:

„Ich darf darüber nicht reden und werde es auch nicht tun. Egal, was passiert, Else: Diesen Mann hast du noch nie gesehen und dieses Gespräch hat nie stattgefunden. Wenn wir uns nicht daran halten, bekommen wir sehr viel Ärger. Lebensgefährlichen Ärger sogar …

***

Popp und Pimpelkamp staunten nicht schlecht, als am frühen Morgen drei Männer auf seinem Revier erschienen. Es waren Josef Schurecke mit dem Rechtsanwalt Heinemann sowie dem Polizeipräsidenten.

„Ach du grüne Tüte“, sagte er zu Pimpelkamp. „Ich fürchte, da kommt jetzt etwas auf uns zu!“

„Da kann ich dir nur recht geben“, entgegnete Pimpelkamp.

„Ich hoffe nur“, fuhr Popp bitter fort, „unser Polizeipräsident weiß, worauf er sich da einlässt. Irgendwann ist auch die beste Position aufgebraucht!“

„Der Freund eines Schureckes zu sein, kann einem eines Tages auch den Kopf kosten“, ergänzte Pimpelkamp. Auch er verlor so langsam den Glauben an die Gerechtigkeit.

Festen Schrittes ging Josef Schurecke auf Popp und Pimpelkamp zu und überreichte ihnen ein Blatt Papier, dem man von Weitem ansah, dass es ‚unangenehm amtlich‘ aussah. Erstaunlicherweise schien sich Schurecke gar nicht wohl dabei zu fühlen, irgendwie sah man es ihm an.

„Ich werde jetzt sofort meinen Sohn mitnehmen“, sagte er mit eher unsicherer Stimme.

„Und seinen Freund Utikal“, fügte Popp bitter hinzu, nachdem er das Schreiben kurz überflogen hatte. Er nickte kurz und wandte sich an den Polizeipräsidenten. Dabei konnte er sich eine Bemerkung nicht verkneifen, er vermochte einfach nicht anders: „Ich denke mal Sie wissen, was Sie da tun.“

„Und ich hoffe Sie wissen, was Sie da gerade sagen!?“, rief Kämmerer empört. „Ich denke es wird Zeit, dass ich einen anderen mit diesem Fall beauftrage. Ihnen, Popp, fehlt einfach der Respekt vor einer höheren Instanz!“

Schurecke legte Kämmerer die Hand auf den Arm: „Bitte nicht, Gunther, lass es bitte sein. Dieser Mann tut auch nur seine Pflicht, so gut er kann!“

„Indem er deinen Jungen misshandelt …?“, schimpfte der Polizeipräsident beinahe hilflos. Er war jetzt etwas überrascht über die Reaktion seines Freundes, hatte er doch absolute Zustimmung erwartet.

„Ich würde mich dabei einfach nur schlecht fühlen“, bettelte Schurecke beinahe. „Lass es einfach, wie es ist!“

Auch Popp mochte nicht glauben, was er da hörte. Im Grunde sah er sich schon über die Fußgängerzone Streife laufen oder beim Arbeitsamt um Stütze bitten.

„Dieses Schreiben ist vom Richter Holzinger unterzeichnet“, schaltete sich der Rechtsanwalt ein, während im Hintergrund Kämmerer noch knurrte. „Ich denke mal, das wird wohl ausreichend sein.“

„Ist es …“, stammelte Popp nun. Ihm war das im Moment alles gewissermaßen zu viel. Schwerfällig hob er seinen Arm, als sei dieser mit Gewichten beschwert und deutete in Richtung Unterbringungstrakt: „Bitte …“, kam seine heisere Stimme.

„Bis zur Gerichtsverhandlung bleiben die Männer auf freiem Fuß, wie Sie wohl gelesen haben“, sagte Heinemann ohne jegliche Gefühlsregung in einem Ton, als würde er auf dem Markt Obst verkaufen. Dieser Vollblutjurist machte seinen Job nur, weil er dafür Geld und Ansehen bekam, das war offensichtlich.

Und dass das als Anwalt von Josef Schurecke nicht gerade wenig war, stand außer Frage.

„Sofern die Auflagen eingehalten werden“, wandte der Hauptkommissar ein.

„Herr Schurecke verbürgt sich dafür, wie Sie wohl auch gelesen haben, dass sich die Männer bis zur Verhandlung regelmäßig bei der Polizei melden und die Stadt nicht verlassen“, kam die trockene und arrogante Antwort.

„Na denn ..., dann holen Sie ihre Schützlinge mal!“ Dabei verneigte sich Popp wie bei einem Staatsempfang.

Kämmerer wollte schon wieder aufbrausen, sah jedoch nach einer beschwichtigenden Handbewegung Schureckes davon ab.

Die Gefühlswelten von Popp und Pimpelkamp wurden erheblich auf die Probe gestellt, als Paul Schurecke und Lothar Utikal mit dem schmierigsten Grinsen, das ihnen möglich war, an ihnen vorbeigingen. Es war regelrecht erniedrigend für sie, als ihnen Utikal dann noch im Vorbeigehen den Stinkefinger präsentierte. Wie geprügelte Hunde kamen sie sich dabei vor.

An der Tür drehte sich Paul Schurecke nochmals kurz um und lachte provozierend: „Und vielen Dank noch mal, für die Misshandlungen, Herr Hauptkommissar!“

Popp hatte in dem Moment das Gefühl, als zerplatze sein Kopf. Er wurde fast ohnmächtig vor Wut gegenüber diesem rotzfrechen Bengel.

„Komm jetzt und halte dich ruhig“, befahl sein Vater und schob ihn zur Tür hinaus. Am liebsten hätte er genau das getan, wozu Popp Lust verspürte.

Endlich hatte die Gruppe das Revier verlassen. Wie Skulpturen standen die beiden Kriminaler da und blickten noch immer zur Ausgangstür. Das soeben Erlebte kam ihnen vor, als hätten sie einen bösen Traum erlebt.

„Kneif mich, Holger“, forderte Popp seinen Kollegen auf. Er mochte es noch immer nicht glauben.

„Das verrückte daran ist“, meinte Pimpelkamp, „dass sie alle wissen, dass sie Unrecht tun.“

„Und jeder ist dabei nur auf seinen Eigennutz fixiert“, ergänzte Popp. „Der eine will seinen Ruf retten, der an …“

„Nur seinen Ruf, nicht seinen Sohn?“, unterbrach Pimpelkamp überrascht.

„Glaub ich nicht. Sonst hätte der sich nicht so für mich eingesetzt. Nein, das war nur sein Ruf, der ihm wichtig war!“

„Wohlgefühlt hat sich Schurecke jedenfalls nicht dabei. Das konnte man sehen.“

„Du sagst es. Und der andere mag seine Vorteile, die sich Freundschaften nennen nicht preisgeben, während der Dritte ausschließlich Kohle sehen will.“

„Dem fehlten nur noch die Dollarzeichen in den Augen“, sagte Pimpelkamp angewidert.

„Recht oder Unrecht werden diesem Heinemann völlig schnurz sein. Der würde sogar seine eigene Mutter anklagen, wenn nur die Kasse stimmt …“

***

Gerhard Berger konnte es nicht fassen, als er hörte, dass man Schurecke und Utikal aus der U-Haft entlassen hatte. Er und seine Sabine saßen eng umschlungen nebeneinander auf dem Sofa, als müssten sie sich gegenseitig Halt geben. Dicke Tränen flossen wie Bäche an ihren Wangen hinunter, immer wieder unterbrochen von lautem Schluchzen.

„Wie ist so etwas möglich?“, fragte Berger mit erstarrtem Gesicht.

Kommissar Popp war die Situation denkbar unangenehm. In jeder Beziehung musste er diesen Leuten recht geben und sollte sie gleichzeitig beschwichtigen und trösten. Sozusagen eine unlösbare Aufgabe, wobei obendrein noch seine Glaubwürdigkeit infrage gestellt war.

„Das wird nur eine Galgenfrist sein, bevor sie dann für viele Jahre im Bau verschwinden werden“, versuchte er den Bergers Mut zuzusprechen.

„Die Sachlage ist doch völlig klar“, meinte Berger kopfschüttelnd. „Ist es denn heutzutage wirklich noch möglich, dass Geld und Macht ausreichen, um ein Verbrechen nicht zu sühnen?“

„Wer sagt denn, dass die Täter nicht bestraft werden?“, fragte Popp mit gespieltem Entsetzen. Wobei er sich selbst eingestehen musste, dass auch ihm langsam Zweifel daran kamen.

„Wer hätte geglaubt, dass sie jemals aus der Untersuchungshaft freikommen?“, konterte Berger. Seine Verzweiflung und Trauer wandelten sich langsam um in schiere Wut.

Hauptkommissar Popp wurde nun wirklich verlegen. Was sollte er darauf auch antworten?

„Noch sind die Ermittlungen nicht beendet, Herr Berger“, lenkte Pimpelkamp ein, dem die Hilflosigkeit seines Chefs nicht entging. „Sowohl für einen Josef Schurecke als auch für unseren Polizeipräsidenten wird es Grenzen geben. Auch wir sind mit der Situation nicht einverstanden, das können Sie uns glauben!“

Regelrecht dankbar schaute Popp zu Pimpelkamp. Es war jedoch nicht nur die Dankbarkeit, die ihn mehr oder weniger aus der Not geholfen hatte. Dass sein Kollege nun derart gescheit reden konnte, war für ihn völlig neu.

„Und dann gibt es ja noch die Öffentlichkeit“, fuhr Pimpelkamp, selbst überrascht über seine Redegewandtheit, fort, „der sich auch ein Schurecke und ein Kämmerer nicht verschließen können. Auch wenn es sich hierbei um meinen Präsidenten handelt, so werde ich jedenfalls kein Blatt vor den Mund nehmen!“

Gerhard Berger schüttelte nur abwehrend mit dem Kopf. Was da abgelaufen war, war für ihn eher eine kriminelle Handlungsweise als ein gesetzlich legitimer Vorgang. Und deshalb machte sich in ihm langsam die Sorge breit, dass dieses Verbrechen nicht ausreichend gesühnt wurde.

„Nichtsdestotrotz müssen wir jetzt wieder los“, meinte Popp, wobei er froh war, dass er diese Begegnung beenden konnte. Schnell verabschiedeten sich die Kommissare und strebten zur Tür.

Nachdem sie das Haus der Bergers verlassen hatten, nahm Popp den Pimpelkamp zur Seite: „Sag mal, Holger“, meinte er

noch immer beeindruckt, „hast du vorhin irgendwas Außergewöhnliches gegessen?“

„Ich weiß nicht, was du meinst“, entgegnete Pimpelkamp.

„Na, irgendwas, das mit der Weisheit von Quasselwasser angereichert ist.“

Pimpelkamp zuckte nur mit den Schultern.

„Du hast mich wirklich beeindruckt, Holger“, sagte Popp ehrlich. „Hatte ich sonst immer Sorge, wenn du den Mund aufmachst, so habe ich gerade gedacht: ‚Warum nur ist der nicht Pastor geworden!‘“

„Das kann ich dir ganz genau sagen“, entgegnete Pimpelkamp grinsend.

„Nun ...?

„Als katholischer Pastor hätte ich auf gewisse Vorlieben verzichten müssen, die mir sehr wichtig sind.“

„Und die wären ...?“, drängte Popp neugierig.

„Nun“, meinte Pimpelkamp gedehnt, „ich will es mal so sagen: Im Sommer bekommt man dabei oftmals Mückenstiche auf den Hintern verpasst.“

„Was sollen das denn für Vorlieben sein?“ Popp wusste wirklich nicht, worauf Pimpelkamp hinaus wollte.

„Mensch, Mucke“, lachte Pimpelkamp. „Denk doch mal viele Jahrzehnte zurück, was war damals für dich wichtig, nachdem du deine Frau kennengelernt hattest?“

„Du altes Ferkel“, tadelte Popp. „Und vielen Dank für die vielen Jahrzehnte!“

Trotz der momentan misslichen Lage mussten nun beide lauthals loslachen ...

***

Mit der Meinung über die Öffentlichkeit hatte Pimpelkamp völlig richtig gelegen. Mit Entsetzen wurde in Funk und Presse jene Freilassung der vermeintlichen Kinderschänder kommentiert. Und zwar in einer Intensität, wie sie selbst Kämmerer nicht vermutet hätte. Es wurden Kommentare und Meinungsumfra-

gen veröffentlicht, die den Rechtsstaat infrage stellten. Fortlaufend gingen in den Agenturen Berichte über Korruptionsvorwürfe und Drohungen gegenüber Schurecke und Kämmerer ein.

Polizeipräsident Kämmerer fing nun wirklich an darüber zu grübeln, wie er sich aus der verzwickten Lage herauswinden konnte. Doch er konnte grübeln, wie er wollte, ihm fiel kein Ausweg ein. Die Gesamtsituation war einfach schon zu verfahren. Er hatte sich nun mal auf dieses Glatteis begeben und da musste er durch, egal wie …

***

Die Beerdigung der Kinder sollte zwar im engsten Familienkreis erfolgen, doch das war überhaupt nicht möglich. Neben unzähligen Schaulustigen hatten sich auch verschiedene Teams von Rundfunk, Fernsehen und jede Menge Presse auf oder zumindest vor dem Friedhof begeben. Zwar ließ man die Eltern unbehelligt, was Befragungen anbelangte, aber auf dem letzten Weg ihrer Kinder zeigten sich dann immer wieder irgendwelche Gestalten mit einer Kamera in der Hand. Sei es vor oder seitlich von ihnen, jeder versuchte für seine Reportage eine bevorzugte Position einzunehmen, um ein ergreifendes Bild einzufangen.

Auch jede Menge politische Prominenz war zugegen, die sich dann gern dabei ablichten ließ, wie sie bei Sabine und Gerhard Berger kondolierte. Auf den Schmerz der Eltern wurde dabei kaum Rücksicht genommen. Betroffene Gesichter wurden nur zum Zwecke des Eigennutzes aufgesetzt. Ehrliche Anteilnahme kam nur von wenigen.

Sabine erlebte die Beisetzung völlig geistesabwesend. Wie in Trance schritt sie zu dem Grab ihrer Kinder und wurde dabei von ihrem Mann und seiner Schwester gestützt. Auch als die Särge in die Gruft abgesenkt wurden, schien sie das überhaupt nicht zu realisieren. Sie schaute dabei geradeaus auf die Bäume, die gegenüberstanden, und richtete ihre Augen nicht einmal auf die Kinder. Als wäre sie gerade geweckt worden, wurde die Frau dann nach der Zeremonie vom Grabe weggeführt. Nicht eine

Person derer, die ihr die Kondolenzbekundungen brachten, wurde von ihren Augen fixiert. Die arme Frau war gar nicht anwesend, das sah jeder. Und das war auch gut so.

Hauptkommissar Popp und Kommissar Pimpelkamp standen etwas abseits und schauten sich diesen ergreifenden Vorgang an.

„Siehst du hier jemanden von den Schureckes oder Utikals?“, fragte Pimpelkamp leise.

„Wo denkst du hin?“, entgegnete Popp. „Ich bin mir sicher, dass das alle hier mehr oder weniger als Schuldbekenntnis werten würden!“

„Glaubst du? Ich hätte da mehr an ehrliche Anteilnahme gedacht.“

„Ehrlich …? Ich denke mal, dass die hier nicht einem in die Augen schauen könnten. Nee, Holger, das ist auch besser so!“

„Besser …?“

„Na stell dir mal vor, was hier auf dem Friedhof los wäre, wenn nun auch die Mörder und ihre Angehörigen Blümchen in das Grab würfen. Perverser geht es doch wirklich nicht …!“

***

Josef Schurecke fühlte sich schlecht. Hatte er sich in seinem Leben doch stets für Gerechtigkeit, Ehrlichkeit und Aufrichtigkeit eingesetzt und sich neben seinem immensen Wohlstand auch einen überaus guten Ruf aufgebaut, der ihm überall Achtung und Ehrerbietung brachte. So lebte er auch und so hatte er – bis auf ein paar Kleinigkeiten vielleicht, die jedermann mal hat – stets gelebt. Radfahrer und Schleimscheißer hasste er grundsätzlich wie die Pest, sofern sie nicht einer gewissen Eigennützigkeit dienten. Zwar auch nicht ganz richtig, aber mit seinem Rechtsempfinden just vereinbar. Seine jetzige Verhaltensweise jedoch warf seine eigenen Vorstellungen von Moral und Werten völlig über den Haufen. Daran hatte Josef Schurecke sehr schwer zu tragen.

Und je länger er so da saß, umso mehr baute sich in ihm etwas auf. Ohne es sich selbst einzugestehen, war es der Hass, der sich

wie ein infiltrierendes Krebsgeschwür ausbreitete. Der Hass auf das, was ihm seine Einstellung zum Recht nahm. Der Hass, der es verschuldet hatte, dass er zum Lügner und zum Mitwisser eines grausigen Verbrechens wurde.

In diesem denkbar ungünstigen Moment tauchte dann auch sein Sohn Paul mit seiner Mutter auf. Am liebsten wäre Josef Schurecke aufgesprungen und fortgelaufen.

„Hallo, Vater“, grüßte Paul verhalten. Irgendwie hatte er das Gefühl, dass er jetzt ungelegen kam, egal was auch passieren sollte.

Schurecke reagierte gar nicht. Als sei er Luft, nickte er nur kurz seiner Frau zu.

„Unser Paul wollte dich was fragen, Josef“, sagte sie vorsichtig. Auch ihr entging die momentane Stimmungslage ihres Mannes natürlich nicht. Dafür waren sie schon viel zu lange verheiratet.

„Was willst du!?“, forderte er seinen Sohn knapp und abweisend auf.

„Ich wollte noch mal kurz weg. Da mein Auto ja beschlagnahmt ist, möchte ich dich fragen, ob ich eines von deinen haben kann.“

Josef Schurecke mochte nicht glauben, was er da hörte. Er musste sich zusammenreißen, als er antwortete. Dabei zitterte seine Stimme förmlich vor Wut: „Und wo möchte der Herr denn hin …?“

„Ich beabsichtige mich mit Lothar zu treffen. Wir wollten noch einen trinken, weil übermorgen ja der große Prozess ist“, antwortete sein Sprössling naiv.

Elvira schwante plötzlich gar nichts Gutes, als sie ihren Mann betrachtete. Besorgt machte sie ihrem Sohn ein Zeichen, dass dieser jetzt besser aufhöre. Doch Paul nahm sie überhaupt nicht wahr.

Schurecke schloss die Augen. Dieser sein Sohn, der Mörder und Kinderschänder, der es nur ihm zu verdanken hatte, dass er auf freiem Fuß war, erwog jetzt wirklich Party zu machen und zu feiern, anstatt sich wenigstens ein bisschen Gedanken zu machen

über das, was er verbrochen hatte. Wie selbstverständlich stand für dieses Früchtchen der Freispruch schon fest!

Josef Schurecke erhob sich und ging langsam auf seinen Sohn zu. Mit der verächtlichsten Stimme, die ihm möglich war, sagte er leise: „Wie viel skrupellose Kriminalität sich in deinem Schwachstromgehirn tummelt, hätte ich wohl gern gewusst!"

„Aber Vater ...", stotterte der Bengel fassungslos. So extrem kannte er seinen Vater bisher nicht.

Dann umfasste Schurecke den Jackettkragen seines Sohnes und zog ihn zu sich heran. Die Stimme war nun schon erheblich lauter als er fortfuhr: „Was muss nur passieren, dass ein Mensch derart unmenschliche und perverse Züge aufweist und sich dabei noch rotzfrech aufführt! Kann es sein, dass wir dich als Baby zu heiß gebadet haben ...?" Dabei wurde seine Stimme immer gefährlicher.

„Mutter ...", rief Paul nun hilflos. Dabei schaute er fast flehend zu ihr hinüber.

„Josef", rief Elvira. Auch ihr wurde nun sehr unbehaglich zumute.

Josef Schurecke stieß seinen Sohn von sich, sodass dieser stolperte und auf dem Boden lag. Breitbeinig stellte er sich über ihn. Mit sich überschlagender Stimme schrie er: „Verbrühen hätten wir dich sollen, verbrühen oder ersäufen! Du verdammtes Mörderschwein gehst mir sofort aus den Augen! Ich meine damit auf dein Zimmer und sonst nirgendwo hin! Und ich warne dich: Sollte ich bis übermorgen auch nur einen Mucks von dir hören, dann überlege ich es mir anders! Es ist einzig unser Renommee, für das ich mich einsetze. Du kannst von mir aus in der Hölle schmoren!"

Josef Schurecke fasste sich an die Brust. Eine Enge schnürte seinen Brustkorb ein, was erneut ein sicherer Vorbote einer Herzattacke war. Sofort holte seine Frau eine bereitliegende Nitrokapsel und reichte sie ihm.

„Und ich meine es ernst", keuchte Schurecke, nachdem er die Kapsel zerbissen hatte und die sofortige Wirkung einsetzte. „So wahr mir Gott helfe, ich meine es verdammt ernst!"

Paul saß noch immer auf dem Boden und konnte das soeben Erlebte überhaupt nicht fassen. Erneut blickte er Hilfe suchend zu seiner Mutter auf. Doch diese war im Augenblick mit ihrem Mann beschäftigt und hatte kein Auge für ihn.

Beinahe mühsam rappelte sich Paul auf. Man sollte fast meinen, dass sein Gesicht von Wut geprägt war, als er den Raum verließ.

„Musste das sein, Josef?“, fragte ihn seine Frau nach einer Weile.

„Ja“, antwortete er hart. „Dieser Mistkerl ist dabei, mir den Glauben zu nehmen.“

„Ich gebe dir recht, dass wir einen Grund haben, zornig auf unseren Sohn zu sein“, meinte Elvira kopfschüttelnd. „Aber derart überreagieren, das hättest du nicht müssen!“

„Irgendwann ist eine Grenze erreicht, die man nicht überschreiten darf“, sagte Josef Schurecke mehr zu sich als zu seiner Frau. „Wir haben sie schon weit überschritten, Frau. Ich hoffe, dass uns der Herrgott jemals vergeben wird …“

***

Hauptkommissar Popp und Kommissar Pimpelkamp saßen in ihrem Büro und dösten vor sich hin. Es war kein Dösen, das von Langeweile geprägt war, es war eher ein Ausdruck ihrer inneren Leere. Seit man Schurecke und Utikal aus der U-Haft ‚befreit‘ hatte, war in ihnen etwas verloren gegangen. Es mochte der Glaube sein an das, was Menschen als Wertekodex ansehen. Der Glaube an Ordnung, Recht und Ehrlichkeit.

„Fühlst du dich auch so mies, Mucke?“, brach Pimpelkamp schließlich das Schweigen.

„Ich denke mal, genau so mies wie du“, kam die trockene Antwort.

„Ich frag mich, wofür man sich Mühe gibt, wenn man anschließend eh verscheißert wird!“

„Zu jedem Job gehört nun mal auch eine gewisse Position“, entgegnete Popp bitter. „Wenn du die nicht hast, ist es völlig egal, dass du recht hast, weil du eben kein recht bekommst.“

„Denkst du wirklich, Schurecke und Utikal kommen ohne Strafe davon?", fragte Pimpelkamp ungläubig.

„Ich mag nicht daran denken, Holger. Vor ein paar Tagen hätte ich dich auf diese Frage hin ausgelacht. Jetzt bin ich mir aber überhaupt nicht mehr sicher!"

„Es gibt da immer noch eine Öffentlichkeit", merkte Pimpelkamp an.

Popp winkte ab und seufzte dabei laut auf: „Hör mir auf mit der Öffentlichkeit! Sicher, es wird unmittelbar nach dem Prozess ein Riesen-Entsetzen geben, falls die beiden wirklich freikommen. Doch schon ein paar Tage später ist dann das Fußball-Länderspiel interessanter. So war es schon immer und so wird es immer sein!"

„Ich mag dann nicht an die Bergers denken", wandte Pimpelkamp kopfschüttelnd ein.

„Ich ehrlich gesagt auch nicht. Aber was wollen die machen, gegen diese geballte Kraft von Macht und Einfluss? Sie sind völlig chancenlos gegen einen Josef Schurecke, ob es richtig ist oder nicht!"

„Ich glaube, ich würde durchdrehen und mir die Burschen selber kaufen", meinte Pimpelkamp entschlossen.

„Wie denn?", höhnte Popp. „Etwa mit dem Küchenmesser den Gerichtssaal stürmen oder dir auf dem Schwarzmarkt eine Knarre besorgen?"

„Mir würde schon was einfallen."

„Nee, lass mal stecken, Holger", lachte Popp grantig. „Als arme Socke bist du in so einem Fall machtlos. Du musst das in Kauf nehmen oder du gehst daran kaputt ..."

***

Theo Utikal und seine Frau Marga bewegten sich im Hause Schurecke, als gingen sie durch einen Palast. Manfred, der Butler, hatte sie an der Tür empfangen und führte sie dezent durch die Räumlichkeiten. Voller Unsicherheit folgten sie ihm, bis sie schließlich den Schureckes gegenüberstanden.

„Ich möchte mich nochmals recht herzlich für Ihre Hilfe und Unterstützung bedanken“, stammelte Utikal fast ehrfürchtig, nachdem man sich kurz begrüßt hatte.

„Ich möchte nicht drumherum reden“, kam Josef Schurecke gleich zur Sache. „Unsere Söhne sind ganz miese Verbrecher. Im Grunde hätten Sie die höchste Strafe verdient!“

„Josef“, rief seine Frau entsetzt. Sie konnte nicht glauben, was sie da hörte.

Auch den Utikals verschlug es erst mal die Sprache. Hilfe suchend schaute sich das Ehepaar gegenseitig an. Mit einem derartig schroffen Empfang hatten sie nicht gerechnet.

„Wenn Sie meinen, dass ich Ihnen aus Nächstenliebe entgegenkomme, dann irren Sie sich gewaltig“, fuhr Schurecke fort. „Es ist einzig unser Eigeninteresse, was mich zu diesem Schritt bewogen hat!“

Theo Utikal schluckte mehrmals, bevor er heiser antwortete: „Denken Sie nicht, dass es auch etwas anderes sein könnte?“, fragte er vorsichtig. „Schließlich sind es unsere Söhne …“

„Hören Sie doch auf mit dieser Heuchelei, Herr Utikal“, rief Schurecke außer sich. „Jeder von uns weiß um das abscheuliche Verbrechen, das die beiden begangen haben! Streng genommen müssten auch wir bestraft werden für das, was wir jetzt tun!“

Theo Utikal wurde nun von völliger Ratlosigkeit erfasst. Ihm fiel nun überhaupt nichts mehr ein, was er antworten konnte. Und seine Marga schaute beschämt zu Boden. Beide fühlten sich, als säßen sie auf der Anklagebank.

Und so verharrten sie alle vier und schauten in alle Richtungen, nur eben ihrem Gegenüber nicht ins Gesicht.

Bis Utikal schließlich zögerlich fragte: „Können Sie uns denn bitte sagen, warum Sie uns hierherkommen ließen?“

Natürlich entging Schurecke die Hilflosigkeit der Utikals nicht. Eher versöhnlich meinte er dann: „Es wird gleich Rechtsanwalt Heinemann erscheinen. Wir sollten noch so einiges bereden, meinte dieser.“

„Bereden …?“

„Richtig, bereden. Unsere Aussagen bei dem Prozess sollten in allen Punkten deckungsgleich sein …“

***

Wenige Stunden vor dem Prozessbeginn trafen sich Richter Kurt Holzinger und Staatsanwalt Armin Müller eher zufällig in der Gerichtskantine. Für beide war der bevorstehende Rechtsstreit der Schwerpunkt des heutigen Tages, für den sie nun ihre Vorbereitungen trafen. Die Lust auf einen Kaffe und einer kleinen Entspannung beim Plausch hatte sie wohl zeitgleich erfasst. Insofern ließ es sich nicht vermeiden, dass sie sich über den Weg liefen.

„Ach Armin, du?“, meinte Holzinger, als er den Staatsanwalt neben sich wahrnahm, der ebenso sein Tablett Richtung Kasse schob. „Treibt dich auch der Kaffeedurst hierher?“

„Richtig. Ob man will oder nicht, dieser Prozess fordert einem doch mehr ab, als man glaubt“, entgegnete Müller.

„Wie viele Jahre machen wir das jetzt schon?“, fragte Holzinger eher sarkastisch.

„Viele, Kurt, sehr viele …“

„Und trotzdem war ich selten so angespannt wie jetzt“, sagte der Richter bitter.

Müller nickte ihm müde lächelnd zu: „Mir ergeht es heute genauso.“

„Komm, lass uns unseren Kaffee zusammen trinken“, forderte Holzinger den Staatsanwalt auf und deutete auf ein kleines abgelegenes Tischchen.

„Gern, Kurt“, lachte Müller. „Aber nicht, dass man nachher sagt, wir hätten uns abgesprochen.“

„Papperlapapp“, sagte Holzinger nur und schritt voraus.

„Ich denke mal, dass ich nachher genug Ärger bekommen werde“, meinte Holzinger, nachdem er Platz genommen hatte.

„Wie meinst du das?“, fragte Müller und beugte sich gespannt vor.

„Nun, wenn ich das Urteil verkündet habe“, entgegnete Holzinger. Der aufmerksame Beobachter hätte erkennen können, dass er sich denkbar schlecht dabei fühlte.

„Aha, erzähl“, forderte ihn der Staatsanwalt nun auf.

„Armin, du weißt doch, dass wir eigentlich vor dem Prozess nicht über so etwas reden sollten!“

„Und warum machst du mich dann neugierig?“, fragte Müller weniger enttäuscht, sondern eher geheimnisvoll.

„Vielleicht möchte ich deine Meinung dazu vorher ausloten.“

„Nun ja …“, stammelte Müller gedehnt.

„Komm, sag schon“, kam die Aufforderung des Richters.

„Okay, wenn wir schon dabei sind, uns nicht ganz rechtskonform zu verhalten …“ Müller atmete tief durch. „Ich werde es kurz machen: Ich vertrete zwar die Anklage, doch denke ich nicht, dass die Beweislage für eine Verurteilung ausreicht. Zwar gibt es eindeutige Indizien, aber die elementaren Beweise sind verbrannt. Ich fürchte: ‚*In dubio pro reo.*‘“

Die Männer schauten sich eine längere Zeit fest in die Augen. Ihr Blickkontakt war ein Zwiegespräch, das mehr aussagte als eine verbale Unterhaltung. Jeder wusste über den anderen Bescheid, ohne dass ein Wort gesprochen wurde. Und jeder wusste auch darüber Bescheid, dass man sich einig war. Man war sich einig darüber, dass in wenigen Stunden Unrecht gesprochen wurde und dass die Ursache hierfür Josef Schurecke hieß …

***

Der Zuschauerandrang an diesem Tag war riesengroß. Der Gerichtssaal hätte um ein Vielfaches größer sein müssen, wollte man allen Interessierten Einlass gewähren. So war es nur eine Handvoll Erlesener, die an diesem spektakulären Prozess teilnehmen durften. Presse und Funk waren vertreten und sogar im Regionalfernsehen war eine direkte Übertragung geplant. Zwar nicht vom Prozess selbst, denn das war verboten, aber außerhalb des Gerichtssaales hatte sich die Reporterschar versammelt.

Auch die größeren Fernsehanstalten hatten ihre Übertragungswagen in der Nähe des Gerichtsgebäudes aufgestellt.

Gerhard Berger und seine Frau Sabine saßen etwas abseits des Staatsanwaltes. Während Gerhard mehr angespannt auf den Prozessbeginn wartete, wirkte Sabine eher wie ein Häufchen Elend. Zusammengesunken und scheu blickte sie mit unruhigem Blick umher. Es mochten unzählige Tränen gewesen sein, die sie seit der unfassbaren Tat an ihren Kindern vergossen hatte. Ihr Gesicht, ja der gesamte Körper, wirkte kraftlos und eingefallen und ihr Gewicht hatte sich in der vergangenen Zeit erheblich reduziert. Die Frau war schlichtweg krank. Körperlich und insbesondere seelisch.

Und dann erblickten sie sich gegenseitig. Gerhard Berger schaute mit hasserfülltem Blick zu Schurecke und Utikal. Doch diese wichen seinem Blick aus und taten dabei cool und lässig. Teilweise flachsten sie sogar albern herum. Über die Handschellen, an denen sie geführt wurden, machten sie sich sogar lustig und kündigten rotzfrech an, sie als Erinnerungsstücke später mit nach Hause nehmen zu wollen. Nachdem sie ihnen dann von den begleitenden Beamten abgenommen wurden, lümmelten sie sich auf ihren Sitzen und schauten herausfordernd in die Runde. Flüsternde Hinweise ihres Verteidigers Heinemann, dass sie sich im Gericht weniger provozierend verhalten mochten, ignorierten sie einfach.

Es war nicht nur Gerhard Berger, der diesen impertinenten Verbrechern am liebsten an die Gurgel gegangen wäre. Auch Popp und Pimpelkamp fühlten sich von ihnen einfach nur angewidert. Angewidert von diesen arroganten Gestalten, die geradezu demonstrierten, dass ihnen niemand etwas anhaben konnte.

Alle blickten überrascht auf, als sich plötzlich Josef Schurecke erhob und mit hochrotem Kopf zur Anklagebank schritt. Die beiden Beamten wollten sich ihm, mehr andeutungsweise, in den Weg stellen, ließen ihn aber ohne Weiteres passieren. Natürlich wussten auch sie, wen sie da vor sich hatten.

„Wenn ihr euch nicht sofort benehmt und eure Klappe haltet“, zischte Schurecke sie an, „dann lasse ich euch gleich fallen, wie eine heiße Kartoffel. Das schwöre ich euch!“

Sofort war Ruhe. Mit hochrotem Kopf schauten sie Josef Schurecke hinterher, der wieder seelenruhig zurück zu seinem Platz ging.

Und dann erschien Richter Holzinger mit seinem Gefolge. Nach einer kurzen Begrüßung eröffnete er dann die Verhandlung. Bei ihrer Anklage und der anschließenden Vernehmung beherzigten Schurecke und Utikal weitgehend die Drohung von Josef Schurecke und gaben sich nun weniger lässig. Beinahe entrüstet reagierten sie auf die Anschuldigungen, die ihnen vorgeworfen wurden. Beinahe rührend erzählten sie dann, wie liebevoll sie der kleinen Ronja und dem Marcus die Fahrt in einer ‚richtigen Corvette' ermöglicht hatten. Irgendwo in der Stadt hatten sie die Kinder dann aussteigen lassen, weil diese es so wünschten. Praktisch jedem im Gerichtssaal war klar, dass diese herzzerreißende Geschichte gelogen war.

Später dann wurde Hauptkommissar Popp in den Zeugenstand gerufen. Mit fester Stimme schilderte er den Sachverhalt und seine Überzeugung über die Schuld der Angeklagten.

„Jener Zettel, der Ihnen seinerzeit zugespielt wurde", fragte ihn Heinemann schließlich, „wissen Sie denn jetzt, von wem der stammt?"

„Nein", entgegnete Popp aufrichtig. „Alle Nachforschungen haben nichts ergeben."

„Dann könnte ihn also jeder geschrieben haben?", fuhr Heinemann fort.

„Theoretisch ja. Aber warum sollte jemand so etwas tun, außer um auf die Täter hinzuweisen?"

„Nun, ein Racheakt zum Beispiel. Wenn jemand so wohlhabend ist wie mein Mandant, dann hat er auch viele Neider. Davon bin ich überzeugt!"

„Mag sein", meinte Popp, „aber was draufstand, traf zu hundert Prozent zu. Wir haben daraufhin DNA-Spuren im Wagen Ihres Mandanten gefunden."

„Eben drum!" Heinemann wurde nun lauter. „Weil diese Person zu feige ist, sich zu melden, muss man davon ausgehen, dass sie mehr damit zu tun hat, als wir wissen. Dass diese geheimnis-

volle Person nun den Verdacht auf meine Mandanten lenken will, ist doch offensichtlich! Ansonsten hätte sie sich doch gemeldet, ich bitte Sie!"

Popp gingen die Optionen aus, das sah man an seinem hilflosen Blick zu Pimpelkamp.

„Und an der Stelle, wo die Kinder verbrannt wurden, haben Sie da irgendwas gefunden …?"

„Nicht wirklich", stammelte der Kriminalbeamte nun. „Nur den Hinweis, dass sich ein roter Sportwagen mit hoher Geschwindigkeit von dort entfernt hatte."

„Marke, Kennzeichen …?"

Popp zuckte nur mit den Schultern.

„Aber Herr Hauptkommissar", triumphierte Heinemanns Stimme förmlich, „wie viele rote Sportwagen gibt es? Zehntausend, hunderttausend …?"

„Beide Angeklagten haben eine eindeutige Vorgeschichte mit einem klaren Hang zu …"

„Beide Angeklagten machen zurzeit eine Therapie mit hervorragenden Erfolgen, wie mir die Therapeutin eindeutig bescheinigte!" Dabei hielt Heinemann ein Blatt Papier wie eine Trophäe hoch. „Demnach können sie gar nicht die Täter sein!"

„Moment, das ist doch nur ein Blatt Papier, das Sie da in der Hand halten", protestierte Popp. „Sonst nichts!"

„Aber ein aussagekräftiges! Der oder die Täter wussten um die Angeklagten und nutzten ihr Wissen aus, um ihre Straftat meinen Mandanten anzuheften. Für mich ist der Fall einfach sonnenklar!"

Als Gerhard Berger diese Worte hörte, glaubte er, im falschen Film zu sein. Wie aus der weiten Ferne einer Nebelwand klangen jene Worte, die das Verbrechen an seine geliebten Kinder ungesühnt lassen sollten. Der ganze Vorgang wirkte auf den Mann wie ein böser Traum.

Das Gesicht seiner Sabine nahm mittlerweile apathische Konturen an. Es schien, als drangen die Worte des Verteidigers gar nicht mehr zu ihr durch, als hätte sich bei ihr so etwas wie eine Schutzsperre gebildet, die den Worten des Unrechts den Durchgang verwehrten.

Auch die Vernehmungen der weiteren Personen wie Pimpelkamp oder den Familienmitgliedern der Angeklagten verliefen ähnlich. Im Laufe der Verhandlung wurde immer offensichtlicher, in welche Richtung der Prozess kanalisiert wurde. Jeder wusste, dass hier ein Spielchen gespielt wurde, dass einzig das Ziel hatte, die Angeklagten zu entlasten.

Dass Heinemann in seinem Plädoyer alles auftrumpfte, was zur Entlastung seiner Mandanten beitrug, war ja völlig klar. Dass aber auch Staatsanwalt Müller, zwar nicht direkt, aber doch in versteckter Form, gewisse Zweifel an der Schuld der Angeklagten aufkommen ließ, damit hatte keiner gerechnet. Insofern herrschte in der Pause vor der Urteilsverkündung bei Popp, Pimpelkamp und den Bergers blankes Entsetzen. Auch alle anderen Personen, die dem Prozess beiwohnten, bekundeten ihren Unmut immer wieder mit Kopfschütteln. Keiner mochte glauben, was man dort serviert bekam.

Draußen vor dem Gerichtssaal stützte Gerhard Berger seine Frau mit erheblichem Kraftaufwand. Sie befand sich unmittelbar vor dem Zusammenbruch. Schnell eilte Popp hinzu und unterstützte Berger. Auch Pimpelkamp gesellte sich dazu. Die beiden Kriminalbeamten fühlten sich denkbar schlecht. Mit allem hatten sie gerechnet, aber dass dieses abgekartete Spiel derart offensichtlich war, das hätten sie nicht gedacht.

Berger blickte Popp mit einem Blick an, der schwerlich zu beschreiben war. Es war ein Blick, der vorwurfsvoll wirkte, dabei gleichzeitig von einem Ausdruck der Verzweiflung, Wut und Hilflosigkeit geprägt war.

Sowohl Popp als auch Pimpelkamp wussten in dem Moment nicht, wohin sie ihre Augen wenden sollten. Sie schämten sich schlichtweg, obwohl es nicht an ihnen lag, welchen Verlauf die gesamte Verhandlung genommen hatte. Zwar war es nicht ihre Schuld, aber sie waren Mitglieder des Rechtsapparates, der diese Sünde hier zu verantworten hatte.

„Ich kann mir denken, was jetzt in Ihnen vorgeht, Herr Berger“, sagte Popp mit heiserer Stimme.

„Hören Sie bitte auf“, meinte Berger verbittert. Ihm standen die Tränen dabei in den Augen.

„Ich schwöre Ihnen, dass ich so lange weiter ermitteln werde, bis diese Verbrecher hier hinter Schloss und Riegel sind“, beteuerte der Hauptkommissar. Und er war dazu auch entschlossen, das hörte man.

„Die Täter werden ihre gerechte Strafe bekommen“, fügte Pimpelkamp hinzu. „Zwar nicht unbedingt heute, aber bekommen werden sie sie!“

„Davon bin ich auch überzeugt …“, meinte Berger leise. Dabei hatten seine Augen plötzlich einen eigenartigen Glanz …

***

Die Urteilsverkündung verlief letztendlich so, wie sie schon von allen befürchtet wurde. Richter Holzinger verkündete den Freispruch mit der Begründung ‚*In dubio pro reo*‘, was nichts anderes hieß als: ‚Im Zweifel für die Angeklagten.‘ Bis auf Verteidiger Heinemann, der nun mit einer besonders fetten Bonuszahlung von Schurecke rechnete, fühlten sich so ziemlich alle Verantwortlichen denkbar schlecht dabei.

Es herrschte allgemeines Entsetzen im Gerichtssaal. Ungläubiges Gemurmel und allgemeines Kopfschütteln war die Resonanz der Zuschauer, die mit vereinzelten Buhrufen untermalt wurde. Kaum jemand im Saal wollte akzeptieren, dass hier ein Urteil ‚*Im Namen des Volkes*‘ ausgesprochen wurde. Es dauerte seine Zeit, bis der Aufforderung um Ruhe nachgekommen wurde.

Nachdem alle wieder Platz genommen hatten, wollte Holzinger das Urteil noch mit einer knappen Erklärung begründen. Kurz zuvor hatten sich die Blicke von ihm und Staatsanwalt Müller für einen Sekundenbruchteil getroffen. Dieser knappe Blickkontakt beider erzählte ihnen förmlich eine Geschichte, in der sie sich wie die widerlichsten Schurken vorkamen.

Dicke Schweißperlen bildeten sich auf Holzingers Stirn, als er seine Stimme erhob. Seine Hände, mit denen er den Beschluss

hielt, zitterten dabei leicht: „Das Gericht ist zu dem Entschluss gekommen, dass allein der Verdacht nicht ausreicht, die Angeklagten zu verurteilen. Die Tatsache, dass sich die Angeklagten in vergangener Zeit Kindern genähert hatten, ohne ihnen etwas zuzufügen, rechtfertigt nicht, ihnen deshalb eine derart grausame Tat zu unterstellen. Dass DNA-Spuren der Kinder in dem Kraftfahrzeug einer der Angeklagten gefunden wurde ist zwar als belastend zu werten, jedoch ist dies ebenfalls für eine Verurteilung nicht ausreichend, weil die Erklärung hierzu schlüssig erscheint und es keine weiteren Augenzeugen gibt, die die Angeklagten in irgendeiner Weise belasten könnten. Auch jener geheimnisvolle Zettel lässt eher darauf schließen, dass der Verdacht bewusst auf die Angeklagten gelenkt werden sollte, um von anderen Strafsachen abzulenken. Nur so lässt sich erklären, warum sich jener geheimnisvolle Absender nicht persönlich als Zeuge gemeldet hatte. Des Weiteren möchte ich betonen ...“

Gerhard Berger saß versonnen da und hatte den Arm um seine Frau gelegt. Die Worte des Richters nahm er überhaupt nicht mehr wahr. Auch als die Verhandlung geschlossen wurde und die Besucher aus dem Saal strömten, saßen die beiden noch immer wie Statuen auf ihren Plätzen, als seien sie zu jeglicher Bewegung unfähig. Sabine schien momentan völlig von der Welt weggetreten. Wären ihre Augen nicht weit geöffnet, dann hätte man glauben mögen, sie sei in einem komatösen Zustand.

Hauptkommissar Popp trat auf Berger zu und legte ihm seine Hand auf die Schulter: „Ich werde Sie jetzt nach Hause bringen, Herr Berger. Ich denke es ist besser, wenn Sie im Moment kein Fahrzeug führen.“

Gerhard Berger zuckte bei der Berührung zusammen, als sei er aus tiefstem Schlaf geweckt worden.

„Kommen Sie“, sagte Popp und half den beiden auf.

Berger nickte nur leicht und kam der Aufforderung nach. Schwerfällig erhob er sich und wandte sich dann Sabine zu. Nun mussten auch Pimpelkamp und ein danebenstehender Gerichtsdiener dazukommen, um der Frau hochzuhelfen. Sabine, völlig apathisch und mit wackeligen Beinen, wurde Richtung Ausgang

gestützt. Schon nach wenigen Schritten versagten dann endgültig ihre Beine. Lautlos sank sie in sich zusammen und wurde nur mit Mühe von den beiden Männern aufgefangen.

Schnell war ein Arzt zugegen, der die Frau medizinisch versorgte. Mit bestürzter Miene musste Gerhard Berger nun mit ansehen, wie seine geliebte Frau, die mittlerweile nur noch ein körperliches und mentales Wrack darstellte, mit dem Krankenwagen abtransportiert wurde.

***

Nur mit Mühe konnten sich Popp und Pimpelkamp draußen vor dem Gericht einen Weg durch die Masse der Reporter bahnen. Natürlich wollten diese insbesondere von Gerhard Berger einen Kommentar zu dem Urteil hören. Doch dieser reagierte überhaupt nicht auf die vielen Stimmen, die von allen Seiten auf ihn einredeten. Mit versteinertem Gesicht schritt er an ihnen vorbei, als existierten sie gar nicht. Auch Popp und Pimpelkamp machten keinerlei Erklärungen. Alle wollten nur schnellstmöglich diesen Ort des Unrechts verlassen.

Selten hatten es die Journalisten so schwer, wie an dem heutigen Tag. Bis auf Heinemann, der seine Verteidigung im hellsten Licht darstellte, verweigerten alle Angesprochenen jegliche Aussagen. Sowohl Familie Schurecke als auch die Utikals sagten kein Wort zu den Reportern. Besonders Richter Holzinger und Staatsanwalt Müller schienen es überaus eilig zu haben, das Gelände zu verlassen. Es war für sie geradezu ein Spießrutenlaufen, als sie durch die Menge drängten. Von allen Seiten prasselten abfällige Bemerkungen, Beleidigungen und sogar Drohungen auf sie ein. Der Unmut über die dargebotene Ungerechtigkeit war deutlich zu spüren. Es skandierten historisch aufgeladene Sprechchöre mit den Worten ‚*Wir sind das Volk.*‘ Eine kleine Gruppe Jugendlicher, die sich zusammengerottet hatte, war sogar versucht, handgreiflich zu werden. Doch wurden sie von den aufgebotenen Polizeibeamten zur Seite gedrängt und mit strengen Worten ermahnt.

***

Gerhard Berger musste von den Kriminalbeamten gestützt werden, als sie zu seinem Haus gingen. Wie ein Häufchen Elend saß er dann am Küchentisch und starrte an die Wand. Es war kaum Regung in seinem Gesicht.

Nachdem Popp sich im Krankenhaus nach dem Befinden von Sabine erkundigt hatte, trat er an Berger heran: „Ihrer Frau geht es wesentlich besser, sie kann schon morgen wieder nach Hause."

Berger nickte nur kurz, ohne seinen Blick von der Wand zu wenden.

„Können wir Sie jetzt überhaupt hier alleine lassen, in dem großen Haus?", dabei blickte der Hauptkommissar eher fragend zu seinen Kollegen.

„Geht schon", kam die heisere Antwort.

„Haben Sie denn keinen, den wir jetzt rufen können? Der sich um Sie kümmert? Bruder, Schwager, Freund …?"

„Ich möchte jetzt allein sein!" Dabei füllte sich langsam Bergers Blick. „Erstens würde mir jetzt jemand auf den Wecker gehen, der mich bemitleidet und zweitens werde ich mir jetzt die Rübe zuziehen."

„Ich weiß zwar nicht, ob das jetzt die beste Lösung ist", lächelte Popp, „aber ich glaube, ich würde an Ihrer Stelle das Gleiche tun!"

„Haben Sie schon mal Unrecht erlebt?", fragte Berger für die Situation jetzt ungewöhnlich direkt. In seinem Körper schien sich wieder die Anspannung einzustellen. „Ich meine dabei elementares Unrecht, nicht das alltägliche."

„Zwar nicht so gravierend, wie in Ihrem Fall, aber doch schon öfter."

„Was macht man dann in der Regel?"

„Man wehrt sich", entgegnete Popp, der nun merkte, woraufhin Berger hinaus wollte.

„Richtig", sagte Berger mit einem fratzenhaften Lächeln. „Und zwar so lange, bis man zumindest das Gefühl hat, dass

man die Situation halbwegs korrigiert hat. Wenigstens hat man sich dann gewehrt!“

„Ich denke mal …“

„Was ist aber“, unterbrach Berger, „wenn man sich noch nicht einmal wehren kann? Wenn man voller Ohnmacht dasteht und nichts machen kann? Wenn einem die komplette Familie genommen wurde und man feststellt, dass man gegen die anderen keine Chance hat? Ja, von den arroganten Gegenüber dazu noch verhöhnt und verspottet wird?!“

Hauptkommissar Popp legte seine Hand freundschaftlich auf Bergers Schulter: „Ich sagte Ihnen bereits, dass für mich die Sache noch längst nicht erledigt ist. Mit aller Energie, die mir zur Verfügung steht, werde ich sogleich damit anfangen, die Täter zu überführen. Und zwar so, dass auch ein reicher Vater ihnen nichts nützen wird!“

„Warum hat der Staatsanwalt nicht sofort eine Berufung eingelegt, sondern verlauten lassen, dass er die Umstände vorher erst mal prüfen will?“, höhnte Berger.

„Auch der wird sich bei einer klareren Beweislage nicht mehr beeinflussen lassen können!“

„Hören Sie doch auf“, rief Berger nun erregt. „Auch Ihnen wird man den Weg weisen, wenn man es nicht schon längst getan hat! Und bevor man Sie dann den Bach hinunterschickt, werden auch Sie zurückziehen. Ich kann mir nicht vorstellen, dass Sie verrückt sind, oder gar lebensmüde!“

„Falls das wirklich so kommen sollte, Herr Berger, dann habe ich jedenfalls alles versucht, was in meiner Macht steht“, sagte Popp nun etwas nachdenklicher. Ihm war klar, dass er diesem Mann nichts vormachen konnte. „Es wird immer Dinge im Leben geben, an denen man nichts ändern kann. Man muss sie so hinnehmen, wie sie sind. Man kann sowieso nichts daran ändern. Ansonsten geht man selbst vor die Hunde, so leid, wie es mir für Sie täte!“

„Muss man das wirklich …?“, fragte Berger mehr in sich gekehrt als zu Popp gewandt. Dabei hatte seine Stimme einen eigenartigen Tonfall.

***

Bergers Prophezeiung sollte schneller eintreten, als alle gedacht hatten. Schon am nächsten Tag erschien jener Mann im Revier, der diese Vorausdeutung umsetzen sollte. Es war Polizeipräsident Gunther Kämmerer.

Als hätte er geradezu darauf gewartet, ergab sich die Situation, dass Popp und Pimpelkamp gerade intensiv mit den Unterlagen des Falles beschäftigt waren. Die Akten lagen aufgeschlagen auf dem Schreibtisch, der mysteriöse Zettel daneben und sämtliche Fotos des Falles waren ausgebreitet.

Verwundert schauten Popp und Pimpelkamp auf, als Kämmerer zur Tür hereinkam. Ohne jegliche Begrüßung schritt er zum Schreibtisch und nahm die Fotos der Kinder in die Hand.

„Ich dachte“, sagte er fast vorwurfsvoll, „die Sache wäre erledigt?“

„Für mich nicht“, entgegnete Popp unerschrocken. Zwar hatte er damit gerechnet, dass in Kürze so eine ähnliche Situation eintreten würde, aber derart schnell, das hätte er nicht gedacht. Er wollte sich nun dem Polizeipräsidenten stellen, das hatte er felsenfest vor.

„Sie waren doch gestern beim Prozess anwesend. Dann sollten Sie das Urteil gehört haben, Popp!“

„Richtig. Und ich habe auch gehört, dass der Staatsanwalt sich vorbehält, Berufung einzulegen. Also ist davon auszugehen, dass er weiter ermittelt!“

„Wird er nicht“, sagte Kämmerer hart.

„Nicht ...?“, tat Popp erstaunt. „Hat er das Ihnen erzählt? Dann frage ich mich, was der ganze Zirkus sollte!“

Kämmerer trat ganz nahe an Popp heran. Mit eindringlich drohender Stimme sagte er: „Ich denke mal, Popp, dass Gemüse putzen in der Polizeikantine nicht unbedingt Ihr Ding ist ...“

Der Hauptkommissar verspürte ein Kribbeln in seinem Nacken, als tummelten sich dort Dutzende Ameisen.

„... Und wenn es Ihnen lieb sein sollte, nicht dorthin versetzt zu werden“, fuhr Kämmerer fort, „dann empfehle ich Ihnen und

Ihren Kollegen auf diesem Revier, meinem Rat zu folgen: Ab sofort möchte ich hier keine Ermittlungen sehen, die sich um diesen Fall handeln. Ich hoffe, ich habe mich klar ausgedrückt!“

Hauptkommissar Popp öffnete den Mund, um zu antworten. Aber da war keiner mehr, mit dem er reden konnte. Polizeipräsident Kämmerer ließ ihn einfach stehen und hatte den Raum verlassen.

Die beiden Kommissare schauten sich gegenseitig Hilfe suchend an. Ihnen fehlten im Moment schlicht die Worte.

„Paff, das saß“, sagte Pimpelkamp schließlich.

„Das kann man wohl sagen“, entgegnete Popp und atmete dabei tief durch.

„Und jetzt, Mucke ...?“ Pimpelkamp war jetzt wirklich völlig ratlos.

„Das weiß ich ehrlich gesagt auch nicht“, entgegnete Popp unbeschönigt. „Dass die mit ihrer Mauschelei so weit gehen, das konnte keiner wissen! Wir müssen uns darüber im Klaren sein, dass auch wir uns mehr oder weniger strafbar machen, wenn wir mit den Ermittlungen fortfahren.“

„Ich hab so das Gefühl“, meinte Pimpelkamp bitter, „als ob ich nun zwischen Pest und Cholera wählen könnte ...“

VII.

Am frühen Vormittag des nächsten Tages wurde Sabine Berger mit dem Krankenwagen nach Hause gebracht. Zwar hatte zuvor das Krankenhaus bei ihrem Mann nachgefragt, ob dieser sie abholen wolle, doch dieser lehnte das ab, er fühle sich sehr schlecht. Und das stimmte auch, doch der entscheidende Grund hierfür war weniger seine psychische Verfassung, sondern eher die Folgen des Konsums fast einer Flasche Wodka, die er am Vorabend geleert hatte. Hatte sich Berger unmittelbar danach erheblich wohler gefühlt und die fürchterlichen Umstände zeigten sich erträglicher, so holte ihn dann am Morgen die Realität umso grausamer ein. Neben jener unabänderlichen Realität hatte sich noch ein ausgeprägter Kater gesellt, der das Erleben um ein Vielfaches intensivierte.

„Muss ich etwas Besonderes beachten?", fragte er den begleitenden Sanitäter, nachdem dieser der Frau auf den Stuhl geholfen hatte.

„Kreislaufmäßig ist sie stabil. Der Blutdruck ist zwar ziemlich weit unten, aber nicht dramatisch", antwortete dieser schnaufend.

„Und sonst? Noch irgendwelche Verhaltensregeln vom Arzt …?" Berger konnte sich nicht vorstellen, dass das alles sein sollte. Dafür sah Sabine einfach zu hinfällig aus.

„Wichtig ist vor allem, dass sie mehr trinkt. Sonst geht der Blutdruck wieder runter. Mit dem Essen sehen Sie ja selbst, sie ist ja nur noch ein Strich in der Landschaft."

„Und was mache ich dann …?" Bergers Stimmung schlug langsam um. Ihn ärgerte es, dass der Mann seine Sprüche aufsagte wie ein Obstverkäufer.

„Sie sollten sich mit Ihrem Hausarzt in Verbindung setzen. Ich denke, dass man in einigen Tagen über Zwangsernährung nachdenken wird", entgegnete der Mann ohne jedwede Andeutung einer Gefühlsregung.

Berger trat an ihn heran und meinte gefährlich leise: „Darf ich Sie darauf aufmerksam machen, dass wir hier über einen Men-

schen reden, der Hilfe braucht? Und ganz zufällig ist das auch noch meine Frau!“

Der Pfleger machte einen Schritt zurück. Entgeistert antwortete er: „Mann, was wollen Sie? Ich mach hier meinen Job und sonst nichts!“

„Ich merk das schon“, nickte Berger bitter. Zynisch fuhr er fort: „Dann möchte ich mich für Ihre ausgiebige Hilfe bedanken und Ihnen einen schönen Tag wünschen.“

Berger blickte dem mit dem Kopf schüttelnden Mann hinterher, als dieser das Haus verließ.

Wie ein Roboter saß Sabine ihm dann am Küchentisch gegenüber. Ihr Blick schien ins Nichts zu gehen, sämtlicher Glanz war aus ihren Augen gewichen.

Trotz seines eigenen Schmerzes nahm Berger ihre Hand und versuchte ihr Mut zuzusprechen: „Mein lieber Schatz. Auch wenn das Leid uns momentan zerfrisst, so wird unser Leben trotzdem weitergehen.“

Keine Antwort. Als hätte die Frau die Worte ihres Mannes gar nicht wahrgenommen, zeigte sie keinerlei Regung.

Sanft umfasste Berger ihre Schultern und schüttelte sie leicht: „Ich sagte, das Leben wird weitergehen!“

Ganz langsam kam wieder eine Spur von Helligkeit in Sabines Augen. „Welches Leben …?“, kam die kaum verständliche Frage.

„*Unser* Leben natürlich“, versuchte Berger mit zuversichtlicher Stimme zu sagen. Doch auch ihm gelang es nicht, irgendwie optimistisch zu wirken. Im Grunde stellte er sich die gleiche Frage selbst. Auch ihm war völlig klar, dass das Leben nie mehr so sein würde wie einst mit den Kindern. Aber es deshalb nicht mehr anzunehmen, das widerstrebte ihm trotz allen Schmerzes doch sehr.

***

Wer die Wahrheit nicht kennt, ist ein Dummkopf.
Wer sie aber kennt und sie Lüge nennt, ist ein Verbrecher.
– Galileo Galilei –

Ein gewonnener Prozess ist zwar nicht immer ein Grund zum Feiern, aber zumindest sollte man annehmen, dass einen das Gefühl der Zufriedenheit umgibt.

Bei Josef Schurecke war das überhaupt nicht der Fall. Er kam sich vor, wie der mieseste Drecksack, den man sich denken konnte. Im Innersten schämte sich der Mann in Grund und Boden. An diesem Tag läutete fortlaufend das Telefon oder sein Handy, wobei sich allerlei Freunde und Bekannte meldeten, die ihm zu dem Freispruch seines Sohnes gratulieren wollten. Und bei dieser Gelegenheit ergab sich dann noch die Möglichkeit, sich einzuschleimen oder zumindest zwecks eigener Vorteile zu zeigen. Letztendlich reichte es Schurecke und er gab sich unerreichbar.

Auch das Personal des Hauses überschüttete die Familie regelrecht mit Glückwünschen und wunderte sich dann, als sie Schurecke barsch zurückwies. Nur Butler Manfred hielt sich dezent zurück und blieb wortkarg. Niemand bemerkte dabei, dass dieser mit Schurecke geheimnisvolle Blicke austauschte.

„Diese miesen Heuchler und Speichellecker“, schimpfte Schurecke, als er später mit seiner Elvira allein saß.

„Was erwartest du denn?“, fragte sie scharf. „Sollen wir ihnen etwa die Wahrheit sagen?“

„Vielleicht sollten wir das wirklich tun“, meinte Schurecke erregt, aber dabei nachdenklich.

„Dann können wir uns wohl von der Gesellschaft verabschieden. Ich glaube nicht, dass dann noch irgendjemand etwas mit uns zu tun haben will.“

„Ist doch Quatsch, Frau“, winkte Schurecke ab. „Solange wir Geld haben, wollen sie immer mit uns!“

„Aber dann doch irgendwie anders.“

„Und was wäre daran so schlimm?“, höhnte ihr Mann. „Außerdem wird das so oder so kommen.“

„Wie meinst du das?“, fragte Elvira nun verwundert.

„Ja glaubst du denn, unser Sohn ist jetzt bekehrt …? Das wird mit Sicherheit nicht das letzte Mal gewesen sein, dass er sich an kleine Kinder herangemacht hat!“

„Hör jetzt bitte auf damit, Josef“, meinte sie scharf.

„Den Teufel werde ich! Alles, was wir bis jetzt verhinderten, haben wir letztendlich nur verschoben. Es kommt später so oder so auf uns zu. Nur dann noch viel intensiver …"

***

Sabine Berger baute zusehends ab. Jegliche feste Nahrung lehnte sie ab und Flüssigkeit musste Gerhard ihr mühsam einflößen. Zu diesem Zweck hatte er eine alte Schnabeltasse der Kinder hervorgekramt. Oftmals verschluckte sich Sabine fürchterlich und bei den Hustenanfällen aspirierte sie dann einen Teil.

Der Versuch, ihr liebevoll einen Becher Joghurt einzulöffeln, scheiterte kläglich. Die dickflüssige Masse lief an ihren Mundwinkeln wieder hinaus. Als nehme sie ihn dabei gar nicht wahr, blickte sie förmlich durch ihren Mann hindurch. Dieser Zustand verschlimmerte sich Tag für Tag.

So kann es nicht weitergehen, schoss es Berger schließlich durch den Kopf. Der Verzweiflung nahe fiel ihm ein, dass er in einem Film einmal gesehen hatte, wie in einem Altenheim den älteren Menschen mit Ess- und Schluckbeschwerden die Masse mit einer großen, 100 ml Spritze in die Mundhöhle eingespritzt wurde. Schnell machte sich Berger auf zu einem Sanitätshaus und besorgte sich so ein Teil. Und siehe da, es funktionierte. Zwar lief noch immer ein Teil aus dem Mund hinaus, aber eine gewisse Menge schluckte die Frau dann doch hinunter. Trotzdem war es nur noch eine Frage der Zeit, bis dieser Zustand nicht mehr zu verantworten war. Berger setzte sich ein paar Tage zum Ziel, in denen er versuchen wollte, seine Frau aufzupäppeln. Gelang es nicht, musste sie stationär untergebracht werden oder der Arzt musste sich andere Maßnahmen ausdenken.

Sabine war regelrecht zu einem emotionalen Bruchstück avanciert. So gut wie keine Resonanz kam von ihr auf Fragen ihres Mannes. Und wenn überhaupt, waren es Gesten oder Bewegungen der Abwehr. Alles andere war in ihr erloschen, jedwede Gemütsregung, die auf ihre Teilnahme am Leben schließen ließ,

war nicht mehr vorhanden. Einzig ihr Bedürfnis eines Toilettengangs äußerte sie mit einer Unruhe, die Berger so zu deuten lernte.

Körperlich hatte die Frau überhaupt nichts mehr zu zusetzen. Keinen Weg im Haus konnte sie mehr allein verrichten. Hierzu war die intensive Unterstützung ihres Mannes erforderlich, der sich dann nach und nach immer mehr Techniken der Erleichterung aneignete.

Berger selbst hatte für seine eigene Trauer und Verbitterung kaum Freiräume. Zu sehr wurde er von seiner Frau beansprucht. Zum einen war es zwar eine Ablenkung, die den Schmerz unterdrückte, zum anderen fehlte ihm dann ein Element, das dem Verarbeitungsprozess diente. Insofern begann Berger abends damit, erhebliche Mengen Alkohol in sich hineinzugießen. Ein gefährlicher Weg.

***

Berger staunte nicht schlecht, als er die Haustür öffnete.

Hauptkommissar Popp lächelte ihn an: „Ich wollte nur mal so vorbeischauen und sehen, wie es Ihnen geht."

„Was Neues?", fragte Berger gespannt. „Vielleicht neue Beweise oder so?"

„Da muss ich Sie leider enttäuschen. Es ist wirklich die reine Neugierde, die mich hierher verschlägt."

„Ach so", kam die enttäuschende Antwort. „Na, dann kommen Sie mal rein."

Die beiden schritten durch den Flur in die Küche. Dabei entging es dem Hauptkommissar nicht, dass Berger eine leichte Alkoholfahne hinter sich herzog.

„Wie geht es Ihrer Frau?", fragte Popp, als sie die Küche erreicht hatten. „Hat sie sich etwas erholt von ..."

Erschrocken blieb der Hauptkommissar bei Sabines Anblick stehen. Er hatte ja mit einigem gerechnet, doch dass ihr Zustand derart gravierend war ...?

„Sie sehen ja selbst", sagte Berger nur.

„Mein Gott, Herr Berger“, sagte Popp leise, damit ihn Sabine nicht hörte. „Sie sollten schleunigst etwas unternehmen, Ihre Frau stirbt Ihnen sonst unter Ihren Händen weg! Die besteht ja nur noch aus Haut und Knochen!“

„Der Arzt ist informiert, er wird heute noch vorbeischauen.“

„Der soll nur zusehen, dass er nicht zu spät kommt“, sagte Popp ehrlich besorgt. „Ihre Frau gehört umgehend stationär aufgenommen, am besten auf die Intensiv!“

„Sie wird sich weigern, das weiß ich.“

„Ob sie will oder nicht, sie muss einfach!“

„Ich denke, wir werden es erst mal noch ein paar Tage hier versuchen“, sagte Berger in einem Tonfall, als sei er der Arzt.

„Ihr Wort in Gottes Ohr“, mahnte Popp. „Ich hoffe, dass Sie das Richtige tun ...“

***

„Ich denke, uns bleibt keine andere Wahl“, meinte Dr. Ernst. „Wir müssen Ihre Frau künstlich ernähren. Hier geht es zwar auch um die kalorische Nahrung, aber in erster Linie um die Flüssigkeit.“

„Hab ich mir gedacht“, pflichtete Berger bei.

„Ich werde ihr deshalb eine Magensonde legen“, fuhr der Arzt fort. „Ich nehme extra eine dünne mit 12 Charrière, die ist mit ihren 4 Millimeter Durchmesser etwas angenehmer.“

„Wenn Sie meinen ...“

„Um einen reibungslosen Ablauf zu gewährleisten, lasse ich dann täglich einen Pflegedienst kommen, der nach dem Rechten sieht und Sie auch etwas in die Materie einlernt.“

Berger hatte seine Frau, schon bevor der Arzt kam, zu Bett gelegt. Sie erwachte ein wenig aus der Lethargie, als die Männer zu ihr ans Bett traten. Man hatte fast das Gefühl, dass ihr leerer Blick einen ängstlichen Ausdruck zeigte.

„Frau Berger“, meinte der Arzt behutsam, „ich muss Ihnen jetzt leider eine Magensonde legen.“

Sofort kam Leben in Sabines Augen. Heftig schüttelte sie abwehrend mit dem Kopf.

„Tut mir leid, es geht nicht anders. Sonst verhungern und verdursten Sie uns.“

Erneutes Kopfschütteln.

Berger umfasste sanft die mittlerweile knochige Hand seiner Frau: „Schatz, es ist die einzige Möglichkeit, dich am Leben zu halten. Täten wir das nicht, dann müssten wir dich sogleich ins Krankenhaus bringen.“

„Lasst mich sterben“, hauchte die Frau kaum hörbar. „Lasst mich bitte sterben …“

„Schatz …“, drängte Berger.

„Ich will nicht“, hauchte Sabine weinend.

„Hier stirbt keiner“, sagte Dr. Ernst entschlossen.

Sabine machte nur zaghafte und kraftlose Abwehrversuche, als der Arzt die Sonde durch das Nasenloch bis zum Magen hineinschob. Dann überprüfte er die Lage, indem er etwas Luft hineingab und mit dem Stethoskop das Blubbern im Magen vernahm. Anschließend fixierte er den Schlauch mit einem Pflaster an der Nasenspitze.

„Wenn Sie mir versprechen“, sagte der Arzt liebevoll, „dass Sie an der Sonde nicht herumreißen, dann lassen wir Ihre Hände frei. Ansonsten müssten wir sie leider festbinden.“

Sabine blinzelte mit den Augen bejahend.

„Dann werden wir das mal glauben“, lächelte Dr. Ernst und wandte sich an Berger: „Wie schläft Ihre Frau des Nachts?“

„Gar nicht. Sie können nach ihr schauen, wann sie wollen, immer stiert sie an die Decke.“

„Dann wird es Zeit, dass Ihre Liebste endlich zur Ruhe kommt.“ Dabei reichte ihm der Arzt eine Schachtel: „Dies ist ein sehr starkes Schlafmittel. Lösen Sie abends bitte nur eine *halbe* Tablette in Wasser auf und spülen Sie sie dann mit der dicken Spritze hier durch die Sonde.“

„Ich werde mich bemühen, Herr Doktor“, meinte Berger artig. „Kann es denn sehr gefährlich werden, wenn man mehr von

dem Mittel gibt? Ich meine, was wenn eine halbe Tablette nichts nützen sollte?“

„Auf keinen Fall mehr“, mahnte der Arzt. „Schon geringe zusätzliche Dosen könnten bei dem Zustand Ihrer Frau äußerst gefährlich für sie sein!“

Die Männer bekamen gar nicht mit, dass Sabine ihnen aufmerksam zuhörte …

***

Gerhard Berger verbrachte in seinem Bett eine sehr aufgewühlte Nacht. Unruhig wälzte er sich immer wieder hin und her und hatte am frühen Morgen das Gefühl, er hätte keine Minute geschlafen. Natürlich war das nicht der Fall gewesen, die Unruhe hatte ihm lediglich sehr viele Wachphasen beschert. Und die Traumphasen dazwischen ließen ihn dann ständig erwachen. Jene Traumphasen waren ausgefüllt, wie eigentlich jede der vergangenen Nächte, mit den furchtbaren Bildern, die Marcus und Ronja zeigten, wie sie aufs Übelste misshandelt wurden. Wie sich jene Bestien an ihnen vergangen hatten, sie anschließend verbrannten und dann unbestraft blieben. Es waren Hass und Wut, die ihn dann schweißgebadet erwachen ließen, fast ohnmächtig vor Hilflosigkeit, nichts gegen dieses Unrecht unternehmen zu können.

Berger musste sich erst einmal orientieren, als er am frühen Morgen erwachte. Nachdem er einen längeren Moment in den abgedunkelten Raum auf die Decke geschaut hatte, wandte er sich zu Sabine um. Sie lag bewegungslos neben ihm und schien zu schlafen. Berger nickte zufrieden und freute sich, dass das Schlafmittel anscheinend wirkte.

Doch dann stutzte er, denn es war im Schlafzimmer mucksmäuschenstill, keinerlei Atemgeräusche zu vernehmen. Vorsichtig streckte Berger seine Hand aus und ertastete Sabines Hand. Sie war eiskalt. Wie von der Sehne geschnellt richtete sich Berger auf und schaltete das Licht an.

Ein unendlicher Schmerz durchzog die Brust des Mannes, als er auf seine Frau blickte. Die Augen waren halb geöffnet, da-

bei leer und stumpf. Das Antlitz ihres Gesichtes war hell und von rot-bläulichen Merkmalen durchzogen. Dabei war auch der Mund etwas aufgesperrt und die Lippen hatten einen beinahe dunkelblauen Schimmer. Sabine war tot.

Berger schloss seine Augen. Im Moment war er hilflos und mit der Situation völlig überfordert. Er mochte es einfach nicht wahrhaben, dass ihn nun auch noch Sabine verlassen hatte.

Urplötzlich wandelte sich seine Hilflosigkeit zu Zorn. Es war der Zorn auf den Arzt, der ihr dieses Schlafmittel verschrieben hatte. Wie konnte dieser Mann seiner schwachen Frau nur ein derart starkes Mittel verschreiben! Berger sprang auf und eilte zur Küche, auf dessen Tisch die Schachtel mit den Schlaftabletten lag. Schon an der Tür blieb er erschrocken stehen und blickte entsetzt auf den Tisch: Die Blister mit den Tabletten lagen dort zerstreut und waren ausgedrückt. Sabine musste sich alle Tabletten einverleibt haben!

„Was hast du nur getan ...?“, sagte er leise und sank auf die Knie. Seine Beine hielten ihn nicht mehr aufrecht.

***

Die Beerdigung von Sabine Berger war wesentlich unspektakulärer als die der Kinder. Außer den Familienangehörigen, Freunden und Bekannten, hatte es nur eine Handvoll Schaulustige auf den Friedhof getrieben. Popp und Pimpelkamp natürlich auch, doch bei ihnen war es aufrichtige Anteilnahme, die sie erscheinen ließ.

Wohl selten hatte Popp ein derart versteinertes Gesicht gesehen, wie das von Gerhard Berger. Keinerlei Mimik der Trauer oder Wut, keine Geste der Erschütterung, keinerlei Gefühlsregung, gar nichts! Wie ein ferngesteuerter Roboter ließ er die Zeremonie über sich ergehen, warf ein Sträußchen Blumen ins Grab und nahm die Hände der Kondolierenden mit schlaffem Druck entgegen. Nach der Verrichtung entfernte er sich dann wortlos von der Grabstelle. Es war für alle offensichtlich, dass er an dem anschließenden Kaffeetrinken nicht teilnehmen woll-

te. Er war gerade im Begriff in sein Auto zu steigen, als ihn Popp ansprach.

„Wollen Sie uns denn jetzt wirklich allein lassen?“, fragte der Kriminalbeamte schwer atmend. Er war regelrecht hinter Berger hergelaufen, um ihn noch rechtzeitig zu erreichen.

„Ja“, kam die Stimme in einem blechernen Ton. Es schien gar nicht mehr die Stimme Bergers zu sein, zu fremd klang sie.

„Denken Sie nicht, dass es jetzt für Sie besser wäre, nicht allein zu sein?“

„Nein.“

„Berger“, sagte Popp nun eindringlich, „ich mache mir Sorgen um Sie. Ich habe Bedenken, dass Sie nun irgendwelchen Unsinn machen!“

Mit maskenhaftem Gesicht schaute Berger zu Popp, ohne ein Wort zu sagen, als wären die Worte des Hauptkommissars gar nicht zu ihm durchgedrungen.

„Haben Sie mich überhaupt verstanden …?“

„Ja.“

„Und …?“, fragte Popp nun etwas irritiert.

Ohne zu antworten bestieg Berger seinen Wagen, startete und fuhr davon.

„Wenn das mal gut geht …“, sagte Popp leise zu sich.

***

Es mochten drei Stunden vergangen sein, als Bergers Wagen erneut vor dem Friedhof hielt. In dem Lokal gegenüber schienen sich nur noch wenige der Trauergäste aufzuhalten. Die meisten waren bereits heimgefahren. Aber die wenigen der Verbliebenen schienen äußerst guter Stimmung zu sein. Sehr laut schallten ihre Stimmen durch die Fenster zum Parkplatz des Friedhofs. Sicherlich hatte das eine oder andere Bierchen zu der gehobenen Stimmungslage beigetragen. Von ehrlicher Anteilnahme schien nicht mehr viel übrig zu sein. Man beschränkte sich jetzt auf die elementaren Freuden.

Berger schritt schnurstracks zu den Gräbern seiner Lieben.

Das Grab Sabines war bereits zugeschaufelt und mit einer Vielzahl von Kränzen und Gestecken bedeckt. Jedoch war das kein Vergleich zu den Gräbern der Kinder, die unmittelbar neben dem ihrer Mutter lagen. Auf ihnen war aufgrund von Platzmangel ein regelrechter Turm aufgeschichtet worden. Während Sabines Blumenschmuck noch frisch war, waren die Gewächse auf den Gräbern der Kinder bereits angewelkt.

Und so verharrte Berger eine lange Zeit mit gefalteten Händen vor den drei Grabstätten. Wer ihn gesehen hätte, sollte meinen, dass dort eine unbewegliche Skulptur stünde, so regungslos und starr war die Erscheinung.

„Ich liebe euch alle sehr“, hauchte er leise, „und ich werde euch immer lieben“, sagte er immer wieder, wobei ihm eine dicke Träne über die Wangen lief.

Nach endloser Zeit setzte sich Berger langsam in Bewegung und schritt auf Sabines Grab zu. Mit Worten, die vor Entschlossenheit nicht zu überbieten waren, sagte er fast feierlich: „So wahr mir Gott helfe, gelobe ich dir, meiner geliebten Frau, dass diese Menschen ihre Bestrafung bekommen werden. Was sie uns angetan haben wird gesühnt werden, auch wenn es mich mein eigenes Leben kosten wird!“

VIII.

„Was sagst du da?“, fragte Franz Aymanns ungläubig. „Der Berger will wieder zurück in den Dienst kommen? Ist der denn verrückt geworden?“

„Hat mir Schullenberg gerade gesagt“, entgegnete Alan Steinbrink schulterzuckend. „Der Alte wollte es selbst nicht glauben.“

„Das ist unmöglich“, meinte Aymanns kopfschüttelnd. „Das kann der doch gar nicht!“

„Da bin ich auch voll deiner Meinung“, pflichtete Steinbrink bei. „Im Grunde haben wir dann einen Patienten mehr zu betreuen.“

Aymanns tapste sich gegen die Stirn: „Der ist wirklich bekloppt! Wir sind im öffentlichen Dienst, da kann man wenigstens ein Dreivierteljahr draus machen, mit Psychotherapie und so. Da würde wirklich niemand meckern.“

„Vielleicht ist es ja das, was Gerd gerade nicht will. Abgesehen davon, dass man ihm irgendwelche Pillen aufschwatzen wird, muss er sich dann intensiv mit der Katastrophe auseinandersetzen. Kommt er hingegen zum Dienst, ist er zumindest abgelenkt.“

„Um hier etwas aufzubauen, was sich dann aufstaut und irgendwann unkontrolliert ausbricht?“, zweifelte Aymanns. „Nee, Alan. Das wird wohl einen anderen Hintergrund haben. Gerd ist psychiatrisch ausgebildet und weiß selbst, dass eine professionelle Verarbeitung das Wichtigste ist.“

„Ja, warum sollte er denn sonst kommen?“

„Das hat möglicherweise einen völlig anderen Hintergrund“, philosophierte Aymanns mehr zu sich selbst.

„Und was sollte das sein?“

„Das hätte ich auch gerne gewusst ...“

Franz Aymanns sollte mit seiner Annahme gar nicht mal so falsch liegen ...

***

„Sie können sich denken, dass wir alle hier sehr überrascht sind“, meinte Friedhelm Ströbels. Er war der führende Diplom-Psychologe der Forensischen Fakultäten. Zusammen mit Dr. Kleine und Dr. Weilinghoff bestimmte er psychologische und medizinische Behandlungsmethoden und war auch in Personalangelegenheiten involviert.

Bei Gerhard Berger schienen die Worte des Psychologen gar nicht anzukommen. Mit starrem Blick schaute er geradeaus und zuckte unmerklich mit den Schultern.

„Haben Sie sich das Ganze auch gut überlegt?“, fragte Dr. Kleine. „Bei dem, was Sie durchleben mussten, ist es atypisch, wenn Sie jetzt Ihren Dienst antreten.“

„Hab ich ihm auch gesagt, Frau Doktor“, drängte sich Schullenberg dazwischen.

„Ich kann Ihnen wirklich nur davor abraten“, fuhr Ströbels fort. „Aus psychologischer Sicht ist es jetzt wichtig, das Ganze zu verarbeiten. Und das braucht seine Zeit. Alles andere ist nur Verdrängung und brodelt dann in Ihrem Inneren wie ein Vulkan. Irgendwann wird er dann ausbrechen und die Folgen sind nicht absehbar.“

„Ich möchte wieder arbeiten kommen“, sagte Gerhard Berger mit starrer Mimik.

„Können wir nicht einen Kompromiss schließen und uns darauf einigen, dass wir noch, sagen wir mal, vier Wochen warten?“, meinte die Ärztin. Auch sie fühlte sich denkbar unwohl bei dem Gedanken an Bergers Vorhaben.

„Oder vielleicht nur stundenweise?“, schaltete sich Ströbels beinahe liebevoll ein. „Wenigstens für den Anfang, damit Sie sich dann langsam wieder an den Dienstbetrieb gewöhnen können?“

„Ich möchte wieder arbeiten kommen“, kam jene klanglose Stimme abermalig.

„Sofort …?“ Dabei schaute Kleine Hilfe suchend zu Ströbels hinüber. Dieser zuckte nur mit den Schultern.

„Sofort“, kam die harte Antwort von Berger.

Kleine und Ströbels schauten sich erneut gegenseitig an. Ihnen gefiel überhaupt nicht, was der Mann vorhatte. Aber was sollten sie machen?

„Okay“, seufzte die Frau schließlich und nickte dabei Schullenberg zu. „Es ist Ihre Entscheidung. Mehr können wir nicht tun, als Ihnen davon abzuraten …“

***

Schnell machte die Neuigkeit in der Klinik die Runde. Zwar war man in allen Bereichen der Klinik chronisch unterbesetzt, aber in diesem Fall zweifelte wirklich jeder an, dass das Wiederkommen des Kollegen sinnvoll sei. Gespannt warteten alle am frühen Vormittag auf das Erscheinen Gerhard Bergers. Es liefen schon untereinander Wetten, wie lange er seinen Dienst durchhalten werde und wie viel oder wenig Zeit vergehen würde, bis er erneut in den Krankenstand treten würde. Dann aber richtig krank, dessen war man sich sicher!

Und so begann Gerhard Berger seinen ersten Dienst. Schon bei dem ersten Anblick erkannte ihn keiner wieder. Das war nicht der Gerhard Berger, wie man ihn in Erinnerung hatte. Ohne die Anzeichen irgendeiner Geste der Begrüßung kam er auf die Station und lief wortlos an den Kollegen vorbei. Als sei er ein Maschinenmensch ging er in das Büro und informierte sich anhand der Dokumentationen über den derzeitigen Stand der Patienten. Konzentriert blätterte er in den Akten, ohne wahrzunehmen, was um ihn herum geschah.

Die Kollegen im Büro schauten sich fragend an. Damit hatte keiner gerechnet. Man hatte eher einen depressiven, um Hilfe ersuchenden Kollegen erwartet, als einen Mitarbeiter, der sie geradezu ignorierte und höchst aufmerksam seine Arbeit aufnahm. Zwar war es paradox, aber einige schienen sogar enttäuscht darüber, dass ihre Erwartungen nicht erfüllt wurden.

„Hallo Gerd“, sagte Franz Aymanns zaghaft. Er war mit zwei weiteren Kollegen gerade damit beschäftigt, den kommenden Dienstplan zu diskutieren.

„Hallo“, sagte Berger knapp. Dabei schaute er noch nicht einmal von der Akte auf, mit der er gerade beschäftigt war.

Die drei Männer blickten sich fragend an und zuckten mit den Schultern.

„Alles in Ordnung bei dir?“, fragte Aymanns vorsichtig weiter.

„Geht so.“

„Es ist schön, dass du wieder hier bist“, versuchte Aymanns das Gespräch fortzusetzen.

„Mag sein …“

Jetzt reichte es Aymanns. Entschlossen schritt er zu Berger und rüttelte ihn am Arm: „Hallo, Alter, hier bin ich!“

Langsam schaute Berger von der Akte auf.

Aymanns erschrak fast über den festen und entschlossenen Blick seines Kollegen. Er hatte das Gefühl, als säße ein Mann vor ihm, den er nicht kannte. Insofern sagte er vorsichtig: „Eigentlich wollte ich mich ein wenig mit dir unterhalten. Wie es dir geht, was du so machst, ob wir dir irgendwie helfen können …“

„Die Akten von Bartsch und Schieber finde ich nicht“, kam die knappe Antwort.

„Was, äh …, die Akten …?“ Mit dieser Entgegnung hatte Aymanns überhaupt nicht gerechnet.

„Wo sind die Akten dieser Männer!“ Dabei hatte Bergers Stimme einen fast bedrohlichen Klang.

„In 29a“, stammelt Aymanns verunsichert. „Dort, wo auch die Patienten sind.“

„29a? Ihr habt sie verlegt?“

„Natürlich haben wir das, der Umbau ist dort abgeschlossen. Ich selbst habe dafür gesorgt, dass sie dann ganz schnell dort hinkamen“, antwortete Aymanns nun wesentlich selbstsicherer. Ihn ärgerte es, dass er soeben das Gefühl hatte, Berger wie ein Auszubildender Rede und Antwort stehen zu müssen.

„Man hätte sie auch hier lassen können. Entsprechende Räumlichkeiten haben wir doch ebenfalls!“

Aymanns schaute Berger an, als sei er nicht ganz dicht im Kopf. Er verstand die Welt nicht mehr: „Sag mal, was ist denn in dich gefahren? Du weißt doch selbst, wie wir alle schimpften, als man sie uns angedreht hatte! Sei doch froh, dass sie weg sind. 29a ist ein moderner Hochsicherheitstrakt mit aller erdenklichen

technischen Ausstattung. Dort und sonst nirgendwo gehören die untergebracht!“

Berger blickte eine Zeit lang nachdenklich vor sich hin, erhob sich und verließ wortlos den Raum.

Alle drei Kollegen schauten ihm ungläubig hinterher.

„Wenn der Anlass nicht so traurig wäre“, meinte Aymanns leise, „dann könnte man fast annehmen, wir hätten einen Kandidaten für eine der freigewordenen Zellen.“

„Da sagst du was“, bestätigte der Kollege neben ihm. „Unser Gerd ist für mich das geworden, was man als eine völlig fremde Person bezeichnet. Und das, obwohl ich ihn schon seit Jahren kenne!“

„Der wird schon wieder die Kurve kriegen“, meinte ein weiterer Kollege, der sich in das Gespräch einschaltete.“

„Meinst du?“

„Lass erst mal ein paar Wochen vergehen, die Zeit heilt auch die schlimmsten Wunden. Das war schon immer so. Warum sollte es nicht auch hier so sein?“

„Ich weiß nicht …“, meinte Aymanns kopfschüttelnd, „ich werde das Gefühl nicht los, dass da noch etwas kommt.“

„Und was?“

„Wenn ich das mal wüsste …“

***

Noch am gleichen Tag machte schon die zweite Neuigkeit die Runde. Sowohl beim Personal als auch bei den Patienten verbreitete sich wie ein Lauffeuer, dass Gerhard Berger einen Versetzungsantrag nach 29a gestellt hatte. Und das mit der Bitte um sofortige Berücksichtigung. Unverständnis und Kopfschütteln waren die allgemeinen Reaktionen auf dieses Vorgehen.

„Können Sie mir denn sagen, was der Grund Ihres so dringenden Anliegens ist?“, fragte Ströbels, der mit Dr. Kleine und Schullenberg am Tisch im Konferenzraum saß. Berger hatte ihnen gegenüber Platz genommen und blickte den Leuten mit entschlossenem Gesichtsausdruck entgegen.

„Es ist mein Wunsch“, kam die Antwort, die im Grunde nichts Konkretes sagte.

„Nun, das steht hier ja“, meinte Ströbels und hielt das Versetzungsgesuch hoch. „Aber ein Wunsch ist keine Begründung, das wissen Sie doch selbst.“

„Ich bin nun schon seit vielen Jahren in dieser Abteilung und möchte mich halt verändern.“

„Und das von jetzt auf gleich?“, lächelte der Diplom-Psychologe ungläubig.

„Richtig.“

„Und das hat nichts mit den Patienten Bartsch und Schieber zu tun?“

„Vielleicht doch“, gab sich Berger betont locker. Doch sein gesamtes Äußeres wirkte dennoch steif und schaurig kalt. „Ich fand die Männer schon damals irgendwie hochinteressant. Besonders die Krankheitsbilder und so …“

„Aha“, entgegnete Ströbels kritisch. „Dann sind sie der Einzige hier im Haus, der die Nähe dieser Patienten sucht. Alle anderen sind froh, wenn sie mit denen nichts zu tun haben.“

„Dann sollte man doch froh sein, dass Sie jemanden haben, der vor denen keine Scheu hat.“

Ströbels schnaufte tief durch: „Im Grunde ja. Doch bei Ihnen hab ich so meine Bedenken.“

„Wieso …?“, fragte Berger beinahe enttäuscht. Man sah ihm trotz der steifen Mimik an, dass er eine Absage befürchtete.

„Herr Berger“, meinte Ströbels nun im väterlichen Ton. „Der Umgang mit diesen beiden Männern fordert Ihnen eine außergewöhnliche Belastung ab. Ich hätte eher daran gedacht Sie vorerst zu entlasten als zu belasten. Besonders nach dem, was Sie in der letzten Zeit durchgemacht haben. Allein die Tatsache, dass Sie wieder im Dienst sind, bereitet mir schon ein denkbar schlechtes Gewissen.“

„Es ist mein Wunsch und ich bitte um Berücksichtigung“, entgegnete Berger mit festem Ton.

„Wir werden darüber beraten“, erwiderte der Psychologe und seinem Ton war zu entnehmen, dass er das Gespräch für beendet

betrachtete. „Wenn Sie so nett sind, uns jetzt allein zu lassen? Wir geben Ihnen gleich Bescheid.“

Berger nickte kurz und verließ den Raum.

„Was hältst du davon?“, wandte sich Ströbels an Dr. Kleine.

„Ich weiß nicht. Gut fühle ich mich nicht dabei. Aber du bist doch Psychologe, was ist deine Meinung dazu?“

„Es zieht ihn zu den gefährlichsten Verbrechern, die ich jemals gekannt habe“, sagte Ströbels nachdenklich. „Bestialischer, wie diese ihre Opfer zugerichtet haben, kann ein Mensch nicht vorgehen.“

„Das ist es ja gerade“, pflichtete Kleine bei. „Aber warum nur …?“

„Er will in ihrer Nähe sein und sie beobachten.“

„Und welchen Sinn soll das für ihn machen?“, fragte die Ärztin.

„Der Umstand, dass der Mann sich selbst davon überzeugen kann, dass jene gefährlichen Triebtäter ausbruchsicher hinter Schloss und Riegel sind, beruhigt ihn“, sinnierte Ströbels langsam.

„Und was sollten wir denn jetzt entscheiden?“, fragte Dr. Kleine. „Wir wollen doch nur das Beste für ihn.“

„Lassen wir ihm doch diese Sicherheit, es könnte für seinen Verarbeitungsprozess hilfreich sein.“

„Verarbeitungsprozess? Und die Belastung, der er ausgesetzt ist, können wir die verantworten?“

„Wir haben jederzeit die Möglichkeit, die Versetzung rückgängig zu machen, wenn uns das Risiko zu hoch erscheint“, sinnierte Ströbels.

„Also Versetzung stattgeben?“

„Würde ich vorschlagen“, pflichtete der Psychologe bei. Und zu Schullenberg gewandt: „Geht das so kurzfristig?“

„Mit Sicherheit“, lachte dieser. „Wenn ich in 29a nachfrage, wer für Berger im Austausch nach 29c will, dann wird sich wohl die gesamte Station melden …“

***

Schon am nächsten Tag begann Gerhard Berger seinen Dienst in 29a. Ohne jede Gefühlsregung zu zeigen, hatte er seine Versetzung zur Kenntnis genommen. Nachdem er seine alten Dienstschlüssel gegen die der neuen Station bei Schullenberg eingetauscht hatte, betrat er die Räumlichkeiten seines neuen Arbeitsplatzes. Er wurde schon von seinen neuen Kollegen mit Spannung erwartet. Alle wollten den Mann sehen, der so verrückt war, sich hierhin versetzen zu lassen. Da sich hier nur eine begrenzte Anzahl von Kollegen des Stammpersonals aufhielt, wurde ein erheblicher Teil des Personalbedarfs durch Mitarbeiter mit Zeitverträgen abgedeckt. Auch eine finanzielle Sonderzulage vermochte nicht, mehr qualifiziertes Personal hierher zu locken, das sich diese psychische Mehrbelastung antun wollte.

Abgesehen von Bartsch und Schieber, die so ziemlich diejenigen darstellten, die die schlimmsten Vorgeschichten hatten, waren die anderen auch nicht zu verachten. In der Regel waren hier Menschen untergebracht, die neben schweren Delikten, die zumeist im sexuellen Bereich lagen, auch erhebliche soziale Defizite aufwiesen. Insofern war es kaum möglich, einen Raum zu unterhalten, in dem sich die Patienten gemeinschaftlich aufhielten. Allesamt waren in Einzelzellen untergebracht, in denen sie ihre sanitären Einrichtungen hatten und in denen sie die Mahlzeiten zu sich nahmen.

„Hallo Gerd", sagte Peter Giesenberg. Natürlich kannte man sich sehr gut und hatte allein durch personelle Vertretungen untereinander schon häufig Kontakt gehabt. Auch Betriebsfeiern oder andere Festlichkeiten unternahm das Personal von Haus 29 zumeist gemeinsam.

„Hallo", kam die knappe Antwort.

„Ich denke, ich brauch dir hier nichts zu zeigen. Du kennst dich ja aus."

„Wenn es nichts Neues gibt?"

„Nun, neu ist hier nach dem Umbau so ziemlich alles. Aber an der Grundstruktur und den formalen Abläufen hat sich auf dieser Station nichts geändert."

„Lass uns trotzdem mal kurz durchgehen“, bat Berger.

Und so führte ihn Giesenberg durch die renovierten Räumlichkeiten, an denen wirklich an jeder Ecke eine Überwachungskamera angebracht war. Fast stolz führte ihn dann der Kollege in die sogenannte ‚Zentrale‘ in deren Wand Dutzende von Monitoren eingelassen waren. Es sah aus wie in der Verkehrsüberwachungszentrale einer Großstadt. Ein Mitarbeiter saß Tag und Nacht davor, um die gesamte Station zu überwachen und Arbeitsabläufe zu koordinieren.

Beeindruckt musterte Berger die technische Einrichtung.

„Da staunst du, was?“, meinte Giesenberg, als sei das ‚seine Zentrale‘.

„Kann man wohl sagen“, gab Berger ehrlich zu.

„Ich denke, mit Alcatraz oder Guantanamo können wir durchaus mithalten“, lachte Giesenberg.

Berger nickte. Irgendwie wirkte er nun nicht mehr ganz so verschlossen, wie am Vortag. Möglicherweise lenkte ihn die Anspannung des Neuen von seiner Verschlossenheit etwas ab.

Schweigend folgte er Giesenberg dann in die verschiedenen Trakte, wo sich die Zellen befanden. Auch hier kannte Berger die meisten Gesichter schon.

„Zu den einzelnen Patienten werde ich dir später etwas sagen“, meinte sein Kollege. „Lass uns den Rundgang erst mal beenden.

Schließlich gingen sie in den kurzen Trakt ‚E’, wo sich nur zwei Zellen befanden, die sich gegenüberlagen.

„Hier sind unsere Spezies untergebracht, die wir von euch bekommen haben“, sagte Giesenberg mit der leichten Andeutung eines Vorwurfs.

„Und wie machen die sich bei euch …? Oder besser gesagt, bei uns“, korrigierte sich Berger schnell. „Ich denke, das ist jetzt angebrachter.“

„Sie sind in der letzten Zeit erheblich zugänglicher geworden. Mag sein, dass es an dem Umfeld liegt, das ja etwas beeindruckender ist. Ich jedoch tippe auf die neue Arznei, die sie jetzt bekommen. Schon nach wenigen Tagen wurden sie ruhiger. Da hat die Frau Doktor wohl ein gutes Händchen gehabt.“

„Das heißt, dass die beiden jetzt friedlich sind?“, fragte Berger ungläubig. Man hatte beinahe das Gefühl, dass in seiner Stimme so etwas wie Enttäuschung klang.

„Das hab ich nicht gesagt“, meinte Giesenberg beschwichtigend. „Ich sagte nur zugänglicher. Vorsicht ist bei den beiden weiterhin geboten. Nur die Unberechenbarkeit, besonders bei Schieber, ist kaum noch vorhanden. Brandgefährlich sind die beiden weiterhin!“

„Na, dann ist ja gut“, sagte Berger mehr zu sich selbst.

„Wie?“, fragte Giesenberg überrascht. „Wäre es dir denn lieber, sie wären weiterhin so gefährlich?“

„Natürlich nicht“, beteuerte Berger. „Ich konnte es mir nur nicht vorstellen, das musst du falsch verstanden haben.“

Berger ging in den Gang und musterte die Zellen. Während Schieber auf seiner Pritsche lag und fest zu schlafen schien, hockte Bartsch an seinem Tisch und schaute zu Berger auf.

„Hallo, Herr Bartsch“, sagte Berger und trat an die Gitterstäbe heran. „Ich denke, Sie kennen mich noch?“

„Schon möglich“, entgegnete Bartsch knapp.

„Ich werde jetzt öfter hier anwesend sein. Ich bin ab heute auf dieser Station eingesetzt.“

„Von mir aus“, sagte Bartsch gelangweilt. „Ist doch egal, welche von euch Weißjacken sich hier tummelt.“

„Warum sind Sie denn so abweisend?“, fragte Berger, als sei er gekränkt. „Was habe ich Ihnen getan?“

„Verschwinde“, kam die abweisende Antwort.

„Sie könnten ruhig etwas freundlicher sein!“

„Warum sollte ich? Was habe ich davon …?“

„Nun, vielleicht mal ein Zigarettchen zwischendurch zum Beispiel. Das wäre doch was!“

„Hast du denn eine …?“, fragte Bartsch nun etwas freundlicher.

„Hier!“ Dabei reichte ihm Berger eine prall gefüllte Schachtel.

„Du weißt, Gerd, dass wir mit Extra-Fisimatenten hier erst gar nicht anfangen wollen“, mischte sich Giesenberg ein. „Das gibt am Ende dann nur Ärger, das sollte dir eigentlich bekannt sein. Bei euch in ‚c‘ war es doch auch nicht anders!“

„Ist doch nur zur Begrüßung, Peter“, meinte Berger beschwichtigend und gab Bartsch durch die Gitterstäbe hindurch Feuer. „Nur dies eine Mal.“

„Die Anordnung, dass wir die Zellen nur zu dritt betreten dürfen, kennst du?“, Giesenberg räusperte sich hörbar. Er fühlte sich jetzt ein wenig brüskiert, da ihm Berger gerade vor dem Patienten zum Kasper machte.

„Weiß ich, Peter“, dabei wandte er sich ab und lächelte Bartsch freundlich zu.

„Scheinst doch so ziemlich in Ordnung zu sein“, meinte dieser zu ihm und zog genüsslich an der Zigarette.

„Komm jetzt“, sagte Giesenberg und zog Berger zurück. „Wir sollten nun weitergehen!“

Dieser drehte sich erstaunt um: „Was hast du denn …?“

„Das sag ich dir gleich, wenn kein Patient dabei ist“, entgegnete der Mann verärgert. Er war fest entschlossen, seinem Kollegen ein für allemal die hiesigen Spielregeln klarzumachen.

***

In den darauffolgenden Tagen zog es Gerhard Berger immer wieder in den Block ‚E‘. Zwar verrichtete er seinen Job tadellos, aber praktisch bei jeder Gelegenheit, die sich ihm bot, suchte er die Nähe der beiden Männer, die andere Menschen so grausam misshandelt und missbraucht hatten. Langsam, aber stetig baute sich eine Vertrautheit auf, die sich besonders zu Bartsch intensivierte.

Die Kollegen bekamen das natürlich mit, doch keiner hatte etwas dagegen. Bartsch und Schieber waren den meisten einfach zu unheimlich und deshalb wurden sie von ihnen möglichst gemieden. Dass sich nun auf der Station jemand befand, der sich geradezu darum riss, mit den beiden zu kommunizieren, das empfanden die anderen schlichtweg als praktisch. Längst machte es die Runde, dass sich Gerhard Berger als so etwas wie ein ‚persönlicher Assistent‘ der beiden avancierte, was dann oftmals mit Hohn und Spott untereinander honoriert wurde. Aus Rück-

sichtnahme auf die Leidensgeschichte Bergers bemühte man sich jedoch, sich nicht anmerken zu lassen, dass man ihn einfach nur für verhaltensauffällig hielt.

Sie alle wussten nicht, dass es die Absicht Gerhard Bergers war, dass sie alle so denken sollten. Sie alle gehörten zu der Struktur eines Plans, der in ihm herangereift war.

Auch der medizinische und psychologische Dienst waren über das Verhalten von Berger informiert. In regelmäßigen Abständen ließ sich Ströbels von Schullenberg über Bergers momentanen Verhaltenszustand unterrichten. Zum einen wegen der Fürsorgepflicht des Vorgesetzten, zum anderen jedoch, weil ihm dieser leidende Mann nicht gleichgültig war.

„Glaubst du, dass wir das richtig machen mit dem Berger?“, fragte Dr. Kleine mit sorgenvoller Stimme.

„Ja, wieso denn nicht, Ilse? Wenn ich bedenke, mit welcher Lethargie der Mann seinerzeit seinen Dienst antrat und wie der jetzt aufblüht?“

„Ich weiß nicht, Friedhelm. Mir geht die Freundschaft zu den Herrschaften Bartsch und Schieber erheblich zu weit“, zweifelte die Ärztin. „Irgendwann wird das Ganze kippen und dann haben wir ein ernstes Problem!“

„Was für ein Problem denn? Der Mann kann sich tagtäglich davon überzeugen, dass die beiden Spitzbuben für alle Zeiten hinter Schloss und Riegel sind und niemanden behelligen können. Das beruhigt ihn und hilft ihm selbst dabei, wieder zur Normalität zu finden.“

„Wenn der Schuss mal nicht nach hinten losgeht!“

„Das glaube ich wirklich nicht. Ich habe eher Sorge, dass Berger wieder umkippen könnte, wenn er Bartsch und Schieber nicht mehr bei sich hat. Wenn ihm das Instrument der Kontrolle genommen wird!“

„Wie kommst du denn jetzt darauf?“, fragte Dr. Kleine erstaunt.

„Ich habe heute eine Anfrage des Justizministeriums bekommen. Irgendwo in Süddeutschland plant man ein Prestigeobjekt zu errichten, in dem völlig neue Behandlungsmethoden erprobt

werden sollen. Es ist mehr eine forensische Studie. Hierzu benötigt man Patientenmaterial. Je schlimmer die Fälle, umso besser."

„Oha", nickte Dr. Kleine seufzend, „ich glaube, ich kann dir folgen."

„Richtig. Man braucht nicht allzu viel Fantasie, um zu wissen, welches Klientel hiefür geradezu geschaffen ist ..."

***

Es war am späten Abend, kurz vor dem Eintreffen des Nachtdienstes, als Gerhard Berger auf einem Stuhl neben der Zelle von Bartsch Platz genommen hatte. Wie in jedem Spätdienst kam er noch kurz vor seiner Ablösung zu den beiden Männern in Block ‚E', um mit ihnen die Feierabendzigarette zu rauchen. Dies war mittlerweile schon fast zu einem Ritual geworden. In der Runde war so etwas wie Vertrautheit eingekehrt, in der jeder stillschweigend an seiner Zigarette zog und dabei vor sich hingrübelte.

„Wie lange arbeitest du schon in der Klapse?", fragte Bartsch völlig unverhofft.

„Ich ...?", meinte Berger erstaunt. „Fast zwanzig Jahre schon."

„Und, hast du es bereut, Pfleger zu werden?"

„Eigentlich nicht. Wie kommst du jetzt darauf?"

„Hast du Familie? Frau, Kinder ...", fragte Bartsch weiter.

Berger schluckte. Wie ein Hitzeschwall durchfuhr es ihn.

„Nun ...?", forderte Bartsch weiter.

„Ich hatte eine Familie", sagte Berger nach einer Weile leise. „Eine Frau und zwei süße Kinder", dabei hatte er Mühe, die Tränen zu unterdrücken.

„Hatte ...?", kam die harte Frage.

„Ja, hatte", antwortete Berger verbittert. „Beide Kinder wurden missbraucht und anschließend getötet. Meine Frau nahm sich daraufhin das Leben."

„Ganz schön heftig", nickte Bartsch und drückte seine Zigarette aus. „Und die Burschen, die das getan haben, sitzen die jetzt im Knast oder in der Klapse?"

„Keines von beiden. Sie laufen frei herum!“

„Dann wirst du wohl einfach nur das Pech gehabt haben, dass sie reich sind.“

„So ist es“, sagte Berger überrascht über die schnelle Kombinationsgabe von Bartsch.

„Du weißt, dass ich Gleiches getan habe?“, fragte Bartsch weiter.

„Weiß ich.“ Irgendwie war Berger gespannt, was jetzt kam.

„An Kindern habe ich mich nie vergriffen, das kannst du mir glauben“, beteuerte der Mann.

„Auch das weiß ich.“

Bartsch streckte seinen Arm aus und griff Berger an die Schulter. Dieser hielt jedoch still und versuchte keinerlei Anstalten der Abwehr.

„Glaub mir“, sagte Bartsch leise, „wenn es eine Pille gäbe, die mir meinen perversen Trieb nehmen könnte, ich würde sie sofort schlucken! Im Gegensatz zu diesen Verbrechern, die deine Kinder schändeten, bin ich krank. Wenn es über mich kommt, habe ich keinerlei Möglichkeit, mich dagegen zu wehren. Doch die, die dir das angetan haben, sind ganz miese Kröten, die nur die eigene Befriedigung im Kopf haben. Auch wenn das Selbe das Gleiche ist: Es gibt hier einen Unterschied!“

Berger schaute Bartsch lange an. Wie mochte dieser Mann wohl jetzt sein, wenn er nicht krank wäre?, ging es ihm durch den Kopf.

„Spürtest du nie Reue, wenn du deine Taten begangen hattest?“, fragte Berger schließlich. Dabei wirkte seine Stimme fast heiser.

„Reue …?“, fragte Bartsch bitter lächelnd. „Reue ist gar kein Ausdruck dafür! Hass empfinde ich, Hass auf mich selbst!“

„Du bist krank, Adolf“, wandte Berger ein. „Das mag so manches entschuldigen.“ Für den Mann empfand er jetzt aufrichtiges Mitleid.

„Da gibt es nichts zu entschuldigen, Gerd. Ich bin der letzte Abschaum und zu nichts wert!“

Auch Egon Schieber hatte in der gegenüberliegenden Zelle seine Zigarette mittlerweile ausgedrückt. Und trotz seiner erhebli-

chen geistigen Behinderung schien er den Dialog verstanden zu haben. Er lächelte fratzenhaft und nickte dabei heftig.

***

Und so vergingen die Tage. Berger verrichtete seinen Dienst zur Zufriedenheit aller und bekam dabei immer mehr Ansehen auf der Station. Aus dem einstmals von allen bedauerten Mitarbeiter war mittlerweile ein von jedem sehr geachteter Kollege geworden.

Auch die Beziehung zu Bartsch und Schieber vertiefte sich zusehends. So manches Mal fiel es Berger schwer, die Vorschriften zu beachten und zu warten, bis zwei weitere Kollegen zugegen waren, um die Zellen in Block ‚E‘ zu betreten. Dann war es Bartsch, der ihn verspottete und ihm übertriebene Ängstlichkeit unterstellte. Doch Berger blieb vorsichtig.

Und diese Vorsicht sollte auch begründet sein.

Völlig aufgeregt kam Peter Giesenberg aus der Zentrale gelaufen: „Alarm in Block ‚E‘“, rief er lauthals und stürmte dorthin.

Von allen Seiten kam das Pflegepersonal angelaufen. Auch Gerhard Berger war unter ihnen. Entsetzt sahen sie alle, wie Egon Schieber seinen Arm von hinten um Bernd Morbach gelegt hatte und ihm eine kleine Glasscherbe an den Hals hielt. Sie mochte von einem zerbrochenen Spiegel stammen, den auf der Station eigentlich kein Patient haben durfte.

In Morbachs Augen spiegelte sich die blanke Angst. Weit geöffnet und unruhig hin und her springend blickte er seinen Kollegen entgegen. Morbach schrie geradezu um Hilfe, ohne ein Wort hervorzubringen.

Die beiden anderen Kollegen, die Schiebers Zelle mit betreten hatten, konnten sich mittlerweile erheben. Mit schmerzverzerrten Gesichtern gingen sie in Angriffsstellung. Schieber hatte sie vorher niedergeschlagen, bevor er sich Morbach vorknöpfte. Sofort war eine Vielzahl von Pflegekräften in und vor der Zelle versammelt und schaute angespannt dem Schauspiel zu.

„Lass den Mann los, Egon“, rief jemand von der Seite her. „Du hast doch sowieso keine Chance!“

„Kaputt mache ich“, schrie Schieber aufs Äußerste erregt. „Kaputt!“

„Warum willst du das tun?!“

„Schwein ist, dreckiges Schwein!“ Dabei war Schiebers Gesicht beängstigend vor Wut verzerrt.

„Aber wieso denn ...?!“

„Schwein ist!“

„Er hat ihn provoziert“, hörte man die Stimme Bartschs von der anderen Seite des Traktes her.

„Woher willst du das denn wissen?“, spottete ein Betreuer.

„Ich hab es gesehen“, meinte Bartsch ruhig.

„Und du denkst jetzt, wir glauben das? So einem Gesindel wie euch nehme ich kein Wort ab!“ Die Worte des Pflegers spiegelten nur Hass und Wut.

„Pass nur auf, was du sagst“, entgegnete Bartsch mit kalter Stimme. „Irgendwann kommst auch du nahe genug an mein Gitter.“

„Lasst mich mal“, drängte sich Gerhard Berger vor und schob dabei seine Kollegen zur Seite, bis er vor Schieber stand. „Egon“, forderte er Schieber fast freundschaftlich auf, „du weißt doch, dass ich dir nichts will!“

„Schwein ist, dreckiges Schwein!“ Nun klang die Stimme des Mannes deutlich weniger aggressiv.

„Ich verspreche dir, dass dir niemand etwas zufügen wird, wenn du mir jetzt die Glasscherbe gibst!“ Dabei streckte Berger seinen Arm aus.

„Schwein ist!“ Seine Stimme hatte nun schon fast einen normalen Klang.

„Komm schon“, forderte Berger auf.

Mit einem lauten Schnaufen stieß Schieber den Mann von sich, sodass er zu Boden stürzte, und reichte Berger dann die Glasscherbe. Sofort waren nun einige der Kollegen bereit, sich auf Schieber zu stürzen. Berger sah, wie sie förmlich zum Sprung ansetzten.

„Hört auf damit“, rief er laut. „Es ist vorbei, das seht ihr doch!“

Fast ehrfürchtig hielten die Männer inne. Alle schauten sich gegenseitig beinahe hilflos an. Eigentlich hätte Schieber jetzt eine gehörige Abreibung verdient und man war überzeugt, dass dieses auch keinerlei Konsequenzen für sie gehabt hätte.

Die Unentschlossenheit nutzte Berger schnell aus: „Ich schlage vor, dass wir unseren Egon jetzt wieder allein in seinem Domizil lassen!“ Dabei schob er mehr oder weniger die Männer aus der Zelle hinaus.

Die Männer übten nur verhaltene Gegenwehr aus. Irgendwie fühlten sie sich von Berger überrumpelt, sagten jedoch nichts.

Es dauerte seine Zeit, bis sich die Menschenansammlung auf dem Flur aufgelöst hatte. Nach wenigen Minuten aber war Berger dann allein auf dem Gang vor den Zellen. Tief atmete er durch und nickte kurz zu Bartsch hinüber, bevor er sich umwandte und ging.

„Danke“, scholl es ihm hinterher.

Berger drehte sich um und blickte Bartsch fragend an.

Dieser schüttelte nur mit dem Kopf und deutete zu Schieber: „Das kam aus der Zelle gegenüber ...“

***

Schon seit Längerem hatte sich Berger an seine Jugendzeit erinnert. An jene Bunkeranlage in der Nähe von Ahrweiler, die einst als Führungsbunker der Bundesregierung erbaut wurde und unter strengsten Sicherheitsmaßnahmen bewacht wurde. Seinerzeit hatte er mit einer Jugendgruppe Ferien in der Eifel verbracht. Dort grassierte damals nur das Gerücht von der Existenz jener Anlage. Die Chance, einmal jene Anlage aus der Nähe zu besichtigen, bestand damals nicht. Zwar wusste jeder, dass es dort so etwas wie eine Bunkeranlage gab, mehr aber auch nicht.

Was hingegen so gut wie keiner wusste, war das Vorhandensein einer zweiten Einrichtung. Einige Kilometer von der berüchtigten Anlage fanden die Jugendlichen beim Durchstreifen der Wälder als Pfadfinder zufällig eine weitere. Noch schwerer bewacht als die erstgenannte war es reines Glück, dass man sie

damals nicht ertappt hatte, als sie im dichtesten Buschwerk lagen und das Treiben in der Anlage beobachteten.

Und dieses verborgene Bauwerk sollte nun Bestandteil seines Vorhabens werden. Das hoffte Berger jedenfalls und so machte er sich an einem seiner freien Tage mit dem Auto auf den Weg, um diesen geheimnisvollen Ort zu suchen.

Den Regierungsbunker fand Berger schnell, ein Teil davon war mittlerweile nach dem Rückbau als Touristenattraktion für jedermann zugänglich. Gegen Entgelt wurden dort Führungen angeboten, bei denen dann der Sinn oder Unsinn jener Anlage erklärt wurde. Aber jenen verborgenen Bunker, den musste Berger erst mal suchen. Zudem wusste er auch gar nicht, ob es ihn überhaupt noch gab. Vielleicht hatte man ihn längst in die Luft gesprengt, abgerissen oder sonst was. Würde er ihn aber finden, so wäre das für sein Vorhaben äußerst vorteilhaft.

Und so suchte und suchte er. Wochenlang war Berger nun schon an jedem freien Tag unterwegs. Mit dem Rucksack auf dem Rücken durchstreifte er die Wälder um Ahrweiler, getarnt als wanderfreudiger Geselle. Je abgelegener und dicht bewaldeter die Gebiete waren, umso sinnvoller erschien es ihm. Traf er jemanden, so erzählte er von seiner Wanderleidenschaft, damit bloß keiner auf den Gedanken kam, er suche etwas.

Berger wollte seinen Gedanken fast schon aufgeben und sein Vorhaben ad acta legen, als ihn die vor ihm liegende Geländeformation stutzig machte. Das Unterholz an dem Weg rechts und links von ihm war ausgesprochen dicht. Doch kaum wahrnehmbar waren an einer Stelle zwei Mulden zu sehen, die einst die Spur eines Reifenpaares hätten sein können. Berger schritt auf die Stelle zu und zwängte sich in das Buschwerk. Er hätte nun fast eine Urwald-Machete brauchen können. Das Vorwärtskommen war äußerst beschwerlich. Doch nach einigen Metern schon wurde das Geäst lichter und jene zugewachsenen Reifenabdrücke zusehends erkennbarer.

Regelrecht aufgeregt drang Berger immer weiter vor. Wie ein Besessener strebte er voran und dabei nahm er gar nicht wahr, dass das Gehölz ihm schon mehrere Kratzer in die Arme versetzt

hatte. Mehr und mehr nahm der Weg Formen an und schließlich stand er vor einem massiven Zaun. Man sah sofort, dass dieser zu einer militärischen Einrichtung gehören musste. Seine Stabilitätsstruktur war enorm. Mit vor Aufregung pochendem Herz eilte Berger nun an dem mit Dornengestrüpp durchzogenen Zaun entlang. Endlich fand er eine Stelle, an der er weiter in die Absperrung einsehen konnte. Zwischen den Sträuchern in wohl fünfzig Meter Entfernung sah er es dann: ein großes eisernes Tor, das in den Berg vor ihm eingelassen war. Berger war überzeugt, sein Ziel erreicht zu haben.

Endlich fand er dann eine Stelle, an der der Zaun beschädigt war. Wie eine Schlange zwängte er sich nun durch die Maschen, wobei er aufpassen musste, dass jener rostige Stahl seine Haut nicht aufriss. Seinen Rucksack hatte er vorher schon durch das Loch geschoben.

Dann stand er schwer atmend vor dem Eisentor. Die letzten Minuten waren sehr anstrengend gewesen. Berger brauchte einige Minuten, bis sich sein Pulsschlag beruhigt hatte. Aufmerksam musterte er das schwere Tor.

Es muss doch irgendwie möglich sein, trotz der Verriegelung dort hineinzukommen, schoss es ihm durch den Kopf. Es war ein Schiebemechanismus, wobei das Tor nach der Öffnung zur Seite weggedrückt werden konnte. An der Verschlussseite war ein Riegel angebracht, der wohl von innen festgekrallt war. Die Öffnung des Tores konnte mechanisch also nur von innen erfolgen. Ansonsten wohl elektrisch mittels Fernsteuerung.

Berger trat näher an den Riegel heran und schaute ihn sich genau an: Eine Flex, ja eine Flex! Wenn ich sie hier gleich am Rand ansetze und den Hebel durchtrenne, dann könnte es sein, dass der Rest des Hebels nach innen wegfällt und die Verriegelung aufgehoben wird!

Doch eine Flex braucht Strom. Aber woher Strom herholen? Eine Akku-Flex hätte dafür keine Kraft. Richtiger Strom musste her und zwar aus einem benzingetriebenen Generator! Wenn dieser dick abdeckt und isoliert war, dann würde ihn auch niemand hier im Wald hören können!

Gesagt, getan! Berger holte einen Block hervor und notierte sich alle Utensilien, die er für sein Vorhaben zu benötigen glaubte. Bevor er sich dann wieder auf den Rückweg machte, suchte er noch einen Weg, wie er die Stelle mit einem Geländewagen am besten erreichen konnte. Sie durfte nicht zu sehr bewachsen sein, sollte aber auch keine Spuren oder Hinweise darauf geben, dass sich jemand hier im Wald aufhielt. Letztendlich prägte sich Berger dann noch die genaue Stelle und den Weg dorthin ein. Zufrieden und erschöpft machte er sich schließlich auf den Heimweg.

***

„Na, wie waren deine freien Tage, Gerd?“, fragte Giesenberg.

„Danke, ich bin nicht unzufrieden“, entgegnete Berger. „Hier etwas Neues?“ In der letzten Zeit wirkte Berger zusehends offener. Zwar war er weit davon entfernt, jener Gerhard Berger zu sein, der er einst war, doch die gespenstische Verschlossenheit hatte er aufgegeben.

„Eigentlich nur die Gerüchteküche, die brodelte.“

„Aha?“

„Man spricht davon, dass Bartsch und Schieber verlegt werden sollen.“

Berger wechselte die Gesichtsfarbe. Er mochte nicht glauben, was er da gehört hatte: „Was sagst du da ...? Wohin, und wann ...?“, meinte er entsetzt.

Über die Reaktion Bergers war Giesenberg eher wenig überrascht. Dass die beiden Bergers ‚Spezies‘ waren, das wusste hier ja so ziemlich jeder. Darum meinte er beschwichtigend: „Nun mach dir erst mal keinen Kopf darüber. Es ist nur ein Gerücht, wie ich sagte.“

„Meistens wird aus einem Gerücht schneller die Realität, als man denken kann! Von wem stammt es?“

„Ströbels hatte so etwas anklingen lassen. Irgendwo in Süddeutschland plant man ein pädagogisches Konzept, wozu man die schlimmsten Spitzbuben braucht.“

„Wann soll das losgehen?“, drängte Berger.

Giesenberg hatte das Gefühl, als gerate der Mann in Panik. Eine derart extreme Reaktion hatte er nicht erwartet. Beruhigend legte er Berger den Arm auf die Schulter: „Nun mach dich mal nicht verrückt, Gerd, es ist ein geplantes Projekt.“

„Aber es ist geplant, wie du sagtest.“

„Junge, komm runter“, versuchte Giesenberg zu beschwichtigen. „Es ist noch gar nicht in der Mache!“

„Das wird es mit Sicherheit schon sein“, zweifelte Berger. „Die Eier werden schon längst gelegt sein. Warte ab, in Kürze stellt man uns vor vollendete Tatsachen!“

„Du weißt, dass bei uns hier alles immer ein bisschen länger dauert. Wenn überhaupt, dann liegt das noch weit in der Ferne. Es werden meiner Ansicht nach noch Monate vergehen, bis sich da was tun wird!“

Gerhard Berger hörte voller Skepsis zu. Er fürchtete, oder war geradezu überzeugt davon, dass auch das Gegenteil der Fall sein könnte. Insofern sagte er sich, dass für sein Vorhaben die Zeit drängte.

***

In den darauffolgenden Tagen war Berger ausschließlich mit den organisatorischen Aufgaben beschäftigt. Als Erstes kaufte er sich einen Geländewagen. Um möglichst unauffällig zu erscheinen, vermied er es, das Auto auf seinem Grundstück oder in dessen Nähe zu parken. Er suchte sich dafür stark frequentierte Parkplätze im Nachbarort, die er dann fortlaufend wechselte. Ziel dieser Aktion war, dass keiner mitbekam, dass der Wagen ihm gehörte und er damit nicht gesehen wurde. Das galt insbesondere dafür, dass er demnächst mit dem Gefährt in der Eifel unterwegs sein würde. Es war ihm wichtig, dass auf seinem Grundstück vor dem Haus an seinen freien Tagen stets sein allen bekanntes Auto erblickt wurde, damit niemand Rückschlüsse auf seine Aktivitäten schließen konnte.

Des Weiteren besorgte sich Berger diverses Werkzeug, das er für sein Vorhaben dringend benötigte. Kleinkram wie Flex, Hammer, Zange, Kabel und so weiter hatte er im Keller liegen. Doch ein Stromaggregat, Bolzenschneider zum Durchtrennen dicker Zaundrähte, spezielle Werkzeuge sowie eine größere Menge Verlängerungskabel, von denen er selbst noch nicht wusste, ob er sie brauchte, da er das Innere des Bunkers noch nicht kannte, musste er sich noch zulegen.

Als er endlich alle Sachen beisammenhatte, sah Berger zu, dass er sich ein paar Tage Urlaub nehmen konnte. Trotz anstehender Urlaubszeit gab es für ihn jedoch kein Problem dabei. Aufgrund eines gewissen Sonderstatus auf der Station stimmte Schullenberg seinem Anliegen sofort zu.

Und so war es an einem frühen Morgen, als Berger sein Auto bis unter das Dach vollpackte und zu einem abgelegenen Anwesen einer befreundeten Familie fuhr. Es war ein Restbauernhof. Da sich die Familie in Urlaub befand, hatte man ihn gebeten, während ihrer Abwesenheit ab und zu mal nach dem Rechten zu sehen. Die Familie hatte sich einen Traum erfüllt und unternahm eine Weltreise. Dementsprechend war die Abwesenheit für mehrere Wochen geplant.

Insofern kam Berger diese Bitte genau recht. Der Mann entlud seinen Wagen vor der Scheune des Hofes und machte sofort kehrt, um den Jeep aus dem Nachbarort zu holen. Seinen Wagen ließ er dafür dort stehen.

Nachdem er dann den Geländewagen beladen hatte, machte er sich auf den Weg zur Eifel. Er ging davon aus, dass ihn niemand bei seinen Aktionen beobachtet hatte.

Berger fand das Waldstück sehr schnell wieder. Auch jene versteckte ‚Zufahrt' im Unterholz hatte er prompt wiederentdeckt. Nachdem er einige dickere Äste aus dem Weg geräumt hatte, nahm er mit dem Jeep einen kurzen Anlauf und drang dann mit ihm in das Dickicht ein. Nach wenigen Metern hielt er den Wagen an und ging zu der Stelle des Eindringens zurück. Notdürftig verdeckte er dann die Stelle mit herumliegendem Reisig, um sie weitgehend zu tarnen. Zwar war hier wohl

kaum mit Spaziergängern zu rechnen, aber man konnte ja nie wissen.

Endlich stand Berger dann wieder vor dem Zaun, den er vor einigen Wochen so mühevoll gesucht hatte. Zufrieden mit sich selbst blickte er umher und nickte zuversichtlich. Dann nahm er den Bolzenschneider und entfernte so viel von der Umzäunung, dass er mühelos auf das Areal fahren konnte. Der Wagen holperte über das Gelände, wobei man das Krachen der Äste deutlich vernahm. Mit einem Wohlgefühl über sein gelungenes Vorhaben stieg er aus dem Jeep aus.

Vorweg steckte sich Berger erst mal eine Zigarette an. Zwar hatte er schon vor Jahren mit dem Rauchen aufgehört, doch nach der furchtbaren Tat, hatte er wieder damit angefangen.

Genüsslich blies er den Rauch von sich und verfolgte die Qualmwolken. Er musste an Sabine und die Kindern denken. Und an den Gerichtsprozess, an jene höhnischen grinsenden Gesichter der Schwerverbrecher, die ihm dieses Leid zugefügt hatten. Der Schmerz und die Wut motivierten ihn schließlich, sich aufzuraffen, um das Auto zu entladen.

Wohlan, schreiten wir zur Tat, schoss es ihm durch den Kopf.

Nachdem Berger seine Ausrüstung ausgeladen hatte, begann er damit, den Generator aufzubauen. Er hatte eigens eine Überbauung aus Naturfaserplatten zusammengebaut, die er zum Abschluss über das Gerät stülpte. Den Abgasschlauch steckte er dann in einen großen Haufen feuerfester Wollfasern. Bei einem kurzen Probelauf stellte Berger zufrieden fest, dass so gut wie kein Ton vom Aggregat aus der Isolierung herausdrang.

Schließlich rollte er dann vom Aggregat bis zum Tor eine Kabeltrommel aus, um die Flex anzuschließen. Die kreischenden Geräusche des Winkelschleifers konnte er wohl nicht verhindern. Hier musste Berger das Risiko eingehen, dass es laut durch den Wald hallen würde. Doch es war nicht anzunehmen, dass dies jemand mitbekam, zu einsam und abgelegen war diese Stelle des Waldes.

Schon nach wenigen Minuten hatte Berger das Metall des Riegels durchtrennt. Nun nahm er einen schweren Hammer in die

Hand und schlug das Ende der Metalldurchtrennung nach innen Weg. Jetzt würde sich zeigen, ob die Idee mit der Flex die richtige war. Mit dumpfem Scheppern hörte Berger auf der anderen Seite Metall zu Boden fallen. Völlig aufgeregt schmiss er den Hammer zur Seite, nahm eine schwere Brechstange und klemmte deren flaches Ende in den Spalt am Torende.

Gerhard Berger hätte jetzt laut jubeln können. Langsam gelang es ihm, das Tor zur Seite zu schieben. Als er es so weit herübergerückt hatte, dass er hindurchpasste, legte er die Brechstange zur Seite und griff zur starken Taschenlampe. Aufgeregt leuchtete er hinein. Das gespenstische Bild eines stillgelegten Bunkers wirkte auf ihn ein. Ein Schwall von muffelnder Luft schlug ihm entgegen, als er sich durch die Öffnung hindurchzwängte. Es führte von der ‚Eingangshalle' nur ein Weg geradeaus in den Berg. Entlang der Wände lagen Kabelstränge, die alle paar Meter von einer Lampe unterbrochen wurden. Berger umspülte ein schauriges Gefühl, als er tiefer in den Gang hinein ging. Schon nach wenigen Metern war an der Wand ein großer Stahlkasten angebracht. Es mochte der Sicherungskasten sein. Berger ging auf ihn zu und öffnete ihn. Tatsächlich, in mehreren Reihen waren die großen Sicherungen angebracht. Und am Rande des Kastens befand sich ein großer Kippschalter, der nach unten gelegt war. Bergers Hände zitterten leicht vor Aufregung, als er die Hand nach ihm ausstreckte. Langsam schob er ihn nach oben.

Nun hätte Berger sogar vor Freude tanzen können, denn plötzlich ging in der gesamten Anlage das Licht an. Damit hatte er überhaupt nicht gerechnet! Im Licht sah er, dass der Gang nach wenigen Metern in einem größeren Raum endete. Als Berger nun zu dem Raum kam, glaubte er seinen Augen nicht zu trauen. Der Raum war ausgefüllt mit wohl einem Dutzend vergitterten Zellen, wie in einem Gefängnis. In jeder Zelle befanden sich Waschbecken und Toilette sowie Pritsche, Tisch und Stuhl.

Die Zellen standen allesamt offen und in den Türen steckten die entsprechenden Schlüssel.

Das wird es sein, fuhr es ihm durch den Kopf. Dies war eine Gefängnisanlage! Eine versteckte Gefängnisanlage, die wohl ein

Bestandteil des Regierungsbunkers war. Im Falle einer Verteidigungssituation hatte man wohl Vorsorge getroffen, um möglicherweise feindliche Agenten oder eigene Sträflinge unterzubringen!

Für sein Vorhaben war die Einrichtung derart ideal, als hätte man sie eigens für ihn gebaut!

Beinahe im Glückstaumel schaute Berger weiter umher. Er folgte mit seinem Blick den Leitungen an der Decke, die schließlich in einem kleinen Nebenraum endeten. Sofort erblickte Berger den großen Absperrhahn, der an der Wand angebracht war. Es musste der Haupthahn der Wasserleitung sein. Entschlossen drehte er nun auch diesen auf. Und siehe da, er hörte einen kurzen Moment das Wasser in die Leitungen schießen, bis sich der Druck aufgebaut hatte. Zur Probe drehte er kurz den Wasserhahn auf, der sich neben ihm über einem Ausguss befand. Schon nach kurzer Zeit wurde die braune Brühe, die dort hinausfloss, klar.

„Besser konnte ich es mir wirklich nicht wünschen“, sagte Berger laut. „Ich weiß nicht, wer mich hierher geführt hat, aber ich bedanke mich dafür!“

Dann fing Berger damit an, systematisch die Schränke zu durchsuchen. Und je länger er durchstöberte, umso zufriedener wurde er. In Folie eingeschweißte Bettwäsche, Putzmittel, Werkzeuge, einfach alles, was man brauchte, war hier vorhanden. Einfach unglaublich! Nur das Haltbarkeitsdatum der vielen Konserven war abgelaufen. Doch das war wirklich das kleinste Übel.

Mit einem tiefen Gefühl der Befriedigung trat er später die Heimreise an.

***

In den kommenden Wochen war Berger jede freie Minute damit beschäftigt, Vorräte einzukaufen, sie zu horten und schließlich zu seinem ‚Versteck‘ zu transportieren. Immer bemüht, irgendwelche Auffälligkeiten zu vermeiden, behielt er die Strategie des mühsamen Umladens von seinem Auto in den Geländewa-

gen bei. Als sich dann die Abwesenheit jener Bekannten, auf deren Bauernhof er achten sollte, dem Ende neigte, musste er sich regelrecht sputen.

Endlich hatte Berger die letzte Fuhre zu seinem Bunker transportiert. Voller Stolz begutachtete er schließlich seine ‚Schätze', nachdem er das letzte Teil in die Katakomben geschleppt hatte. Die im Bunker gefundenen Utensilien waren zumeist unbrauchbar gewesen, da sie Feuchtigkeit angezogen hatten. Insofern musste er doch mehr einkaufen, als er anfangs dachte. Neben einer Unmenge an haltbaren Lebensmitteln, Bett- und Körperwäsche, Reinigungs- und Körperpflegemitteln, lag sein letzter Erwerb vor ihm auf dem Tisch: Es war eine P1-Pistole samt Munition, die er sich aus dunklen Kanälen besorgt hatte. Ob er sie jemals einsetzen würde, wusste er nicht. Doch allein die Tatsache, dass er sie hatte, beruhigte ihn ungemein.

Ich denke, ich kann die eigentliche Aktion nun starten, sagte er sich. Dabei nahmen seine Gesichtszüge einen entschlossenen Ausdruck an. „Auge um Auge, Zahn um Zahn", presste Gerhard hervor. Und wer diese Worte gehört hätte, wäre davon überzeugt gewesen, dass er es bitterernst meinte.

IX.

Es waren seither Monate vergangen. Für die Familien Schurecke und Utikal war längst der Alltag eingekehrt. Kaum jemand dachte noch bewusst an die furchtbare Tat, die bislang ungesühnt im Raum stand. Für alle war es mehr oder weniger klar, dass alles was damit verbunden war, durchgestanden war. Zum einen waren es die Macht und das Geld von Josef Schurecke, zum anderen jener Draht zur Justiz und zur Exekutive, die sie alle in Sicherheit wiegte. Keiner machte sich mehr Gedanken darüber, dass diesbezüglich noch irgendetwas kommen könnte.

Paul Schurecke und Lothar Utikal besuchten weiterhin brav ihre Therapeutin, wohl wissend, dass sie sich nichts, auch nicht nur den kleinsten Fehltritt erlauben durften. Zu groß war der Respekt vor Josef Schurecke, der wie eine Drohgebärde über ihnen stand. Die beiden Männer rissen sich also zweckgebunden zusammen, was jedoch nicht hieß, dass sie in unbeobachteten Momenten nicht ihren perversen Fantasien freien Lauf ließen. Auch genossen beide ausgiebig das süße Leben eines reichen Lebemannes, wobei für Utikal einzig das Trittbrett fahren die Grundlage hierfür war. Das Betreten des Anwesens der Schureckes war Utikal untersagt, jedoch trafen sich die beiden Freunde regelmäßig, um auf wilden Party-Gelagen den dicken Mann zu markieren.

Schurecke und Utikal bemerkten nicht, dass sie schon seit einigen Tagen intensiv beobachtet wurden. Schon seit Längerem befand sich stets ein Mann in ihrer Nähe, der sie auf Schritt und Tritt belauerte und dabei all ihre Gewohnheiten und bevorzugten Ziele akribisch notierte.

***

Josef Schurecke saß mit seiner Frau Elvira am Kaminfeuer. Wie alles in seinem Anwesen war auch der Kamin überdimensional. Man mochte fast meinen, da befände sich ein kleines in Flammen stehendes Häuschen im Kaminsaal. Auch die Scheite mit dem es befeuert wurde waren entsprechend übergroß. Butler

Manfred musste schon so richtig anpacken, um die Feuerstelle zu unterhalten. In regelmäßigen Zeitabständen erschien er und legte dezent nach.

Während Elvira in ein Buch vertieft war, saß Josef Schurecke still da und grübelte. Er döste fast in die Flammen hinein und seine Augen machten dabei keinerlei Spiel. Sie waren starr und blinzelten so gut wie gar nicht.

„An was denkst du?“, fragte ihn seine Frau schließlich, nachdem sie ihr Buch zur Seite gelegt hatte. Sie kannte ihren Mann nur zu gut, um nicht zu wissen, dass mit ihm irgendetwas nicht stimmte.

„Ich musste gerade an diesen Berger denken“, kam die Antwort eher abwesend.

„Ich denke, die Sache ist durchgestanden?“, meinte Elvira verwundert. „Das ist doch schon ewig her!“

„Für mich nicht. Ich fühle mich sehr schlecht bei dem Gedanken, dass wir einem Menschen alles genommen haben. Wenn ich daran denke, was wir diesem Menschen zugefügt haben, dann wird mir geradezu schlecht!“

„Was soll denn das jetzt?“, fragte Elvira entsetzt. „Ich will nicht wissen, wie vielen Menschen du schon alles genommen hast!“

„Wie meinst du das?“ Schurecke schien wirklich nicht zu wissen, auf was seine Frau hinaus wollte.

„Wie viele hast du schon um ihr Vermögen gebracht, damit du immer reicher wirst, … na?“

„Das ist ein anderes Thema“, wiegelte Schurecke ab.

„Von wegen“, höhnte Elvira. „Insiderwissen hast du zu Börsenspekulationen genutzt, hast Leute um Informationen bestochen und mit kriminellen Banden Geschäfte gemacht, für die andere in den Bau gegangen wären! Doch an Josef Schurecke traute sich ja keiner heran. Und diesen Umstand hast du immer zu deinem Vorteil genutzt!“

„Wovon ihr alle profitiert habt, da solltest du ehrlich bleiben“, protestierte Schurecke.

„Mag sein“, gab Elvira zu. „Und diesmal ging es um unseren Sohn, verstehst du? Jeder Vater oder Mutter hätte es genauso gemacht!“

Josef Schurecke schüttelte energisch den Kopf: „Das ist in diesem Fall etwas völlig anderes. Hier bewege ich mich auf einer Ebene, die ich mit meiner Ehre und Moral in keinster Weise vereinbaren kann."

„Hört, hört ...", spottete seine Frau.

„Richtig", nickte Schurecke energisch. „Es ist etwas anderes, wenn ich jemandem sein Geld wegnehme, als wenn ich seine Kinder verbrenne, nachdem ich sie missbraucht habe!"

Nur wurde Elvira etwas nachdenklicher. Natürlich wusste sie, dass ihr Mann in jeder Beziehung recht hatte. Doch sie war nun mal Mutter. Was sollte sie denn machen?

„Und was schlägst du jetzt vor?", kam schließlich die Frage, die eher Hilflosigkeit ausdrückte.

„Ich wünschte, Paul säße jetzt im Gefängnis und würde für seine Tat büßen", kam die klare Antwort.

„Dann wärst du zufrieden ...?", kam die ungläubige Frage.

„Ja", meinte Schurecke beinahe trotzig. „Schon allein deshalb, weil dieses Früchtchen weiterhin sein Leben genießt und nicht auch nur den Hauch irgendeiner Reue zeigt. Null Schuldbewusstsein und dabei auch noch hochmütig und rotzfrech! Fast sollte man annehmen, dass er bereits das nächste Verbrechen mit seinem Busenfreund plant!"

„Nun werde mal nicht unfair", kam die zaghafte Antwort. „Er geht schließlich weiterhin zur Therapie."

„Willst du mich verscheißern?", schimpfte Schurecke nun los. „Der sitzt da lediglich seine Stunden ab und die Matain spricht von erheblicher Besserung, weil sie zum einen Schiss hat und zum anderen geil auf unser Geld ist!"

„Was hast du jetzt vor?", fragte Elvira Schurecke sehr ernsthaft. Sie wusste, dass ihr Mann etwas plante, und hatte allerschlimmste Befürchtungen.

„Ich erwäge, mit Kämmerer zu reden", kam die entschlossene Antwort. „Ich kann mir nicht vorstellen, diese Schuld ein Leben lang mit mir herumzutragen."

„Und die Folgen, bist du dir derer bewusst? Dir ist doch klar, dass wir dann gesellschaftlich erledigt sind! Auch deine Position

im Aufsichtsrat, deinen Einfluss, alle Beziehungen ..., das alles kannst du dir dann von der Backe putzen oder sonst wohin stecken! Es wird kaum noch jemanden geben, der mit uns etwas zu tun haben will!"

„Wir sind nicht arm, Elvira und wir werden es auch nicht werden! Dann schmeiß ich eben alles hin. Zumindest kann ich dann in Frieden mein weiteres Leben genießen, was ich so, wie es jetzt ist, nicht kann!"

„Und mit einer Strafverfolgung müssen wir rechnen! Wir haben schließlich versucht, eine Straftat zu vertuschen, haben Staatsanwaltschaft und Richter unter Druck gesetzt!"

Schurecke stand auf und nahm seine Frau liebevoll in den Arm: „Abgesehen davon, dass ich nicht glaube, dass man als Eltern dafür bestraft wird, wenn man sein Kind schützen will, wäre es mir völlig schnurz, wenn ich eine Geldstrafe entrichten müsste!"

***

„Was machst du denn hier?", fragte Gerhard Berger überrascht, aber erfreut, als Franz Aymanns die Station 29a betrat.

„Ich wollte mal nach dir und deinen Untaten schauen", lachte Aymanns freundlich. „Man hört ja so allerhand von dir!"

„Von mir?", fragte Berger erstaunt. „Ich wüsste nicht, dass ich etwas angestellt hätte.

Aymanns winkte grinsend ab: „Was angestellt hast du nicht, aber alle reden von deinen therapeutischen Kapriolen und der Bändigung zweier Schwerstkrimineller, wobei schon Wetten laufen, wann denn endlich eine eingetragene Partnerschaft zustande kommt."

„Nun hör aber auf", protestierte Berger schmunzelnd.

„Wenn ihr einen Trauzeugen braucht, könnt ihr ja an mich denken." Aymanns hielt sich dabei den Bauch vor Lachen. Er genoss sichtlich den Dialog mit seinem Kumpel.

„Du glaubst doch wohl nicht, dass ich dich dann nehmen würde. Du bist doch einer von denen, die einem die Braut ausspannen würden!"

Berger war über sich selbst erstaunt, dass er derart humorvoll kommunizieren konnte. Schon lange war es her, dass er dazu in der Lage war. Es mochte wohl an der gewonnenen Zufriedenheit liegen, die er in den letzten Wochen bei seinem Projekt erworben hatte.

„Braut?“, lachte Aymanns prustend. „Eher Bräutigam würde ich sagen.“

Nun schlugen sich beide herzhaft lachend gegenseitig auf die Schultern.

„Aber jetzt im Ernst“, fuhr Berger schließlich fort, „warum bist du hier? Kann ich dir irgendwie helfen?“

„Helfen?“, schmunzelte Aymanns, der sich schon auf das Gesicht seines Kollegen freute, wenn er den wahren Grund seines Hierseins erfuhr. „Hast du denn heute noch nicht auf euren Dienstplan geschaut?“

„Nee, warum sollte ich? Ich weiß meine Dienstzeiten der kommenden Tage auch so. Wenn ich mal in dein Alter komme“, grinste Berger, „dann werde ich das wohl müssen.“

„Danke, für deine Nettigkeit“, meinte Aymanns mit gespieltem Tadel. „Wenn du das getan hättest, dann wüsstest du, dass ich jetzt hier bin.“

„Das weiß ich auch so“, meinte Berger und wusste dabei nicht, worauf Aymanns hinaus wollte. „Du stehst ja unmittelbar vor mir.“

„Für immer, du Eiernase“, lachte der Kollege vergnügt. „Ich bin jetzt des Öfteren hier!“

Berger stutzte: „Soll das etwa heißen, dass du ...?“

„Richtig! Ich hab mich nach 29a versetzen lassen!“ Dabei nahm Aymanns die Schultern seines Kollegen und schüttelte ihn durch. „Bingo ...?“

Zum ersten Mal seit vielen Monaten verspürte Berger so etwas wie richtige Freude in sich. Ein regelrechtes Glücksgefühl durchströmte seinen Körper.

„Und warum?“, fragte er noch immer ungläubig.

„Du glaubst doch wohl nicht, dass ich meinen besten Kumpel hier allein lasse! Außerdem ist dort drüben in ‚c‘ doch keiner mehr, den man so gut ärgern kann, wie dich!“

Berger schaute den sich ehrlich freuenden Aymanns kopfschüttelnd an. Dabei hatte er das Gefühl, als würden seine Augen etwas feucht.

***

Kämmerer staunte nicht schlecht, als er die Haustür öffnete. Vor ihm stand Schurecke.

„Josef, du …?“, sagte er ungläubig.

„Richtig“, kam die knappe Antwort. „Ich muss mit dir reden, hast du Zeit?“

„Ich …? Äh …, selbstverständlich, für dich immer …“, entgegnete der Polizeipräsident immer noch etwas durcheinander. Er musste sich erst sortieren, denn auf einen derart prominenten Besuch war er nicht eingestellt. „Dann komm doch rein“, sagte er beinahe ehrfurchtsvoll, öffnete weit die Tür und streckte seinen Arm einladend aus. Dabei beugte er sich leicht vor, als würde der Papst an ihm vorbeischreiten.

Auch der Frau des Polizeipräsidenten erging es nicht anders. Fast demütig begrüßte sie Schurecke und bot ihm etwas zu trinken an. Zwar kannte man sich, aber im Unterbewusstsein war nun mal die Familie Schurecke in ihrem gesellschaftlichen Stellenwert erheblich höher angeordnet als man selbst.

„Da bin ich aber gespannt, was dich zu uns führt“, begann Kämmerer das Gespräch, nachdem sie alle Platz genommen hatten.

„Worum es geht, warum ich hier bin, kannst du dir wohl denken“, meinte Schurecke.

„Natürlich kann ich das“, erwiderte Kämmerer lächelnd. „Um Paul natürlich, was sonst? Doch da kann ich dich beruhigen, Josef. Alle Ermittlungen gegen ihn habe ich mehr oder weniger blockiert beziehungsweise blockieren lassen. Besonders Popp und Pimpelkamp werden sich hüten, weiterhin im Dreck zu wühlen. Ich denke, die Sache ist für Paul ausgestanden. Es müsste schon etwas Außergewöhnliches passieren, wenn da noch was käme.“

„Eben das ist es, was mich unzufrieden macht“, sagte Schurecke zögerlich. Dabei war es offensichtlich, dass er ein Problem damit hatte, frei heraus zu sagen, was ihn bedrückte.

Kämmerer zog erstaunt die Augenbrauen hoch. Er war der festen Meinung gewesen, dass er nun eine Rückmeldung vollster Zufriedenheit von Schurecke bekäme. Doch diese Reaktion verwirrte ihn sichtlich.

„Ehrlich gesagt, Josef“, kam die kopfschüttelnde Antwort, „ich weiß jetzt nicht, worauf du hinaus willst.“

Schurecke atmete tief durch, bevor er fortfuhr: „Nun ja, ich weiß nicht so recht, wie ich das verpacken soll, was ich sagen möchte.“

„Sag's einfach frei heraus“, kam die Aufforderung Kämmerers. Im Leben hätte er nicht damit gerechnet, was nun kam. Genüsslich schlürfte er an seiner Cappuccino-Tasse, als Schurecke diesem Dekret nachkam.

„Paul ist ein gemeiner Mörder und Kinderschänder und ich möchte, dass er zeitlebens eingesperrt wird“, kamen die knallharten Worte.

Im weiten Bogen spritzten die Fontänen des Cappuccinos nach allen Seiten neben der Tasse weg. Kämmerers Mundhöhle entleerte sich in dem Bruchteil einer Sekunde und bekleckerte die gesamte Umgebung. Auch Schureckes Anzug und das Kostüm seiner Frau bekamen eine satte Ladung davon ab.

Dann herrschte Stille im Raum. Im ersten Moment blickte Kämmerer entsetzt zu seiner Frau, die kurz nach der Erwiderung seines Blickes loseilte, um ein feuchtes Tuch aus der Küche zu holen.

Kämmerer hustete sich erst einmal frei, bevor er sich ungläubig an Schurecke wandte: „Josef, mal ehrlich“, stammelte er fast, „wenn das ein Scherz gewesen ist, dann kam er wirklich zur unpassenden Zeit.“

„Es war kein Scherz“, entgegnete Schurecke nachdrücklich und rieb sich dabei mit einer Serviette ein paar Spritzer aus dem Gesicht.

„Kein Scherz ...!?“, rief Kämmerer beinahe entsetzt. „Wie stellst du dir das denn überhaupt vor, was du da vorhast? Das ist einfach unmöglich, deine Forderung!“

„Ich weiß es nicht, Gunther“, kam die ehrliche Antwort.

„Glaubst du, wir können jetzt einfach dahergehen und sagen: April, April …? Wir haben den Richter, den Staatsanwalt und den gesamten Polizeiapparat manipuliert und bestochen. Uns strafbar gemacht, um deinen Sohn zu schützen! Und dann kommst du und sagst einfach so, dass wir nun alles rückgängig machen sollen?!“

„Es muss einen Weg geben, Gunther“, drängte Schurecke.

„Und warum?“, sagte Kämmerer nun überhaupt nicht mehr ehrfurchtsvoll. Die Rollen waren vertauscht, das war offensichtlich. Zumal es nun auch um die Haut des Polizeipräsidenten ging und da verstand Kämmerer überhaupt keinen Spaß mehr. Da mochte vor ihm sitzen, wer wollte!

„Ich kann mit der Schuld nicht mehr leben“, flehte der einflussreiche Industriebonze nun. „Ich werde keinen Frieden finden, solange ich diese Mitschuld tragen muss!“

Kämmerer schaute Schurecke an, als hätte er einen Geisteskranken vor sich: „Bitte verzeih mir, Josef“, sagte er diplomatisch aber doch unmissverständlich, „aber wie bist du denn drauf? Ist dir etwa jemand erschienen, der dich über Nacht bekehrt hat?“

„Hör auf mit dem Quatsch“, kam die verärgerte Antwort.

Kämmerer beugte sich leicht vor und sagte in einem Ton, wie er eindringlicher nicht sein konnte: „Ich denke mal, du glaubst, du kämst mit einer Geldstrafe davon, weil es sich um deinen Sohn handelt. Doch ich kann dir versichern, dass weder du noch ich damit davonkommen werden. Hierfür ist die Sache einfach zu gravierend! Es ist hier mehr passiert, als eine einfache Täuschung. Hier wurde ein Mord verdeckt, mit allem, was dazugehört. Auch wenn wir beide Päpste wären, müsste man uns dennoch bestrafen. So viel Geld kannst du gar nicht haben, um zu verhindern, dass du für einige Jährchen von der Bildfläche verschwinden wirst! Willst du das wirklich?!“

Josef Schurecke wurde nachdenklich.

„Ist es das denn wert?“, fuhr Kämmerer schnell fort. Er merkte, dass er Schurecke nun hatte. „Wir können die Tat eh nicht

mehr rückgängig machen. Wenn du deinen Sohn bestrafen willst, dann mach es anders. Schick ihn von mir aus in die Fremdenlegion oder enterbe ihn. Doch lass uns nicht für seine Tat büßen! Und dem Berger ..., mein Gott, überweise ihm doch einen Millionenbetrag! Verkaufe es nicht als Schuldbekenntnis, sondern schlicht als humanitären Akt! Er wäre der Erste, der dabei nicht schwach würde!"

„Meinst du ...?", kam die unsichere Frage.

„Aber na sicher", entgegnete der Polizeipräsident nachdenklich. „Wenn der Berger genug Kohle auf dem Konto hat, wird der seine Familie schnell vergessen!"

Kämmerer sollte sich da gewaltig irren ...

***

Ziemlich laut dröhnte die Musik herüber. Sie kam aus einem Gebäude, das einem Palast gleichkam. Es war wohl der exklusivste Nachtclub in der Gegend, zu dem nur finanziell wirklich betuchte Mitglieder Einlass hatten. Das Gebäude lag ziemlich abgelegen in einer Parkanlage, die außerhalb der Stadt an einem See angelegt war. Die Nobelkarossen der schwerreichen Gesellschaft waren mehrere hundert Meter abseits auf einem Parkplatz abgestellt, der allein schon die Exklusivität des Anwesens ausdrückte. Während herkömmliche Parkplätze mit Pflastersteinen bestückt sind, waren es hier dicke Marmorplatten, die als Bodenbelag dienten. Und von diesem Parkplatz aus führte dann eine überdachte Passage bis zum Eingangsbereich des noblen Clubs.

Natürlich war auch Paul Schurecke Mitglied dieses Clubs und ein gerngesehener Gast. Zwar nicht wegen seiner sympathischen Erscheinung, sondern wegen seines Geldes, das er dann bei seinen Besuchen mit vollen Händen ausgab. Im Grunde mochten diesen Playboy hier die Wenigsten. Arrogant und als Besserwisser auftretend hatte er sich im Laufe der Zeit allerhand Neider und Feinde geschaffen, die ihm nicht gerade das Allerbeste wünschten. Doch aufgrund seiner ausgiebigen finanziellen Po-

tenz hielt man sich zurück und erduldete ihn mehr als dass man ihn schätzte.

Natürlich wurde Schurecke stets von seinem besten Freund Utikal begleitet. Dieser wurde hier überhaupt nicht gern gesehen, weil er gesellschaftlich gar nicht in dieses Milieu passte. Doch man ertrug ihn, da man es sich nicht mit Schurecke verscherzen wollte.

Bei ihren Besuchen konsumierten die beiden meistens reichlich Alkohol. Über das anschließende Fahren machte sich Schurecke eigentlich nie Gedanken. Bisher hatte es keiner der Polizisten jemals gewagt, bei einer Kontrolle nach dem Alkoholkonsum zu fragen. Der Name Schurecke schien so etwas wie eine grüne Durchfahrtsampel zu sein.

So war es auch an diesem Abend. Schon reichlich angeheitert brachen die beiden auf. Die Uhr zeigte mittlerweile 4 Uhr und nur noch wenige Besucher waren im Club anwesend. Gut gelaunt schwankten Schurecke und Utikal in Richtung Parkplatz. Dabei waren ihre Stimmen sehr laut, aber das störte hier draußen niemanden.

Stundenlang hatte Gerhard Berger im Gebüsch gekauert und gewartet. Mittlerweile war es erheblich frischer geworden. Deshalb hatte er den Kragen seiner Jacke hochgeschlagen.

Seit Wochen schon war der Mann damit beschäftigt, Schurecke und Utikal zu beobachten. Beinahe jeden Abend hatte er auf Schurecke vor dessen Anwesen gewartet und war ihm gefolgt. Aufgrund dessen hatte er sich geradezu einen Plan angefertigt, an welchen Tagen die beiden sich an welchen Orten aufhielten. Insofern konnte sich Berger optimal vorbereiten und war schon vor den beiden vor Ort. Er war entschlossen, dass er an diesem Abend zuschlagen würde.

Nun endlich war es so weit. Schon von Weitem sah Berger die Männer auf sich zukommen. Laut unterhielten sie sich über die wunderschönen, weichen Körper Minderjähriger und machten sich keine Gedanken darüber, dass man sie hören konnte. Berger ballte die Faust und musste sich bemühen, dass seine Wut nicht die Vorsicht verdrängte. Er saß im tiefen Gebüsch, wobei

er schon vorher darauf geachtet hatte, dass in seinem Bereich keinerlei Lichteinfall herrschte. Er zerbrach sich den Kopf darüber, wie er einen von ihnen weglocken konnte, ohne dass der andere misstrauisch würde. Zur Not musste er beide anlocken und dabei gleichzeitig überwältigen. Nacheinander schien es ihm jedoch einfacher.

Das Problem löste sich unerwartet von selbst. Kurz vor dem Erreichen der Corvette sagte Utikal zu Schurecke: „Du, Paul, ich glaube, ich gehe noch kurz pinkeln. Geh ruhig schon mal zum Auto, ich komme gleich nach!"

„Bevor dir im Auto die Blase platzt, na, dann mach hin", lachte Schurecke.

Berger konnte sein Glück kaum fassen. Utikal kam direkt auf ihn zu! Wie ein zum Sprung bereiter Tiger erfasste seinen Körper die Anspannung.

Mit einem Lied auf den Lippen stellte sich Utikal praktisch vor ihn pfeifend hin und befreite sich vom Blasendruck. Es war absolut dunkel in dem Bereich, nur einige schattige Umrisse konnte man erkennen, sonst nichts. Bergers Vorteil war es, dass sich seine Augen weitgehend an die Dunkelheit gewöhnt hatten, während sein Gegenüber aus dem Hellen kam. Utikals Pfeifen kam Berger entgegen, denn dadurch wurden seine eigenen Geräusche übertönt. Nur wenige Schritte waren nötig, bis Berger neben Utikal stand.

„Hallo, ist da jemand?", sagte dieser irritiert. Ihm war so, als würde sich neben ihm etwas bewegen.

Und dann setzte bei Utikal die völlige Dunkelheit ein. Er sackte in sich zusammen, getroffen von einem Holzscheit, der einem Baseballschläger glich.

Schnell zog Berger den Körper des Mannes tiefer in das Gebüsch hinein. Mit geübten Fingern holte er eine Injektionsspritze hervor und stieß die Kanüle durch die Hose in die Oberschenkelmuskulatur. Ob sich die getroffene Stelle entzünden könnte, war ihm dabei vollkommen gleichgültig. Trotz der völligen Dunkelheit klappte das Vorgehen, obwohl sich Berger fast ausschließlich mit dem Tastsinn orientieren konnte.

Mit der Gewissheit, dass Utikal nun viele Stunden schlafen würde, legte sich Berger erneut auf die Lauer. Es würde nicht mehr lange dauern, bis sich auch das nächste Opfer zeigen musste.

Schurecke wurde im Auto langsam ungeduldig.

„Wo bleibt der Arschkeks denn“, schimpfte er laut.

Doch nichts geschah, absolute Ruhe ringsum.

Schurecke fuhr das Fenster hinunter: „He, Lothar! Lass knacken, ich will los!“

Keine Antwort.

Schureckes Stimmung schlug langsam um. Ärgerlich stieß er die Wagentür auf und sprang heraus.

„Wenn du mich verscheißern willst, dann kannst du ja nach Hause laufen! Ich fahr jetzt los, klar ...?“

„Hier bin ich“, schallte es leise aus der Dunkelheit.

„Wo? Was ist mit dir? Komm endlich!“

„Ich kann nicht, hilf mir ...“

„Mach jetzt keine Zicken, komm schon!“

„Hilf mir ...“

Verärgert setzt sich Schurecke zu der Stelle in Bewegung, aus der er die Stimme zu hören glaubte.

„Wo bist du denn? Ich sehe dich nicht!“

„Na, hier ...“, kam die gedämpfte Antwort.

„Jetzt reicht es aber“, rief Schurecke nun richtig sauer. „Wenn du glaubst, dass ...“

Weiter kam Schurecke nicht mehr. Auch für ihn wurde es nun finsterste Nacht.

Den gleichen Vorgang wie bei Utikal wiederholte Berger nun und zog die beiden dann nacheinander zu seinem Auto, das er auf der anderen Seite der Buschreihe geparkt hatte. Es war schon ein regelrechter Kraftakt, die beiden schweren Männer in den Jeep zu bugsieren, aber er gelang.

Es war nicht Zufriedenheit, die ihn umspülte, als er mit dem Wagen Richtung Eifel rollte, sondern eine regelrechte Euphorie. Euphorie, da er seinem Ziel ein gewaltiges Stück näher war.

„Ihr werdet sehen meine Lieben“, sagte er leise, „schon bald werdet ihr endlich rehabilitiert sein ...!“

***

Das Gesicht von Elvira Schurecke drückte Besorgnis aus, als sie am nächsten Morgen zum Frühstückstisch kam. Stillschweigend setzte sie sich ihrem Mann gegenüber und griff sich ein Brötchen aus dem Bastkörbchen. Eher lustlos schnitt sie es auf und belegte es dann mit einer dünnen Scheibe fettarmen Käse. Margarine oder gar Butter vorher aufzutragen, war für sie und ihr Kalorienverständnis einfach undenkbar. Dass sie ihren Tagesbedarf an Kalorien zum größten Teil durch Naschwerk zu sich nahm, verdrängte sie schlicht. Sie belog sich selbst mit dem Argument, dass sie ja streng auf ihr Gewicht achte, sie jedoch die Veranlagung dazu hätte ‚recht schwere Knochen' zu haben und deshalb ein Übergewicht unvermeidbar war. Und mit dieser Rechtfertigung hausierte sie dann auch im Bekanntenkreis, in dem es natürlich niemand wagte, ihr zu widersprechen. Im Gegenteil, sie wurde in ihrer Annahme darin noch bestärkt!

Schon oft hatte sie mit ihrem Kalorienwahn ihren Mann genervt, der sie dann, wenn es ihm zu bunt wurde, mit den Worten ärgerte: „Ob du dich jetzt quälst oder nicht, in dich hineinschaufeln tust du doch so oder so. Dann genieß doch wenigstens, anstatt dir Schuldgefühle einzureden!"

Für Elvira war das dann immer so etwas wie eine Majestätsbeleidigung, die dann oftmals mit tagelangem Anschweigen honoriert wurde.

Doch Josef Schurecke merkte an diesem Morgen sehr wohl, dass hier nicht der Abnehmwahn die Grundlage ihres lustlosen Essens war, es musste eine andere Ursache hierfür geben.

„Was ist mit dir?", fragte Schurecke knapp, nachdem er die Tageszeitung zur Seite gelegt hatte.

„Ich mache mir Sorgen um Paul."

„Um den …? Da mache ich mir schon lange Sorgen drum! Hat er sich etwa wieder an kleine Kinder herangemacht?", spottete ihr Mann beinahe bösartig.

„Nun hör endlich auf, Josef", rief Elvira erbost. „Er ist noch immer nicht nach Hause gekommen!"

„Na, hoffentlich bleibt das so. Das wäre das Beste, was uns passieren könnte“, kam die sarkastische Antwort.

Betroffen vernahm die Frau die Worte ihres Mannes. Nahezu zaghaft fragte sie schließlich: „Und wenn was passiert ist, wäre dir das dann völlig egal …?“

Schurecke schnaufte tief durch und blickte seiner Frau in die Augen: „Wenn ich ganz ehrlich bin Elvira: Es wäre wirklich das Dienlichste, was uns widerfahren könnte. Alle Probleme wären gelöst, sowohl für uns als auch für dieses miese Früchtchen! Erwarten können wir doch sowieso nichts mehr von ihm, außer Erbärmliches!“

Elvira Schurecke schloss erschüttert ihre Augen. Die Worte ihres Mannes trafen sie wie Dolchstöße mitten in ihr Herz.

„Und abgesehen davon“, fuhr dieser fort, „wir kennen unseren Taugenichts ja. Sicherlich wird er irgendwo besoffen in einem Bett liegen und seinen Rausch ausschlafen. Und einen Haufen unseres Geldes, das er vorher verprasst hat, können wir zudem auch noch abschreiben!“ Deutlich war der Stimme von Josef Schurecke die Verbitterung und der Hass anzuhören.

Elvira erhob sich fassungslos. Mit betretener Stimme meinte sie nur: „Und wenn deine Abneigung gegen unseren Sohn noch so groß ist, ich jedenfalls werde es nicht verdrängen, dass ich ihn zur Welt gebracht habe!“

„Man stelle sich einmal vor“, höhnte Schurecke, „auf diesen Bengel habe ich seinerzeit ungeduldig gewartet, als du ihn gebarst. Einfach nicht zu glauben!“

„Ich jedenfalls werde jetzt nicht untätig hier herumsitzen wie du“, fauchte seine Frau.

„Und was sagt mir das?“, meinte Schurecke scharfzüngig.

„Du magst dich ja freuen, wenn er verreckt ist! Ich jedenfalls rufe die Polizei, wenn er bis Mittag nicht auftaucht!“

***

Hauptkommissar Popp legte den Hörer auf und schaute Pimpelkamp, der gegenüber an seinem Schreibtisch saß, schelmisch an. Er konnte sich einen leichten Anflug von Schadenfreude nicht

verkneifen, als er sich nach einem tiefen Seufzer zu Pimpelkamp wandte: „Du wirst nicht glauben, was ich dir jetzt sage, Holger. Das ist so unglaublich und aktuell, dass du mich für durchgeknallt halten wirst!“

„Lass mich raten“, grinste Pimpelkamp ebenso schelmisch, „Konrad Adenauer ist tot!“

„Idiot“, knurrte Popp verärgert. „Ein bisschen ernster könntest du deinen Job schon nehmen!“

„Oder, der Papst hat geäußert, dass er seine Vorhaut nicht mehr zurück bekommt. Seine Kardinäle waren daraufhin der Meinung, dass man so etwas ja auch nicht verleihen sollte?“, setzte Pimpelkamp, der an der Verärgerung Popps seinen Spaß hatte, noch einen drauf.

„Jetzt reicht es aber“, rief Popp und schlug mit der flachen Hand auf den Tisch. „Soll ich es dir jetzt sagen oder nicht?!“

„Ist ja gut, Mucke“, meinte Pimpelkamp beschwichtigend. Ihm war klar, dass er ein wenig überzogen hatte. „Nun sag schon.“

Popp wartete einen Moment, bis sich sein Ärger etwas gelegt hatte. Dann meinte er beinahe geheimnisvoll: „Paul Schurecke und Lothar Utikal sind verschwunden!“

„Wie bitte ...?“, entgegnete Pimpelkamp ungläubig.

„Richtig. Wie vom Erdboden verschluckt! Sie waren noch bis heute Morgen in einem Nachtclub gesehen worden und danach: Wupp, weg waren sie! Nur die noble Corvette dieses Millionärs-Taugenichts hat man auf dem Parkplatz vor dem Club aufgefunden!“

Pimpelkamp lehnte sich auf seinem Bürosessel zurück und schmunzelte: „Ist ja interessant ...“

Popp zog die Augenbrauen zusammen und meinte mit gespieltem Tadel: „Man sollte fast meinen, dass du daran deinen Spaß hast, wenn ich dich so beobachte!“

„Ich ...? Wie kannst du nur so etwas von mir annehmen“, tat Pimpelkamp entsetzt.

„Da gehen wir beide ja konform“, lachte Popp, „auch ich bin einfach nur erschüttert.“

Pimpelkamp beugte sich wieder vor: „Jetzt mal im Ernst, Mucke: Glaubst du, dass da ein Zusammenhang mit Berger bestehen könnte?“

„Blödsinn“, winkte Popp ab. „Was soll dieser arme Kerl denn allein machen? Der ist so depressiv und fertig, dass wir froh sein müssen, wenn der sich nicht selbst etwas antut! Nein, Holger, hier wird ein ganz anderes Kaliber zugange sein. Wer so viel Knete hat, wie die Schureckes, der muss immer damit rechnen, dass andere davon abhaben wollen!“

„Das sehe ich genauso“, schloss sich Pimpelkamp an. „Ich denke mal, dass sich der oder die Entführer bald mit ihren Forderungen melden werden.“

Der Hauptkommissar nickte zustimmend: „Richtig. Hoffentlich gehen die nicht zimperlich mit diesen Verbrechern um!“

„Aber Mucke“, rief Pimpelkamp. Dabei fiel es ihm sichtlich schwer, ernst zu bleiben.

„Entschuldigung“, meinte Popp. „Aber ist doch wahr! Wenn das Gesetz nicht für Gerechtigkeit sorgen kann, dann macht es eben der liebe Gott!“

„Ich bin nur gespannt, wie unser Herr Polizeipräsident darauf reagieren wird.“

„Der …?“, höhnte Popp. „In seiner Lage wollte ich jetzt nicht sein. Alle dachten, es wäre alles ausgestanden und jetzt wird es wieder aufgewühlt. Es würde mich nicht wundern, wenn dadurch ein Irgendwer doch noch zu seinem Recht kommt!“

„Und irgendwann wird auch er sich offenbaren müssen, ob er will oder nicht.“

„Wie ich schon sagte, Holger, in seiner Haut möchte ich nicht stecken. Früher oder später wird jeder von der Realität eingeholt …“

***

Paul Schureckes Schädel brummte fürchterlich. Der Schmerz in seinem Kopf war so unerträglich, dass er versuchte, seine Hand darauf zu legen. Doch diese wurde von irgendetwas fest-

gehalten. Mehr noch in Trance als wach schlug er die Augen auf. Nachdem der Blick den Schleier, der sich zuerst noch vor seinen Augen befand, durchbrochen hatte, blickte er gegen eine bogenförmige Betondecke. Damit konnte er überhaupt nichts anfangen. Wo war er nur?, fragte er sich. War das ein Traum? Aber dafür war der Kopfschmerz einfach zu real. Erneut versuchte Schurecke nach seinem Kopf zu greifen. Als ihm dann bewusst wurde, dass er seine Arme nicht auseinander bekam, schreckte er hoch und betrachtete voller Entsetzen seine Handgelenke, die mit Handschellen fixiert waren.

„Was soll das?“, fragte er den Mann, den er schemenhaft neben sich wahrnahm.

„Das siehst du doch“, kam die kalte Antwort von der Seite her.

Schurecke schaute den Mann aufmerksamer an, dessen Bild langsam Konturen annahm. Er erschrak fürchterlich: Berger, schoss es ihm panikartig durch den Kopf.

„Da staunst du wohl, was?“, lachte ihm Berger aufmunternd nickend zu.

Schurecke musterte seine Umgebung. Er befand sich in einer Gefängniszelle, das war offensichtlich. Zudem stellte er fest, dass außer seine Hände auch das linke Bein mit einer Metallschlaufe umschlossen war, an der sich eine längere Kette befand. Sie mochte ausreichend lang sein, um das vorhandene Waschbecken an der Wand sowie die Toilette zu erreichen. Mehr aber auch nicht.

„Was soll der Scheiß!?“, fauchte er Berger an.

„Das wirst du schon noch sehen“, entgegnete Berger kalt.

„Mach mich sofort los, du Spinner!“

„Das hättest du wohl gern, was? Wer hier von uns beiden der Spinner ist, das wollen wir doch mal sehen!“

Schurecke bekam nun richtige Angst. Wesentlich vorsichtiger kamen nun seine Worte: „Was willst du von mir, was hast du vor?“

„Lass dich doch einfach überraschen“, sagte Berger in einem Ton, als stünde Heiligabend unmittelbar bevor.

„Meinem Vater wird überhaupt nicht gefallen, was du mit mir machst!“ Dabei wurde die Stimme Schureckes mit jedem Ton kleinlauter.

„Ach, wirklich?“

„Ja, wirklich. Da kannst du Gift drauf nehmen!“

„Da wäre ich mir mal gar nicht so sicher“, entgegnete Berger und wandte sich der Nebenzelle zu, aus der jetzt das Gestöhne des erwachenden Utikals klang.

Bei ihm fiel die Reaktion wesentlich gefasster aus. Es mochte sein, dass er schon einige Zeit wach gelegen hatte und den Dialog seines Freundes mit Berger mitbekommen hatte.

Berger trat auf ihn zu: „Na, auch schon wach?“

„Ja“, kam die zaghafte Antwort. Wie ein Gespenst blickte Utikal Berger an.

„Na, dann sind wir ja fast komplett mit unserer Besetzung“, nickte Berger zufrieden. „Schon bald wird unsere Party steigen können.“

„Deine Party kannst du von mir aus alleine feiern“, rief Schurecke aus der Nebenzelle. „Mich kannst du aus deiner Gästeliste streichen!“

„Bestimmt nicht“, entgegnete Berger ganz langsam. „Du wirst mitfeiern müssen, ob du willst oder nicht.“

„Das wollen wir doch mal sehen!“

„Richtig, du wirst es sehen“, meinte Berger mit kalter Stimme.

„Fick dich von mir aus selbst in den Arsch oder mach sonst was“, spottete Schurecke.

„Wer hier wen wohin ficken wird, das werde wohl ich bestimmen“, sagte Berger in einem Ton, der Schurecke eigentlich stutzig machen sollte.

„Du …? Dass ich nicht lache“, höhnte Schurecke. Er schien die Ernsthaftigkeit seiner Lage noch gar nicht so richtig realisiert zu haben.

Berger deutete auf den Tisch: „Dort sind Lebensmittel für ein paar Tage. Geht sparsam damit um, denn es wird wohl etwas dauern, bis ich wiederkomme.“

„Wiederkomme …?“, fragte Schurecke nun entsetzt. Seine aggressive Stimmung war schlagartig umgeschlagen.

„Richtig“, entgegnete Berger nur.

„Soll das etwa heißen, dass du jetzt verschwindest?“ Das Entsetzen in Schureckes Stimme nahm langsam Formen an.

„Auch richtig.“

„Und die Handschellen?“

„Ich hoffe, dass sie stramm genug sind“, sagte Berger und wandte sich zum Gehen um.

„Ich kann mir doch so noch nicht einmal den Arsch abputzen“, rief Schurecke nun voller Panik.

„Das tut mir wirklich aufrichtig leid“, hörte er noch die sich entfernende Stimme Bergers.

„Berger, was machst du? Bleib hier!“

„Hasta la vista, Baby, bis bald. Ich bin in Kürze mit Begleitung zurück, dann machen wir es uns gemütlich!“ Bergers Stimme hatte sich schon so weit entfernt, dass sie kaum noch zu hören war.

„Berger, du verdammtes Schwein“, schrie Schurecke außer sich. „Komm zurück!“

Dann hörten die beiden noch, wie das schwere Tor zugeschoben und verriegelt wurde. Und dann waren sie allein in ihrem Gefängnis …

***

Gerhard Berger staunte nicht schlecht, als er auf seinen Kontoauszug schaute. Er blickte sich im Kassenraum der Bank nach allen Seiten um, denn im ersten Moment dachte er an so etwas wie ‚Versteckte Kamera‘. Doch nichts Verdächtiges in dieser Richtung war zu beobachten. Dann verglich er nochmals die Daten. Name, Kontonummer, alles stimmte. Nur der Betrag im Haben passte so überhaupt nicht zu ihm und seinen Lebensumständen. Über zwei Millionen Euro war das Guthaben, das dort vermerkt war. Kopfschüttelnd schaute er auf den Absender des Betrages, doch dort war nur eine Eingangsnummer vermerkt.

Entschlossen ging er zum Schalter, wo er dann von einer freundlichen Dame angelächelt wurde.

„Können Sie mir sagen, von wem dieses Geld kommt?“, fragte er die Frau.

Auch die Dame stutzte, als sie den Betrag las.

„Selbstverständlich, Moment bitte, aber natürlich, sofort, ich schau gleich nach“, sagte sie fast ehrfurchtsvoll, als hätte sie eine hoch angesehene Persönlichkeit vor sich.

So ist das also, wenn man reich ist, schmunzelten Bergers Gedanken. Bei so etwas ist wohl alles anders als sonst!

„Der Überweiser ist Herr Josef Schurecke“, kam nach einem kurzen Moment die Antwort. „Ich glaube, den kennt wohl jeder hier.“

Berger wusste im Moment nicht, wie er darauf reagieren sollte, zu überraschend war die momentane Situation.

Dieser verdammte Dreckskerl, fuhr es ihm zuerst durch den Kopf. Der denkt wohl, der kann mich kaufen oder was? Ich werde diesem Schweinehund was husten, mit mir nicht!

Berger öffnete schon seinen Mund, um der jungen Frau die Ablehnung des Geldes mitzuteilen. Doch dann stutzte er. Warum solle er das eigentlich tun? Wer hätte etwas davon, wenn er das Geld jetzt ablehnte? Schurecke tat es nicht weh, und andere würden sich über den Betrag freuen. Das Geld für sich selbst anzunehmen war für Berger natürlich völlig ausgeschlossen, aber etwas Gutes damit tun, warum eigentlich nicht?

Berger kam eine Idee. Er holte seine Brieftasche hervor und zog ein Schreiben von seiner Schwester heraus. Brigitte, seine Schwester arbeitete in einem Heilpädagogischen Heim am unteren Niederrhein. Es war eine Einrichtung, in der behinderte Menschen unter dem Aspekt der Normalität und der Individualität betreut und gefördert wurden. Er hatte Brigitte schon oftmals besucht und konnte sich dann immer wieder selbst davon überzeugen, dass dort hervorragende Arbeit geleistet wurde.

Warum eigentlich nicht?, fragte er sich und suchte in seiner Tasche nach dem Flyer des Heimes, auf dem auch die Bankverbindung stand. Kurz entschlossen trug er auf einem Überwei-

sungsträger die Verbindungsdaten und den Betrag ein und reichte das Formular der Bankangestellten.

Mit großen Augen blickte diese Berger an: „Ist das wirklich Ihre Absicht, was Sie da vorhaben?“

„Ist es“, kam die entschlossene Antwort.

„Allen Ernstes?“ Die Frau wollte es noch immer nicht glauben, zu exotisch war diese Situation für sie.

„Es ist mir so ernst, wie es nur sein kann!“

„Na, denn …“, zuckte die Frau nur mit den Schultern und ging mit dem Formular zu dem Zweigstellenleiter. Berger beobachtete durch die milchig abgetönte Scheibe, wie die Konturen der beiden lebhaft gestikulierten.

Schließlich kam der Herr mit dem Überweisungsträger zu Berger: „Könnte ich Sie mal kurz in meinem Büro sprechen?“

„Warum?“, meinte Berger, ohne der Aufforderung nachzukommen. „Ist was unklar?“

„Das nicht“, kam die zögernde Antwort. „Aber vielleicht ist Ihr Vorhaben ja übereilt. Bei einem solchen Betrag sollten wir das besser besprechen.“

Berger verneinte nur kopfschüttelnd: „Sie haben den Schein und ich habe unterschrieben. Es gibt nichts zu besprechen, es wäre reine Zeitverschwendung.“

Der Mann schnaufte tief durch und schüttelte mit dem Kopf: „Na denn …, es soll so geschehen, wie Sie wünschen!“

„Ich bitte darum!“

Berger beobachtete, wie der Mann das Formular unterzeichnete, abstempelte und in ein Mäppchen legte.

„Alles okay“, sagte er schließlich mit aufgesetzter Freundlichkeit.

Mit einem Gefühl der Zufriedenheit verließ Gerhard Berger das Geldinstitut. Er freute sich regelrecht und war jetzt schon auf das Gesicht seiner Schwester und derer der Heimverwaltung gespannt. Eine derart ausgiebige Spende wird es dort wohl noch nie gegeben haben. Auch der Umstand, dass Schurecke davon erfuhr, war ihm wichtig. Er sollte wissen, dass man einen Gerhard Berger nicht kaufen kann. All sein Geld würde ihm dazu

nichts nützen. Hoffentlich ärgerte er sich maßlos, wenn er das erfuhr!

***

Wie die Besessenen hatten Paul Schurecke und Lothar Utikal versucht, ihre Fesseln zu entfernen. Werkzeug dafür war massenweise vorhanden, doch die Ketten ihrer Fußfesseln reichten gerade mal zu den benötigten Punkten ihrer Zellen, nicht einen Meter weiter! Hammer, Zangen, Brecheisen, Flex, all das lag säuberlich aufgereiht in einem Regal in einiger Entfernung. Ein paar wenige Schritte nur und doch für sie unerreichbar.

„Es ist zwecklos", keuchte Schurecke schließlich und trat wütend gegen die Gitterstäbe seiner Zelle. „Dieses Schwein hat uns wirklich in seiner Gewalt!"

„Was machen wir jetzt?", fragte Utikal ratlos.

„Was machen wir jetzt, was machen wir jetzt", maulte Schurecke. „Was weiß ich? ... Warten natürlich, was sonst! Oder hast du eine bessere Idee?"

„Und wenn er nicht wiederkommt?", kam Utikals sorgenvolle Frage.

„Der kommt schon wieder, keine Angst! Der will sich an uns rächen und dafür wird er wiederkommen müssen, dieses verdammte Schwein!"

„Was glaubst du, macht er mit uns?", dabei war klar zu hören, dass die Angst Utikal immer mehr erfasste, ihn geradezu lähmte.

Schurecke blickte grübelnd vor sich her. Nach einigen Momenten meinte er nachdenklich: „Dass er uns Schmerzen bereiten wird, davon bin ich überzeugt."

„Du meinst, er wird auf uns einschlagen und uns quälen wollen?" Utikals Furcht nahm langsam Formen an.

„Ich kann mir einfach nicht vorstellen, dass er das wagt", sagte Schurecke, wobei eher der Wunsch der Vater des Gedankens war. „Ich denke eher, dass das Dreckschwein meinen Alten um ein paar Scheinchen erleichtern will. Das wäre für mich das Logischste!"

„Und wenn nicht?“

„Wie, und wenn nicht?“, knurrte Schurecke.

„Ich meine, wenn er uns umlegt.“

„Umlegt …? Spinnst du?“, fragte Schurecke entsetzt.

„Das haben wir doch auch mit seinen Bälgern gemacht.“

Paul Schurecke dachte nach. So weit hatte er überhaupt nicht gedacht. Utikal hatte irgendwie recht, was wäre, wenn dieser Berger ihnen nach dem Leben trachtete …?

„Was hat der Mann denn noch zu verlieren?“, fuhr Utikal fort. „Er hat weder Frau noch Kinder mehr. Nee, Paul, um uns zu verprügeln, hätte er sich nicht die Mühe mit der Entführung machen brauchen. Das hätte er auch auf dem Parkplatz machen können!“

„Es reicht jetzt“, schrie Schurecke nun außer sich. „Halt endlich die Klappe! Jetzt erfasste auch ihn die nackte Todesangst.

Doch was sie befürchteten sollte nur ein kleiner Teil dessen sein, was ihnen ***wirklich*** bevorstand.

***

Kuschnickel und Pimpelkamp standen am Kaffeeautomat. Pimpelkamp ärgerte sich fürchterlich und sein Kollege hatte seine helle Freude daran. Dieses verflixte Ding hatte mal wieder einen Euro gefressen, ohne eine Gegenleistung dafür zu erbringen. Weder die Geldrückgabe funktionierte, noch ließ das Ding irgendeinen Hinweis auf ein Fehlverhalten im Display aufleuchten.

„Immer dasselbe mit der Kiste“, schimpfte Pimpelkamp und trommelte verärgert mit der Faust dagegen.

„Versuch es doch mal mit Liebe und Zuwendung“, grinste Kuschnickel.

„So, wie du es etwa mit deiner Frau immer machst?“, höhnte der Kommissar. „Sanft drüberstreicheln und schon bekommst du serviert, was du dir wünscht!“

„So in etwa“, stimmte Kuschnickel zu, „doch hierfür benötigt man schon ein besonderes Händchen und nicht solche Wurstfinger, wie du sie hast. Je mehr man bereit ist zu geben, umso mehr bekommt man auch zurück!“

„Wenn du glaubst, ich schmeiße jetzt einen zweiten Euro hinein", kam die naive Antwort, „dann irrst du dich aber!" Dabei grinste Pimpelkamp herausfordernd.

„So war das auch nicht gemeint, du Eiernase", lachte Kuschnickel.

„Vielleicht so", mischte sich Popp von der Seite her ein und trat heftig gegen den Automaten.

Wie von Zauberhand klickte es in dem Gerät und ein Pappbecher wurde unter der Austrittsöffnung in Position gebracht. Kurz darauf floss dann die dunkelbraune Flüssigkeit hinein.

Verwundert blickten sich Kuschnickel und Pimpelkamp an, während Popp wie ein Triumphator zu den beiden hinüberschaute.

„So macht man das", sagte er knapp und zog dabei seine Schultern bedauernd an.

„Ach so, die brutale Art", meinte Pimpelkamp. „Manche stehen ja auf so was."

„Man muss sein Gegenüber nun mal gut kennen, um zu wissen, wie er es will."

Alle lachten herzhaft.

„Schon was Neues vom Fall Schurecke gehört?", fragte Popp in die Runde.

„Nee, ist ja irgendwie komisch", meinte Pimpelkamp. „Wenn sich schon einer die Mühe macht, jemanden zu entführen, dann sollte er sich wenigstens danach melden. Doch die beiden sind wie vom Erdboden verschluckt. Auch nicht die kleinste Spur oder irgendein Anhaltspunkt."

„Die SPUSI, nichts gefunden?" Die Frage war an Kuschnickel gerichtet.

„Nichts, keinerlei DNA-Spuren am Wagen, die wir jemandem zuordnen könnten."

„Sehr, sehr eigenartig", sinnierte Popp.

„Oder der Entführer denkt sich, je länger er damit wartet, sich zu melden, umso größer ist die Bereitschaft, Lösegeld zu zahlen", meinte Kuschnickel.

„Glaubst du wirklich, dass der alte Schurecke um seinen Sohn besorgt ist? Lösegeld wäre für den Peanuts, deswegen bräuchte

niemand zu warten“, schüttelte Popp mit dem Kopf. „Ich habe ihn und seine Frau während des Prozesses beobachtet. Die Frau ist bestimmt voller Sorge, er jedoch wohl nicht.“

„Und was sagt dir das?“, fragte Pimpelkamp nun neugierig.

„Dass wir möglicherweise noch lange warten können, bis sich jemand meldet.“

„Du meinst, der alte Schurecke könnte mit der Entführung etwas zu tun haben? Ich hätte da eher an Gerhard Berger gedacht.“

„Berger?“, schüttelte Popp den Kopf. „Kann ich mir nicht vorstellen. Der ist einfach zu zerbrochen, um in dieser Richtung was zu reißen. Darüber hatten wir schon diskutiert.“

„Und wenn doch …?“, zweifelte Pimpelkamp.

„Vielleicht sollte man sich ihn mal vorknöpfen“, schaltete sich Kuschnickel dazwischen.

„Wenn ihr meint“, nickte Popp, „Holger kann ihm ja mal einen Besuch abstatten.“

„Mach ich doch glatt“, meinte Pimpelkamp und erhob sich von seinem Schreibtisch.

„Aber sei vorsichtig.“

„Vorsichtig?“, fragte Pimpelkamp verwundert.

„Nun, der Mann ist hochgradig depressiv, denk ich mal. Du solltest behutsam vorgehen und ihn nicht noch tiefer in den Sumpf treiben.“

***

Man konnte es schon als Apathie bezeichnen in der sich Schurecke und Utikal mittlerweile befanden. Sie hatten längst den Versuch aufgegeben, sich zu befreien. Es nützte sowieso nichts und ihre Anstrengungen waren ausschließlich Frustaufbau. Auch ihre Verzweiflung wurde größer und größer. Ihnen wurde klar, dass sich Berger nicht solche Mühen machen würde, hätte er nicht etwas Spezielles mit ihnen vor.

Doch es war in diesem Fall wirklich besser für sie, dass es ihnen nicht gewahr war, was wirklich auf sie zukommen sollte. Sie wären dann wohl wahnsinnig geworden.

Die Stimmung der Männer wechselte von Zorn und Hass zu Angst und Panik, von begrenzter Umtriebigkeit zu Teilnahmslosigkeit und Lethargie. So vergingen Stunden und Tage, die in diesem Bunker zur Unendlichkeit wurden.

Körperlich zehrten die beiden kontinuierlich aus. Neben dem psychischen Abbau entwickelten sich auch Muskulatur und Beweglichkeit langsam zurück. Auch der hygienische Gesichtspunkt war dabei nicht außer Acht zu lassen. Ihre Körper verschmutzten durch Schweiß und Staub zusehends, was ihr eigenes Unwohlsein noch verstärkte. Die Männer müffelten schlichtweg von Tag zu Tag mehr.

Endlich schien das Warten beendet. Deutlich vernahmen die Männer, wie sich draußen vor dem riesigen Eingangstor etwas tat. Und schon kurz darauf drang ein kleiner Strahl Tageslicht aus der Ferne zu ihnen vor, als das Rolltor zur Seite geschoben wurde. Sie hörten die Schritte, die langsam näher kamen, und sahen schließlich die dazugehörende Gestalt des Mannes.

Und dann stand Gerhard Berger vor ihnen. Mit wachem Blick musterte er seine Gefangenen, um kurz darauf mit zufriedenem Gesichtsausdruck die Situation zu werten.

„Ich hoffe, die Herrschaften hatten keine Langeweile", hänselte er fast.

Schurecke schaute nur grimmig zu ihm auf.

„Ich habe das Gefühl", höhnte Berger weiter, „als ob du mir etwas mitteilen willst, Schurecke."

Schurecke presste seine Lippen aufeinander und schwieg. Einerseits war er froh, dass sich etwas tat und Berger aufgetaucht war, andererseits kochte er innerlich.

„Nun …?", kam die erneute Aufforderung.

„Fahr zur Hölle", war die wuterfüllte Antwort.

„Warum denn so abweisend?", meinte Berger erstaunt.

„Berger", drohte Schurecke mit fletschenden Zähnen, „sollte ich hier rauskommen, dann breche ich dir alle Knochen einzeln! Das verspreche ich dir!"

„Wenn du hier jemals rauskommen solltest, kommen wir gerne ins Geschäft", lächelte Berger kalt. „Jetzt bist du erst mal nicht in der Position, hier Drohungen auszusprechen."

„Mein Vater wird dich in Stücke zerreißen lassen!“ Dabei hörte man aus der Stimme deutlich heraus, dass Schureckes Stimmung von Hass langsam in Hilflosigkeit umschlug.

„Dein Vater wird dir hier unten überhaupt nichts nützen. Abgesehen davon, dass ich eigentlich nicht glaube, dass er sonderlich traurig darüber ist, was hier mit dir geschieht, wird man euch in diesem Bunker wohl niemals auffinden können.“

„Soll das etwa heißen“, fragte Schurecke erschrocken, „dass du uns hier in diesem Verlies verrecken lassen willst?!“

Berger zuckte nur mit den Schultern.

„Berger“, stammelte Schurecke entsetzt, „was hast du vor?!“

Utikal saß stillschweigend in der Nebenzelle und hielt sich zurück. Er war voller Furcht. Die Angst stand ihm ins Gesicht geschrieben. Er schien seine Position realistischer einzuschätzen als Schurecke.

„Was ich mit euch vorhabe, werdet ihr noch früh genug erfahren“, sagte Berger verächtlich.

„Berger“, skandierte Schurecke eher verhalten als drohend. „denke daran, dass mein Vater …“

„Du solltest dir deinen Vater sonst wohin stecken“, unterbrach Berger nun barsch. „Sei froh, wenn er bei deiner Beerdigung dabei sein kann!“

Jetzt erfasste Schurecke die Todesangst. Nie war ihm die Ernsthaftigkeit derart bewusst wie jetzt: „Berger“, stammelte er nun flehend, „mach bloß keinen Scheiß! Was hast du denn davon, wenn du uns jetzt kalt machst?“

„Genugtuung“, kam die knappe Antwort.

„Genugtuung? Wofür?“

„Muss ich dir das wirklich sagen?“, meinte Berger kopfschüttelnd. Er mochte Schureckes Naivität nicht glauben. „Muss ich dir jetzt wirklich erklären, was mich an euch beiden stört?“

„Berger, ich verspreche dir, dass du leben wirst, wie ein Fürst, wenn du uns jetzt laufen lässt! Ich bin so reich, dass du ein Leben in Saus und Braus führen kannst, glaube mir!“

„Du nervst mich nur, Schurecke. Und widerst mich zudem noch an“, entgegnete Berger verächtlich. „Du wirst hier für das

büßen, was du meinen Kindern und meiner Frau angetan hast, so wahr mir Gott helfe!“

„Aber Berger“, beschwor Schurecke sein Gegenüber, „du wirst doch nicht zum Unmenschen werden wollen!“

„Unmenschen ...?“, skandierte Berger, wobei er die Worte Schureckes als Unverschämtheit empfand. „Weißt du überhaupt, welchen Müll du da redest?“

„Aber natürlich“, entgegnete Schurecke eher hilflos. „Was du da vorhast ist pervers und brutal!“

„Die Unmenschen sitzen gerade hier vor mir und jammern“, entgegnete Berger verächtlich. Dabei wandte er sich zum Gehen um.

Mit Schrecken erkannte das Schurecke: „Aber Berger“, schrie er jetzt voller Panik. „Wo willst du hin? Du kannst uns doch nicht so allein hier zurücklassen!“

„Keine Sorge“, meinte Berger, indem er kurz zurückschaute. „Ich komme bestimmt wieder, darauf könnt ihr euch verlassen.“

„Und wann kommst du zurück?“, flehte er nun.

„Schon bald. Und ich bringe euch eine Überraschung mit, wenn ich wiederkomme. Ihr werdet euch noch wundern!“

Ohne jegliche Reaktion drehte sich Gerhard Berger um und ging zum Ausgang.

„Berger, Berger“, schrie Schurecke mit sich überschlagender Stimme.

Doch Berger achtete gar nicht mehr auf das Geschrei, was von hinten zu ihm drang. Ohne ein Anzeichen von Mimik schritt er durch das Tor und zog es hinter sich zu.

Utikal saß derweil zusammengekauert auf seiner Pritsche und weinte bitterlich. Ihm war klar, dass Grausames auf ihn zukommen würde und dass diese Tatsache unvermeidbar war. So etwas wie Reue kam in ihm auf. Reue, die jedoch von Angst vor dem Bevorstehenden geprägt war, nicht für die Tat, die er begangen hatte ...

***

Josef Schurecke traute seinen Augen nicht, als er am Morgen die Zeitung aufschlug. In großen Buchstaben war dort auf der ersten Seite jene Zahlung der zwei Millionen Euro an Gerhard Berger vermerkt, die von allen Befragten als eindeutiges Schuldeingeständnis gewertet wurde. Die einhellige Meinung der Bevölkerung spiegelte sich in Empörung und Wut gegenüber Schurecke, der sich aufgrund seines Reichtums anmaßte, seine Unschuld oder die seines Sohnes erkaufen zu wollen.

Während Schurecke fassungslos vor sich hin sinnierte, kam seine Frau Elvira in das Esszimmer, oder besser das Essgemach, und nahm ihm gegenüber Platz.

Er holte schon Luft, um etwas zu sagen, als sie ihm zuvorkam: „Ich weiß schon, Josef. Die Uschi hat mich gerade angerufen und mir alles erzählt. Unverschämt, was die da schreiben, nicht wahr?“

„Ich weiß nicht …“, kam die Antwort.

„Wie, du weißt nicht?“ Elvira Schurecke hatte eher mit Zustimmung gerechnet, als mit so einer unschlüssigen Entgegnung.

„Ist das wirklich so unverschämt?“, meinte Schurecke nach einer Weile des Nachdenkens.

„Natürlich ist es das“, empörte sich Elvira. „Was denken die sich überhaupt, so abwertend über uns zu schreiben?! Wissen die denn überhaupt nicht, über *wen* sie berichten? Ich werde gleich den Heinemann anrufen, dass der gegen die Medien vorgeht!“

„Nichts wirst du“, sagte Schurecke hart.

„Was?“, fragte seine Frau ungläubig. „Willst du etwa nichts gegen diese Leute unternehmen?“

„Nein“, kam es knapp.

„Nein …? Warum nicht?“ Elvira Schurecke war entsetzt.

„Weil sie recht haben. Recht in allen Punkten!“

Elvira schüttelte den Kopf: „Du bist dir doch im Klaren, dass wir unsere Schuld eingestehen, wenn wir nicht sofort darauf reagieren?“

„Weiß ich.“

„Und das ist dir egal? Die Leute werden uns verachten und kaum jemand wird mehr etwas mit uns zu tun haben wollen!

Und das alles soll dir gleich sein?“ Elvira konnte nicht fassen, was ihr Mann da vorhatte.

„Es ist mir völlig gleich“, sagte Schurecke in einem Ton, der seine ganze Entschlossenheit ausdrückte. „Ab sofort wird sich nicht mehr versteckt! Im ersten Moment, als ich das vorhin las, glaubte ich, einen Fehler mit der Überweisung begangen zu haben. Mir war auch durch den Kopf gegangen, den Betrag wieder zurückzufordern. Doch es war richtig und gegen das, was unser Sohn begangen hat, praktisch nichts. Und wenn das allerorts als Schuldeingeständnis gewertet wird, so ist das auch korrekt. Ich für meinen Teil schäme mich jedenfalls für unseren Sohn!“

„Ich glaube es nicht ...“, meinte Elvira fassungslos.

„Dass der Berger das Geld nun einer karitativen Sache zukommen lässt, ist seine Entscheidung. Ich werde den Teufel tun und nun noch weitere schlafende Hunde wecken. Es fällt mir schon schwer genug, mich nicht offenbaren zu dürfen. Dann lasst mich wenigstens in Ruhe und verlangt nicht von mir, dass ich mich immer tiefer in diesen Sumpf begebe. Ich werde nichts unternehmen und du wirst dich auch zurückhalten!“

Elvira Schurecke war wie erstarrt.

„Ist das dein letztes Wort?“, meinte sie schließlich eingeschüchtert.

„Ist es!“

„Ja, aber ...“

„Nichts, ja aber! Gar nichts machen wir! Punkt!“

***

Das Verhältnis von Berger zu Bartsch und Schieber war in den vergangenen Wochen immer vertrauter geworden. Es war zwar nicht freundschaftlich, wie sie miteinander umgingen, aber doch in einer Form, die sich erheblich von der seiner Kollegen unterschied. Die Dialoge zu den beiden untergebrachten Triebtätern fanden dabei auf unterschiedlichen Ebenen statt. Während Berger mit Schieber aufgrund seiner geistigen Behinderung die Gespräche einfach und eher infantil hielt, gab es bei den Konversa-

tionen mit Bartsch doch schon anspruchsvollere Inhalte, wobei sich Bartsch dann auch als ungewöhnlich gebildet zeigte, mit einem für ihn eigenen Witz, der sehr oft ins Makabere überging. Hier zeigte es sich mal wieder sehr anschaulich, dass geistige Behinderung und geistige Erkrankung zwei völlig unterschiedliche Paar Schuhe waren. Nicht zu glauben, dass noch vor wenigen Jahrzehnten beide Formen praktisch gleich gewertet wurden und eine Behandlung oder Förderung einzig durch Verwahrung und Ruhigstellung stattfand. Jene bedauernswerten Kreaturen waren von der Gesellschaft stigmatisiert und isoliert und ein Leben ohne Würde war ihnen zeitlebens aufgezwungen worden.

Bartsch war sich sehr wohl seiner Erkrankung bewusst und er litt auch darunter, gegen seinen krankhaften Trieb machtlos zu sein. Zwar selten, aber doch schon ab und zu, ließ er bei Berger durchblicken, wie sehr jener Kontrollverlust seinen Körper und Geist erfasste und ihn dann zum Monstrum werden ließ. Und seine Machtlosigkeit dabei, sich gegen diesen inneren Drang nicht wehren zu können. Auch seine Aussichtslosigkeit, die ihn in nachdenklichen Momenten erfasste, jemals davon befreit werden zu können, löste in den Gesprächen auch schon mal Zorn und Traurigkeit aus.

Heute war gerade mal wieder so ein Moment, in dem Bartsch mit der Zigarette in der Hand Berger gegenübersaß. Nur durch die Gitterstäbe getrennt unterhielten sie sich gerade über das zurückliegende Leben von Bartsch.

„Wie alt bist du jetzt, Adolf?“, fragte Berger.

„Zweiundsechzig“, nickte dieser lächelnd, „und nichts dazugelernt.“

„Das stimmt nicht, wir lernen jeden Tag dazu“, sagte Berger, dem dieser Mann irgendwie leidtat, so abartige Verbrechen er auch begangen hatte.

„Du weißt doch ganz genau, wie ich es meine, Gerd. Was hat mir das Leben denn gebracht? Zeitlebens immer im Kampf mit mir selber und dem Gesetz! Nie hatte ich die Chance so unbeschwert leben zu dürfen wie ihr ‚Normalen‘. Ich bin immer ein ‚Balla balla Mann‘ gewesen und werde es immer sein!“

„Du bist kein ‚Balla balla Mann‘, Adolf. Jedenfalls nicht für mich, sondern jemand der das Pech hat, krank zu sein“, protestierte Berger zaghaft.

„Na toll“, lachte Bartsch bitter. „Und was habe ich jemals davon gehabt, das zu wissen? Und was habe ich perspektivisch gesehen davon? Von Mitgefühl, oftmals sogar geheucheltem, kann ich mir nichts kaufen!“

„Du lebst jedenfalls“, sagte Berger, obwohl er die Antwort selbst ziemlich dämlich fand.

„Welches Leben denn? Hier in der Zelle etwa? Glaubst du, das macht mich zufrieden? Gitterstäbe und Wände, immer eingeschlossen und um alles bitten müssen? Für alle Bedürfnisse, die für dich selbstverständlich sind und die du für dich auch umsetzen kannst, muss ich immer bitte, bitte machen und bin dann vom Wohlwollen anderer abhängig!“

„Damit wird keiner zufrieden sein. Doch was soll man denn machen? Du weißt doch selbst, wie gefährlich du sein kannst.“ Berger war über sich selbst erstaunt, wie leicht es ihm fiel, so offen zu sein.

„Man sollte Schluss damit machen“, kam Bartschs Antwort, die von Sinnlosigkeit geprägt war.

„Wie meinst du das, ‚Schluss damit machen‘?“ Berger wusste im Moment wirklich nicht, was der Mann damit meinte.

„Na, so wie ich es gesagt habe. Nehmt einen Knüppel und haut ihn mir über den Schädel. Allein nachzuhelfen, dafür bin ich einfach zu feige. Es wäre für beide Seiten das Beste, glaub es mir!“

„Das fehlte noch“, entgegnete Berger tadelnd. „Ich werde nie einen Menschen etwas zuleide tun.“

„Ach …“, schmunzelt Bartsch nur.

„Was, ach?“ Berger konnte die Reaktion Bartschs nicht zuordnen.

„Na“, zögerte Bartsch, „mit dem jemanden was zuleide tun meine ich.“

„Es ist so, wie ich es gesagt habe. Ich könnte so etwas beileibe nicht!“

„Wirklich nicht?“, fragte Bartsch beinahe herausfordernd. Es war seinem Gesicht anzusehen, dass er ungeduldig auf Bergers Antwort wartete, der nun damit zögerte.

„Es sei denn, er hat es verdient“, fügte Berger nun zögernd hinzu. Bartschs Blick war ihm durch Mark und Bein gegangen. Er hatte fast das Gefühl, als hätte dieser ihn bis aufs Innerste durchschaut.

„Nun“, kam die Antwort des Mannes in einem Tonfall, der noch tiefer in Berger eindrang, der so geheimnisvoll klang, dass ihm schauderte. „Dann solltest du mit dem Knüppel bei mir noch warten.“

„Das sowieso“, sagte Berger verunsichert.

„Ich kann mir denken, dass du mich noch brauchen könntest …“

Mit riesengroßen Augen schaute Berger Bartsch an. Er war so irritiert, dass er nicht merkte, dass die Glut der Zigarette zwischen seinen Fingern die Haut fast erreicht hatte. Mit einem Ruck zog er seine Hand zurück und die Kippe fiel zu Boden.

In diesem Moment kam Franz Aymanns hinzu.

„Störe ich?“, fragte dieser beinahe höflich. Aymanns hatte für sich die Situation völlig richtig gedeutet und dabei das Gefühl, im Moment unpässlich zu sein.

„Nein, was gibt's?“, fragte Berger, der im Grunde jetzt froh war, das Gespräch mit Bartsch beenden zu können.

„Es gibt Neuigkeiten.“

„Erzähl“, forderte ihn Berger auf.

„Nein, nicht hier.“ Dabei deutete Aymmanns unmerklich zu den beiden Männern in den Zellen.

Berger schaute kurz zu Bartsch und nickte ihm zu. Dieser erwiderte den Blick kurz und begab sich zu seiner Pritsche. Auch er hatte jetzt genug von dem Dialog mit Berger.

„Nun?“, fragte Berger, nachdem sie sich etwas von den Zellen entfernt hatten.

„Bartsch und Schieber werden verlegt“, entgegnete Aymanns in einem Ton, als müsste er sich vor Berger rechtfertigen. „Und

zwar in die Klinik in Süddeutschland, wie es seinerzeit angedacht war."

„Wann?", fragte Berger erschrocken.

„Ich denke mal, in Kürze. Laut Schullenberg ist es in den letzten Tagen Hals über Kopf gegangen. Aus der unverbindlichen Anfrage ist eine Anforderung geworden, der die Klinik umgehend nachzukommen hat."

„Einfach so, von jetzt auf gleich?", meinte Berger erstaunt. Er konnte sich einfach nicht vorstellen, dass so etwas praktisch über Nacht vollzogen werden konnte.

„Angeblich ist hierbei das Innenministerium mit im Boot. Es soll sich ja um eine Forschungsstudie handeln, wie uns mitgeteilt wurde. Dass es nun so schnell vonstattengehen soll, überraschte selbst Ströbels."

Die Erschrockenheit Bergers wich der Nachdenklichkeit. Im Grunde war alles für sein Vorhaben vorbereitet. Er musste nur noch zusehen, dass er seinen Plan schneller umsetzen konnte. Eigentlich kam ihm der schnellere Ablauf sogar entgegen, je länger er darüber nachdachte.

„Wer organisiert den Ablauf denn?", fragte er eher beiläufig als interessiert. Er wollte schlicht vermeiden, zu zeigen, dass er hieran höchst interessiert war.

„Ströbels denk ich mal", entgegnete Aymanns, „wer sonst?"

„Gibt es schon konkrete Pläne über die Abwicklung?"

„Da musst du Schullenberg fragen." Aymanns stutzte: „Moment mal, Gerd. Warum plötzlich so interessiert? Dass du mit Bartsch und Schieber ein eheähnliches Verhältnis betreibst, das wissen wir ja, aber auf eine Scheidung wirst du dich wohl einrichten müssen. Oder denkst du etwa konkret darüber nach, die beiden bei der Verlegung zu begleiten?"

„Ich …? Nö, warum …?", meinte Berger beiläufig.

„Gerd, nun hör mir mal zu", sagte Aymanns beinahe eindringlich. „Für forensische Transporte sind ausschließlich Leanders und van Baal verantwortlich. Die sind für so etwas ausgebildet worden. Du glaubst doch wohl nicht, dass der Ströbels dich mitfahren lässt!"

„Natürlich nicht, das ist doch völlig klar“, entgegnete Berger, als wäre Aymanns Anmerkung völlig überflüssig gewesen, während gleichzeitig in seinem Kopf schon der Plan gefertigt wurde.

***

Josef Schurecke war für die Außenwelt nicht mehr erreichbar. Sowohl in seinem Mineralölimperium als auch in der weiteren Öffentlichkeit ließ er sich nicht mehr blicken.

Auch seine Frau Elvira hatte sich ebenfalls von der Bildfläche abgeschottet. Beiden war es nur noch unangenehm von allen Seiten auf die großzügige Spende angesprochen zu werden, doch bei ihm war es mehr aus Scham, als aus Peinlichkeit. Von allen Seiten prasselten Anfragen der Medien zu Interviews und Stellungnahmen ein, deren Ausmaß sie kaum noch ertragen konnten. Hinzu kam noch, dass es gerade Josef Schurecke war, der sich völlig verändert hatte. Aus dem einstmals so erfolgreichen Geschäftsmann, den alle achteten und fürchteten, war nur noch eine Fassade geblieben. Es war die Fassade eines gebrochenen Mannes, der nur noch versucht war, sich zu verstecken und möglichst nichts mehr mit seinem Umfeld zu tun zu haben. Voller Scham haderte er in Selbstvorwürfen, die ihn innerlich zu zernagen schienen. Nichts wünschte er sich sehnlicher, als sich auf einer einsamen Insel zu befinden. Niemand, der ihn kannte. Ruhe.

Doch die Grausamkeit der Realität verschonte ihn nicht, so sehr er es sich auch wünschte. All sein Geld, sein Wohlstand und seine Macht hätte er hergegeben, um endlich wieder seinen inneren Frieden zu finden. Doch das war unmöglich, wie er erkennen musste. Auch der Reichste und Mächtigste hat seine Grenzen, denen er sich stellen muss.

***

„Gerd, da ist jemand für dich“, rief ihm Franz Aymanns zu. Berger war gerade damit beschäftigt, die Mittagsarznei zur Ausgabe vorzubereiten.

„Für mich, wer denn?“, fragte Berger verwundert.

„Besuch“, kam die knappe Antwort.

„Willst du mich verscheißern?“ Berger glaubte wirklich an einen Scherz. Es war recht ungewöhnlich, im Dienst von jemandem besucht zu werden.

„Nein“, meinte Aymanns ernst, „da ist wirklich jemand, der dich sprechen will. Es sind zwei Männer von der Kripo. Ich habe sie ins Besucherzimmer gelassen.“ Aymanns konnte sich natürlich denken, dass es sich um den Mord an Bergers Kinder handelte. Insofern vermied er es, die sonst üblichen Scherze zu machen.

„Das können nur Popp und Pimpelkamp sein“, sagte Berger mehr zu sich und eilte sogleich los zum Besucherraum. Natürlich hatte er mit einem derartigen Besuch gerechnet und war weitgehend darauf vorbereitet. Auch Antworten auf kommende Fragen hatte sich Berger bereits ausgedacht. Trotzdem beschleunigte sich sein Pulsschlag erheblich, als er den Raum betrat.

„Guten Tag, Herr Berger“, begrüßte Hauptkommissar Popp freundlich. Er selbst war auch auf die Begegnung gespannt gewesen und auf den Eindruck, den der Mann dabei auf ihn machen würde.

„Hallo“, sagte Berger nur knapp.

Nach einem kurzen Händedruck forderte ihn Popp mit einer Geste auf, Platz zu nehmen: „Ich sehe, Sie sehen schon besser aus, als noch vor ein paar Wochen. Das freut mich.“

„So, meinen Sie?“, kam die abermals flüchtige Antwort. Sonderlich wohl fühlte sich Berger bei dieser Begegnung nicht, das erkannte auch der Hauptkommissar. Den wahren Grund hierfür kannte er jedoch nicht. Er war allenfalls ein kleiner Bestandteil seiner Vermutungen, die für ihn aber noch weit entfernt von jeglichem Realitätsbezug lagen.

Insofern unterlief ihm eher eine Fehldeutung, als er entgegnete: „Mir ist klar, Herr Berger, dass unser Besuch bei Ihnen wieder alles aufwühlt, was sie bisher mühsam verarbeitet hatten. Insofern tut es mir sehr leid, dass wir Sie jetzt belästigen müssen.“

„Schon gut“, meinte Berger eher erleichtert, ohne es sich anmerken zu lassen. Hatte er befürchtet, die Kommissare hätten Konkretes gegen ihn in der Hand, so ließen schon die ersten Worte von Popp darauf schließen, dass es Gott sei Dank nicht so war. Sehr schnell beruhigte sich sein pochender Pulsschlag zum normalen Rhythmus.

Popp lächelte aufmunternd: „Wir haben nur ein paar Fragen an Sie und dann sind Sie uns auch schon wieder los.“

„Fragen Sie“, sagte Berger nun seinerseits freundlich und lehnte sich entspannt in seinen Stuhl zurück.

„Zwei Millionen sind ein Haufen Geld, die Sie jenem heilpädagogischen Heim als Spende überwiesen haben“, meinte Popp einleitend. „Natürlich ist uns das nicht entgangen, die Zeitungen standen ja voll davon.“

„Richtig.“ Nun gelang es Berger sogar, ein Lächeln auf seine Lippen zu zaubern. Dass der Kommissar nun die zwei Millionen ansprach, bedeutete für ihn weiterhin Entwarnung.

„Ich verstehe ja“, fuhr Popp bedachtsam fort, „dass Sie die großzügige Geste von Schurecke als Beleidigung empfinden, aber eine derartige Summe einfach so wegzugeben, glauben Sie nicht, dass das ein Fehler gewesen sein könnte?“

„Hätten Sie es denn behalten, das Geld?“, fragte Berger beinahe provozierend.

„Nun, ich hätte zumindest ein paar Tage verstreichen lassen, bevor ich so reagiere.“

„Das glauben Sie doch selbst nicht“, sagte Berger entsetzt. Und dieses Entsetzen war ernst gemeint, das erkannte Popp sofort.

„Schon gut“, wiegelte der Hauptkommissar ab und hob abwehrend seine Hände. „Ich wollte Sie jetzt nicht auch noch beleidigen, das können Sie mir glauben! Aber bedenken Sie, das Leben ist noch lang und finanzielle Sicherheit kann nie schaden!“

Berger beugte sich zum Kommissar vor und entgegnete in einem leisen Ton, der selbst Popp beeindruckte: „Und wenn diese Verbrecherfamilie mich zum reichsten Mann auf dem Globus machen wollte, hätte ich ihr schmutziges Geld abgelehnt. Kein

Besitztum der Welt wäre Ersatz für die, die ich geliebt habe und immer lieben werde!“ Dabei rannen Berger plötzlich dicke Tränen übers Gesicht. Wie in einem Kopfkino durchlebte er von einem Moment auf den anderen wieder jene furchtbaren Gefühle, die er bisher mühsam unterdrückt hatte. Gerhard Berger war selbst nicht darauf vorbereitet, dass es so unerwartet aus ihm ausbrach, ihn plötzlich ein derartiger Gefühlsumbruch ereilte.

Popp atmete tief durch und schaute eher Hilfe suchend zu Pimpelkamp, der sich bislang wohl wissend aus dem Gespräch herausgehalten hatte.

Freundschaftlich legte er Berger die Hand auf die Schulter: „Ich denke, das war es auch schon, was wir zu fragen hatten. Wir werden uns jetzt wieder zurückziehen. Ich hoffe, dass wir Sie nicht allzu sehr aufgewühlt haben, das tut uns dann sehr leid.“

„Das war es schon?“, fragte Berger skeptisch. Dabei wischte er sich mit dem Handrücken übers Gesicht. Er mochte nicht glauben, dass das Gespräch schon beendet sein sollte.

„Ja, das war es schon“, meinte Popp freundlich lächelnd.

Die Männer verabschiedeten sich mit einem herzlichen Händedruck. Dann wandten sich die Kommissare der Tür zu. Doch bevor sie den Raum verließen, drehte sich Popp nochmals um.

Er bemühte sich, sehr vorsichtig zu sein, als er wie beiläufig seine letzte Frage stellte: „Wo waren Sie eigentlich in der besagten Nacht, als Schurecke und Utikal wie vom Erdboden verschluckt wurden?“

Gleichsam wie ein Stromstoß durchfuhr es Berger. Er war der festen Meinung gewesen, dass das Gespräch beendet sei. Wie gelähmt stand er nun da und blickte die Kommissare fragend an. Insofern war es momentan hilfreich für ihn, dass man ihm nachsah, dass er erst nach einem längeren Zeitraum des Nachdenkens antwortete. Doch vorher holte er erst einmal ein Papiertaschentuch hervor und schnaufte sich die Nase.

„Woher soll ich das noch wissen?“, fragte Berger schließlich schulterzuckend. „Das ist schon lange her. Zu Hause, denk ich mal, wo sonst?“

„Ich weiß, dass es schon länger zurückliegt“, meinte Popp entschuldigend. Er fühlte sich schlecht, dass er diese Frage jetzt zu diesem Zeitpunkt überhaupt gestellt hatte. „Nichts für ungut, war nur mal so ein Gedanke von mir.“

Nun gingen die Männer wirklich hinaus.

Als sie dann draußen vor der Tür waren meinte Pimpelkamp zu seinem Chef: „Ich weiß nicht, was ich von dem Ganzen halten soll. Einerseits tut mir Berger leid, andererseits würde ich auch verstehen, wenn er mit den Entführungen wirklich was zu tun hätte.“

„Blödsinn“, wiegelte der Hauptkommissar ab.

„Tut mir leid, Mucke. Ich habe da so etwas in mir, so ein Gefühl, das mir sagt, dass dieser Berger mental fitter ist, als wir es ihm zutrauen.“

„Niemals“, protestierte Popp.

„Ich weiß nicht ...“, zweifelte Pimpelkamp. „Sicher, er ist ein geprügelter Hund, aber gerade deshalb. Eben genau die Tatsache, dass er das Geld nicht angenommen hat, macht ihn für mich verdächtig!“

„Spinnst du? Hast du gesehen, wie entsetzt der Mann war, als ich ihn auf das Geld ansprach?“, entgegnete Popp überzeugt. „Der ist einfach nur fertig und hat genug damit zu tun, sich selbst am Leben zu halten. Der hat überhaupt keinen Antrieb, irgendeine größere Aktion durchzuführen. Niemals hat der etwas mit der Entführung zu tun! Ich lasse mich auf der Stelle kastrieren, wenn das nicht so sein sollte!“

„Kann ich das von dir schriftlich bekommen?“, lachte Pimpelkamp. „Später wirst du ja doch alles abstreiten!“

„Hör auf mit dem Quatsch“, entgegnete Popp ärgerlich. „Ich halte die Sache für zu ernst, als dass du jetzt deine Witzchen reißt!“

„Du hast den ersten Stein geworfen“, protestierte Pimpelkamp grinsend.

„Papperlapapp ...“, kam es nur zurück.

***

Gerhard Berger war überhaupt nicht überrascht, als er zu Ströbels gerufen wurde. Mit irgendetwas in dieser Richtung hatte er bereits vor Tagen gerechnet. Also ging er entschlossen in das Büro des Psychologen und nahm nach Aufforderung ihm gegenüber Platz.

„Ich wollte eigentlich nur wissen, wie Sie damit umgehen werden, wenn wir Schurecke und Schieber nun verlegen“, begann Ströbels das Gespräch sehr direkt.

„Wie soll ich damit umgehen?“, verstellte sich Berger. „Es sind ja nicht meine Schutzbefohlenen, es sind Patienten wie alle anderen auch.“

„Na, na“, lächelte der Psychologe, „es ist doch hier ein offenes Geheimnis, dass sie Ihnen am Herzen liegen!“

„Da missdeuten Sie etwas“, wiegelte Berger ab. „Es tat mir einfach gut, solche Triebtäter hinter Schloss und Riegel zu wissen. Dass ich hierbei Einblick in ihre Verhaltensweisen und ihr Gefühlsleben bekam, hat mir sehr bei der Aufarbeitung meiner Situation geholfen.“

Ströbels schaute Berger zufrieden an. Was der Mann da sagte, bestätigte nur seine Annahme der psychologischen Deutung, die er bei Dr. Kleine vertreten hatte.

„Und wenn wir die Männer nun verlegen, kann das bei Ihnen irgendwelche negativen Auswirkungen haben, wenn ich auf meine ursprüngliche Frage zurückkommen darf?“

„Ich wüsste nicht, welche“, log Berger. Natürlich hätte er ohne seine umfangreichen Vorbereitungen ein Problem gehabt. Dass sich die Situation nun so gestaltete, wie sie war, spielte ihm voll in die Karten. Nur das Finale musste er noch zu seinem Gunsten umgestalten.

Befriedigt klapste Ströbels mit den Fingern auf die Schreibtischplatte: „Na, denn ..., dann kann es ja losgehen mit unserer Aktion!“

Berger schaute den Psychologen nur fragend an.

„Na, die Verlegung“, lachte Ströbels.

„Was, heute schon?“, meinte Berger ungläubig.

„Morgen früh. Hier sind die Transfer-Papiere“, sagte Ströbels und reichte sie Berger. „Bitte übergeben Sie sie Schullenberg, damit er den Transport vorbereitet. Ich weiß nicht, wie Leanders und van Baal im Dienstplan stehen. Er muss ihn nötigenfalls entsprechend ändern. Geben Sie das so bitte weiter?“

„Gern“, entgegnete Berger. Dabei begann sein Kopf, auf Hochtouren zu arbeiten. Er musste jetzt schnell handeln, denn die Zeit war verdammt knapp.

„Mich können Sie für die nächsten drei Wochen streichen“, sagte Ströbels nun beinahe euphorisch.

„Ich verstehe nicht ganz“, entgegnete Berger, der mit der Situation und der Hochstimmung des Psychologen nicht so richtig was anfangen konnte.

„Na, Berger“, triumphierte Ströbels beinahe, „Urlaub, so richtiger, ausgiebiger Urlaub!“

Berger beugte sich leicht vor und mochte kaum glauben, was er da hörte: „Das ist aber toll“, schloss er sich der guten Stimmung an. „Fahren Sie weg?“

„Na klar! Zwei Wochen Türkei all inclusive! Das heißt, zwei Wochen Efes und Raki bis zum Abwinken!“

„Oha“, lachte Berger, „dann wird sich Ihre Frau bestimmt freuen, bei Efes und Raki ...“

„Quatsch, die geht doch sowieso nur Schoppen und gibt Geld mit vollen Händen aus.“

„So sind die Frauen halt.“

„Tja, wem sagen Sie das ...“

„Wann geht es los?“, fragte Berger beinahe gespannt. Sein Kopf war dabei mit logistischen Plänen befasst.

„In zwei Stunden schon. Meine Frau hat die Koffer schon zum Flughafen gebracht und eingecheckt!“

„Da kann ich Sie nur beglückwünschen.“

„Danke“, rief Ströbels nun fast enthusiastisch. „Sie werden drei Wochen lang nichts von mir hören und sehen. Und damit Sie jetzt sehen, wie ernst ich es damit meine, schalte ich jetzt mein Handy aus!“ Demonstrativ holte Ströbels das Gerät hervor und

drückte den Knopf, der das Display erlöschen ließ. „Ab sofort nicht mehr erreichbar!“

Die letzten Worte hörte Berger mit besonderem Wohlwollen. Klappt ja alles bestens, dachte er. Dass der jetzt auch noch in Urlaub geht, ist ja geradezu genial!

***

„Ich nehme mal kurz meine Pause“, sagte Gerhard Berger zu Aymanns, nachdem er von Ströbels zurück war.

„Jetzt?“, fragte Aymanns überrascht. „Ist das nicht ein bisschen früh?“

„Ich habe etwas Dringendes zu erledigen.“

„Was gibt es denn jetzt für dringende Sachen zu bewerkstelligen?“, fragte Aymanns skeptisch.

„Hat mit Ströbels zu tun, von dem ich gerade komme.“

Aymanns blickte Berger ungläubig an: „Dann brauchst du keine Pause zu nehmen, dann ist es Dienstzeit.“

„Er bat mich, etwas Privates für ihn zu erledigen“, sagte Berger und kam sich dabei wie ein gemeiner Lügner vor.

„Na, dann mach! Wenn es so wichtig ist …“

Berger eilte in den Keller. Dort war ein Therapieraum, der eigens dafür eingerichtet wurde, um den Patienten Computerkenntnisse zu vermitteln. Hier hatte er die für sein Vorhaben entsprechende Ruhe, die er auf der Station nicht gehabt hätte.

Berger faltete das Schreiben, das ihm Ströbels gegeben hatte auseinander und studierte es aufmerksam. Wie er schon erwartet hatte, war es so verfasst, dass mit der Begleitung die Kollegen Leanders und van Baal beauftragt waren. Erfreut stellte Berger fest, dass das Feld der Begründung der Begleitung leer war. Die Eintragungen Ströbels waren per Hand erfolgt und mit Tinte geschrieben. Sorgfältig entfernte Berger nun mit einem Tintenkiller den Namen von Leanders und trug an gleicher Stelle seinen ein. Zuvor hatte er auf einem gesonderten Blatt einige Male geübt, die Schriftform von Ströbels zu kopieren. Es gelang ihm außerordentlich gut, zumal der Psychologe einen

Schrifttyp an sich hatte, der relativ einfach nachzumachen war und keinerlei individuelle Schnörkel aufwies. Unter der Rubrik ‚Bemerkungen' fügte Berger abschließend noch folgenden Satz ein: ‚Aufgrund des vertraulichen Verhältnisses des Pflegers Gerhard Berger zu den zu begleitenden Patienten, möchte ich diesen als Begleitperson anordnen und für Herrn Leanders einsetzen.'

Zufrieden betrachtete Berger sein vollbrachtes Werk und faltete es zusammen. Bevor er damit nun zu Schullenberg ging, wartete er noch einige Zeit. Erst als er sich so ziemlich sicher war, dass sich Ströbels nun auf dem Weg zum Flughafen befinden musste, ging er in das Büro des Stationspflegers und reichte ihm das Begleitschreiben.

Schullenberg stutzte nicht schlecht, nachdem er es gelesen hatte. „Und das hat Ihnen Ströbels gegeben?", fragte er ungläubig und runzelte dabei die Stirn.

„Wer sonst?", fragte Berger, als wäre er eingeschnappt. „Sie sehen doch, wer es geschrieben hat."

„Ist schon gut", beschwichtigte der Stationspfleger. „Ich kenne ja die Schrift."

„Na, sehen Sie", entgegnete Berger, wobei es ihm sogar ein wenig stolz machte, dass der Mann die gefälschte Schrift als echt ansah.

„Das widerspricht aber dem, was wir noch gestern besprochen hatten", sagte Schullenberg noch immer skeptisch. „Ich kann mir einfach nicht vorstellen, dass der so etwas anordnet, ohne mit mir Rücksprache gehalten zu haben."

„Rufen Sie ihn doch an", sagte Berger fast trotzig. „Er wird Ihnen schon bestätigen, was er dort geschrieben hat.

Wortlos griff Schullenberg zum Telefon und wählte Ströbels Handynummer. Nach einer längeren Zeit des Wartens legte er schließlich auf: „Der hat sein Gerät abgeschaltet!"

„Wie denn das?", fragte Berger mit großen Augen.

„Der ist in Urlaub gegangen. Ich glaube nicht, dass wir ihn noch erreichen können."

„Ach", meinte Berger bestürzt. „… Und nun?"

Schullenberg seufzte laut: „Dann machen wir es eben, wie er es angeordnet hat. Er wird sich schon was dabei gedacht haben."

***

Leanders wollte es nicht glauben, als ihm am nächsten Morgen als Erstes mitgeteilt wurde, dass Berger an seiner Stelle als Begleitung vorgesehen wurde.

„Jetzt ist der Ströbels aber völlig durchgeknallt", schimpfte er, wie ein Rohrspatz. „Na, lass den mal aus dem Urlaub zurück sein, dann wird es mir egal sein, dass er mein Vorgesetzter ist, das sag ich dir!"

„Jetzt schimpfe doch nicht mit mir, Kalle", meinte Schullenberg beschwichtigend. „Was soll ich denn machen, wenn es Ströbels so festgelegt hat!"

Beim Begegnungsstil war es auf der Station allgemein üblich, sich mit Schullenberg zu siezen, da es Ströbels nicht gerne sah, wenn das dienstliche Verhältnis untereinander allzu vertraut wurde. In Stresssituationen oder in gemütlicher Runde wurde jedoch das sonst übliche ‚du' zumeist unbewusst wieder angewandt.

„Noch vorgestern hat der Affe mir den Transport persönlich aufgetragen", schimpfte Leanders weiter.

„Er hatte wohl nicht darüber nachgedacht, dass Gerhard mit den Leuten besser klarkommt", beschwichtigte der Stationspfleger weiter. „Und machen wir uns nichts vor: Recht hat er damit! Stell dir mal vor, Bartsch und Schieber fangen an am Rad zu drehen. Dann wird es wirklich besser sein, wenn Gerd in der Nähe ist!"

„So ein Quatsch!" Leanders konnte sich einfach nicht beruhigen. „Die bekommen doch solch eine Dröhnung vor der Abfahrt verpasst, dass die es gar nicht mitbekommen, wenn sie am Ziel eintreffen!"

„Du weißt, dass wir mit der Arzneivergabe vorsichtig sein müssen. Wir können dort hinten keine Patienten abgeben, die sich noch halb im Koma befinden!"

„Ach, auf einmal wird hier die humanitäre Schiene ausgepackt? Sonst ist man hier doch auch nicht so zimperlich", höhnte Leanders.

„Kalle, beruhige dich doch endlich! Wir können es nun mal nicht ändern!“

„Macht doch euren Scheiß allein“, rief Leanders und wandte sich ab. „Ich melde mich für heute krank!“

„Stunden kannst du abbauen“, meinte Schullenberg bestimmend. „Wenn du krankfeiern willst, musst du zum Arzt gehen. Ich denke jedoch nicht, dass Zickigkeit eine anerkannte Krankheit ist, die der Arzt als Diagnose meldet!“

„Nee, aber Depressionen“, meinte Leanders, der sich langsam abregte. „Depressive Verstimmungszustände aufgrund einer Arbeitgeberverscheißerungssymptomatik!“

„So eine lange Krankmeldungsformularstruktur haben die Ärzte gar nicht“, schaltete sich Aymanns hinzu, der von der Seite dazukam.

Schullenberg, der über den Wortsalat der beiden amüsiert war, schlug Leanders aufmunternd auf die Schulter: „Du machst heute frei und baust ein paar Stunden ab. Dein Stundenkonto ist eh prall gefüllt. Fahr nach Hause und kümmere dich liebevoll um deine Frau. Vielleicht freut sie sich sogar, denn sie rechnet doch gar nicht mit dir.“

„Uiuiui …“, meinte Aymanns geheimnisvoll lachend. „Nicht, dass eine Horde Neger aus deinem Haus stürmt, sobald du auftauchst. Ich würde mich jetzt beeilen, vielleicht triffst du sie noch an!“

„Blödmann“, sagte Leanders nur und trollte sich davon.

Aymanns und Schullenberg schauten dem verbitterten Mann hinterher.

„Ich verstehe den Kalle ja“, meinte Schullenberg, als Leanders außer Sichtweite war. „Ich käme mir jetzt auch vor wie einer, den man aufs Schlimmste verarscht hat.“

Aymanns nickte nur nachdenklich.

„Da sagst du was“, schloss er sich an.

„Und den Ströbels mag verstehen, wer will“, fuhr der Stationspfleger fort. „Ich jedenfalls hätte den Berger nicht mitgeschickt, auch wenn der noch so gut mit Bartsch und Schieber kann!“

„Das hat er dann auch zu verantworten“, entgegnete Aymanns leise. Ihm kam die ganze Sache von Anfang an nicht ganz geheuer vor, hielt sich aber mit entsprechenden Äußerungen zurück. Um jetzt abwertend über den Vorgang zu sprechen, dafür war er mit Berger zu sehr befreundet. Ich weiß nicht, was du vorhast, Gerd, dachte er sich. Aber was es auch ist, ich hoffe, du hast dir das gut überlegt …

***

Bartsch und Schieber waren über die Verlegung bereits am Vorabend informiert worden. Schieber schien das völlig gleichgültig zu sein. Seiner geistigen Behinderung entsprechend, fehlte schlicht die reale Zuordnung des perspektivischen Denkens, um zu wissen, was denn nun auf ihn zukommen würde.

Erstaunlicherweise nahm auch Bartsch die Information ungewöhnlich gelassen hin. Als würde er über das abendliche Fernsehprogramm informiert, nickte er nur zustimmend, als ihm Berger mitteilte, dass es nun losgehen sollte.

„Wenn ihr meint, ihr müsst mich los werden, dann nur zu“, entgegnete er fast gelangweilt.

„Ist es dir denn völlig gleich, wo man dich hin verfrachtet?“ Berger schien das nicht so recht glauben zu wollen.

„Ist doch egal, wo sich die Zelle befindet, in der ich den Rest meines Lebens verbringe“, sagte Bartsch bitter. „Ob hier, ob in Amerika oder auf dem Mond. Was soll’s?“

„Auch wir werden uns aus den Augen verlieren“, meinte Berger, der sich nicht dagegen wehren konnte, dass es ihn etwas schmerzte, wenn Bartsch nun so gleichgültig tat.

„Vielleicht wird das sogar besser sein, Gerd“, sagte Bartsch erstaunlich realistisch. „Du hast schon genug Emotionen bei mir verplempert. Irgendwann würde ich dich enttäuschen, weil ich ja krank bin.“

Berger war über das Feingefühl dieses Mannes völlig beeindruckt. Er wusste, dass Bartsch ungewöhnlich helle im Kopf

war, aber Derartiges hatte er jetzt doch nicht erwartet. Bartsch überraschte ihn immer wieder aufs Neue.

„Ich habe hier ein paar Tablettchen für dich, Adolf. Es ist mir sehr unangenehm, aber ich muss dich fragen: Nimmst du sie jetzt freiwillig? Ansonsten müssten wir dir das Mittel spritzen. So einen Ringkampf sollten wir uns doch alle ersparen."

„Ist schon recht, gib her!" Wortlos nahm Bartsch die Medikation in Empfang und schluckte die Tabletten sofort hinunter.

Dann ging Berger zu Schieber hinüber und reichte auch ihm die Tabletten: „Egon, und du …?"

Mit bösem Blick schaute Schieber Berger an und richtete seinen Blick eher fragend zu Bartsch.

„Nimm sie", sagte dieser in strengem Ton.

Ohne mit der Wimper zu zucken kam das unheimlich wirkende Ungetüm eines Menschen dem Befehl seines Gegenübers nach.

Zufrieden und erstaunt über Schiebers Gehorsam gegenüber Bartsch meinte Berger nun: „In einer guten Stunde geht es los. Ihr werdet Handschellen und Fußfesseln angelegt bekommen. Ich hoffe, das geht alles problemlos über die Bühne."

Bartsch nickte Berger zu und schaute ihn schräg von der Seite her an.

Berger trat auf ihn zu: „Ich kann dir gar nicht sagen, wie leid es mir tut, wenn ich das tun muss, Adolf."

„Du tust doch nur deine Pflicht, sonst nichts", kam die lapidare Antwort.

„Und dass wir uns dann wirklich aus den Augen verlieren werden, das auch."

„Bring deinen Auftrag erst mal zu Ende." Berger hörte nicht die Zweideutigkeit in Bartschs Worten.

„Mach ich", sagte er nur.

„Und jetzt verschwinde endlich, sonst fängst du gleich wirklich an zu weinen!"

***

Van Baal und Berger waren nun über eine Stunde unterwegs. Bisher hatte alles reibungslos geklappt. Auch das ‚Verladen' der Gefangenen war besser abgelaufen, als Berger anzunehmen glaubte. Ohne irgendwelche Mätzchen ließen sich Bartsch und Schieber die Fesseln anlegen und schritten zu dem bereitstehenden Transportwagen. Es mochte auch am Einfluss Bartschs gelegen haben, dass Egon Schieber allen Aufforderungen widerspruchslos nachgekommen war.

Berger lenkte den Wagen, während van Baal vor sich hindöste. Man hatte sich vorher abgesprochen, an welchem Punkt ein Fahrertausch stattfinden sollte, denn für einen allein war die Fahrt doch recht weit.

Berger wusste genau, wann es soweit war, dass er Farbe bekennen sollte. Ihm tat van Baal jetzt schon leid, wenn er daran dachte, wie sehr er seinem Kollegen wehtun und enttäuschen musste.

Unverhohlen gähnte der Mann vor sich hin.

„Müde?", fragte Berger gelangweilt.

„Ich weiß nicht, irgendwas ist mit mir", kam die Antwort.

„Sollen wir eine Pause machen?" Man hörte deutlich die Besorgnis in Bergers Stimme.

„Quatsch, es wird etwas anderes sein", entgegnete van Baal Kopf schüttelnd.

„Und was?"

„Ich hab jetzt schon Sehnsucht nach meiner Frau", meinte van Baal grinsend. Ihm fiel gerade nichts Besseres ein, um ein Gespräch zu führen.

„Wir sind doch gerade erst unterwegs, wie ist das möglich?"

„Es reicht schon der Gedanke daran, dass wir vor Morgen nicht zurück sein werden."

„So schlimm?", lachte Berger verschmitzt. „Wie groß soll deine Sehnsucht denn noch werden?

„Na, wenigstens 20 Zentimeter", prustete van Baal los. Der Mann amüsierte sich köstlich über sich selbst.

Berger lachte anstandshalber mit und beobachtete dabei aufmerksam die Landschaft, die an ihnen vorbeirauschte. Langsam

setzte bei ihm die Anspannung ein, denn sie näherten sich dem Punkt, an dem Berger sich offenbaren musste.

„Du kennst die Strecke zu unserem Ziel?“, fragte Berger eher gelangweilt, dabei war er höchst interessiert an der Antwort.

„So ein bisschen“, kam die Erwiderung ebenso gelangweilt zurück. „Ich hab gestern noch kurz auf die Karte geschaut. Bis uns die Klinik ein Navi zur Verfügung stellen wird, sind wir sowieso in Rente.“

„Die Kosten, die Kosten ...“, meinte Berger weise.

„Hör doch auf“, protestierte van Baal. „Tausende werden für den ganzen Computer-Scheiß rausgeworfen, aber ein popeliges Navi ist nicht drin!“

„So ist das nun mal im öffentlichen Dienst. Für den größten Mist ist Geld da, für elementare Dinge jedoch nicht.“

„Und niemand ändert etwas daran. Das finde ich noch das Schlimmste daran!“

„Also, du kennst die Strecke nur vage, wenn ich richtig verstanden habe?“, fragte Berger. Es wurde langsam Zeit, die Aktion zu starten.

„Richtig. Warum fragst du ...?“

„Weil ich einen kürzeren und schnelleren Weg kenne“, meinte Berger fast beiläufig. „Ich schlage vor, dass wir ihn nehmen.“

„Bist du den schon gefahren?“

„Natürlich, sonst würde ich das nicht vorschlagen.“

„Von mir aus, dann mach mal“, entgegnete van Baal, ohne auch nur das Geringste zu ahnen.

„Okay, dann werden wir dort hinten die Autobahn verlassen.“

„Wie du meinst ...“, zuckte van Baal mit den Schultern.

Nachdem die Schnellstraße verlassen war, lenkte Berger den Wagen noch ein kurzes Stück über die Bundesstraße, bevor er dann rechts einbog. Es war mehr ein asphaltierter Feldweg, als eine Straße, die sie da befuhren.

Van Baal stutzte nun ein wenig: „Bist du dir sicher, dass wir hier richtig sind?“, fragte er noch immer arglos.

„Natürlich“, kam die versichernde Antwort. „Wir kürzen gerade erheblich ab. Du wirst sehen, gleich wird die Straße schon besser!“

„Na denn …“

„Außerdem muss ich pinkeln“, sagte Berger beiläufig. „Ich biege mal kurz dort ein, Richtung Wald.“

„Mach mal ruhig“, entgegnete van Baal gelangweilt. „Eine kurze Zigarettenpause täte unserer Kundschaft bestimmt auch ganz gut.“

Berger lenkte den Transporter auf einen abgelegenen Waldparkplatz. Außer einem Geländewagen war dort nichts Weiteres abgestellt. An Wochenenden mochte es hier wohl ziemlich voll sein, doch jetzt um diese Zeit war absolute Leere. Berger platzierte den Wagen unmittelbar neben dem Jeep, der dort abgestellt war.

„Bestimmt jemand mit seinem Hund spazieren“, meinte van Baal, indem er auf den Jeep deutete.

„Denk ich mal auch“, lächelte Berger zurück und löste dabei seinen Gurt. Gelangweilt spielte er dabei mit der Hand in seiner Jackentasche. Mit geübten Fingern drehte er rasch den Schraubverschluss des kleinen Fläschchens los und kippte dessen Inhalt auf das Tuch, das er daneben hielt.

„Wolltest du nicht pinkeln gehen?“, fragte van Baal, denn Berger saß noch immer neben ihm und kramte in seiner Jacke herum.

„Ich suche mein Feuerzeug“, meinte Berger noch immer herumkramend. „Es ist bestimmt hinuntergefallen. Kannst du mal schauen, ob es bei dir unterm Sitz liegt?“

Van Baal nickte kurz und beugte sich tief hinunter, um das Teil zu suchen. Im gleichen Moment spürte er, wie er am Nacken gefasst und gleichzeitig ein Tuch vor sein Gesicht gepresst wurde.

Verdammt, was ist los?, schoss es ihm durch den Kopf. Er war derart überrascht, dass er überhaupt nicht zuordnen konnte, was da geschah. Äther, war das letzte Wort, was sein Denkorgan noch zustande brachte. Dann verlor er recht schnell das Bewusstsein …

„Tut mir wirklich leid, Kumpel“, sagte Berger leise und bettete van Baal behutsam auf die Vordersitze des Wagens, nachdem er hinausgesprungen war. Fürsorglich rollte er noch die Jacke

des Mannes zusammen und schob sie ihm unter den Kopf. Dann drückte Berger die Seitentür des Transporters auf und blickte zu Bartsch und Schieber. Während Bartsch beinahe einen gefassten Eindruck machte, schien Schieber mit der Situation überhaupt nichts anfangen zu können.

Fragend schaute er Berger an: „Was machst du, kaputt machen mich, kaputt machen …?“

„Keine Angst, Egon“, beschwichtigte Berger. „Ich möchte, dass ihr mir jetzt vertraut.“ Dabei holte er eine Injektionsspritze aus der Jackentasche hervor und entfernte die Kappe über der Kanüle.

Schieber knurrte ängstlich, als er das sah.

„Egon, bitte“, sagte Berger fast liebevoll, „zeig mir jetzt deinen Arm. Es gibt nur einen kleinen Pieks und schon ist alles vorbei!“

„Nicht machen, nicht machen“, kam die furchtsame Antwort. Dabei lehnte sich Schieber abwehrend zurück.

„Aber Egon!“

„Nicht machen …“, weigerte sich der Mann.

„Mach schon, was Gerd sagt“, befahl Bartsch mit hartem Ton. „Es ist das Beste für dich!“

Zögernd kam Schieber der Aufforderung nach und hielt Berger schließlich die mit Handschellen gefesselten Unterarme hin. Hatte Berger ursprünglich vor, das Mittel in den Armmuskel zu injizieren, so präsentierten sich die muskulösen Unterarme des Mannes mit derart dicken, gartenschlauchartigen Venen, dass Berger nicht widerstehen konnte. Da die Wirkung jenes hoch dosierten Benzodiazepins intravenös wesentlich schneller einsetzte, punktierte Berger nun kurz entschlossen die Vene.

Dann holte Berger die zweite Spritze hervor und schaute zu Bartsch.

„Lass das, Gerd“, sagte Bartsch beinahe mit befehlender Stimme. „Das ist nicht nötig!“

Berger zog die Spritze zurück und schaute Bartsch verwundert an.

„Ich werde dir helfen“, meinte dieser und hielt ihm seine Handgelenke entgegen. „Nimm erst mal diese Dinger hier ab!“

Berger stutzte: „Warum soll ich dir vertrauen?“, sagte er zweifelnd. „Woher soll ich wissen, dass du mir nicht gleich eins über den Schädel gibst?“

„Was hätte ich davon?“, kam die Gegenfrage.

„Die Freiheit. Jedenfalls für eine kurze Zeit.“

„Und dann?“, lachte Bartsch bitter. „Schon kurz darauf werden sie mich wieder einfangen.“

„Allerdings.“

„Also“, sagte Bartsch jetzt energischer und präsentierte erneut die Handschellen. „Ich denke, es wird einfacher für dich sein, wenn dir jemand bei der Rache an Schurecke und Utikal hilft!“

Berger blieb fast die Spucke weg, als er Bartschs Worte vernahm: „Woher weißt du das?“, fragte er ungläubig.

„Ja, denkst du vielleicht, ich bin blöd?“, kam die Antwort fast beleidigt. „Während ihr Pfleger über die Entführung der beiden Kinderschänder gesprochen habt, denen du dein ganzes Leid zu verdanken hast, denkst du, da habe ich nicht kombiniert? Zwar bin ich geisteskrank, aber eins und eins zusammenzählen, dass kann ich schon noch!“

Berger musste erst mal nachdenken. Mit der jetzigen Situation hatte er überhaupt nicht gerechnet. Er war über Bartschs Scharfsinnigkeit beeindruckt. Nie hätte er ihm eine solche Kombinationsgabe und ein derartiges Feingefühl zugetraut.

„Nun …?“, kam die nächste Aufforderung.

Kurz entschlossen griff Berger zu den Schlüsseln und befreite Bartsch von Hand- und Fußfesseln. Sollte es Bartsch mit seinem Angebot ehrlich meinen, dann wäre es wirklich eine erhebliche Erleichterung für ihn. Allein der Vorgang, zwei Männer in den Bunker zu bugsieren, die mehr oder weniger getragen werden mussten und den er schon von Schurecke und Utikal kannte, würde dann zur Kleinigkeit werden.

Die Wirkung des Medikaments hatte bei Schieber unmittelbar nach der Injektion eingesetzt. Mit glasigen, aber zufriedenen Augen ließ er sich widerstandslos von Berger und Bartsch zum Jeep führen. Er musste nur ein weinig gestützt werden, da er recht wackelig auf den Beinen erschien.

Bevor die drei den Parkplatz verließen, drückte Berger van Baal noch einen Zettel zwischen die Finger, den er vorbereitet hatte: ‚Ich möchte mich bei allen entschuldigen, denen ich Enttäuschung und Schmerz zugefügt habe. Man hat mir alles genommen, was ich liebte, ohne dass die Schuldigen bestraft wurden. Da die, die Recht sprechen sollten, voller Angst und aus purem Eigennutz ihrer Aufgabe nicht nachkamen, bleibt mir nur die Wahl, mir mein Recht selbst zu nehmen und die Schuldigen für ihr Verbrechen büßen zu lassen. Ich empfinde hierbei keinerlei Skrupel, denn die, die mir das zugefügt haben, werden einfach nur das erleben, was sie anderen selbst antaten. Gerhard Berger.‘

Dann gab Berger van Baal einen freundlichen Klaps auf die Schulter.

„Ich hoffe, du wirst mir irgendwann verzeihen können, mein Freund“, sagte er leise.

***

Schurecke und Utikal schauten ängstlich auf, als sie die drei Männer den Bunker hereinkommen sahen. Ihnen schwante überhaupt nichts Gutes dabei, als sie Berger mit Bartsch und Schieber, der noch immer gestützt werden musste, betrachteten. Mit furchtsamen Augen schauten sie zu Berger, der an die Gitterstäbe trat. Berger rümpfte kurz die Nase, als ihm die Ausdünstung der Gefangenen entgegen kam.

„Ich hoffe, die Herrschaften haben sich nicht allzu sehr gelangweilt während meiner Abwesenheit“, meinte er, nachdem er mit kurzem Blick die Männer gemustert hatte. Es schien noch alles so, wie er sie verlassen hatte. „Ich habe auch Besuch mitgebracht!“

„Wer sind diese Monster?“, fragte Schurecke voller Angst. Die Frage war in erster Linie auf Schieber bezogen, der ihm besonders viel Furchtsamkeit einflößte.

„Alles nette Gentlemen, Schurecke“, lächelte Berger makaber. „Ich bin sicher, ihr werdet euch alle gut verstehen.“

„Was hast du mit denen vor?“, Schurecke zitterte mittlerweile voller Ängstlichkeit. Zwar reichte seine Fantasie nicht aus für das, was ihm bevorstand, aber dass das mit den beiden ‚Monstern‘ im Zusammenhang stand, das war ihm doch irgendwie klar.

„Lass dich einfach überraschen.“ Dabei nahm das Antlitz Bergers nun ernstere Züge an.

„Mach keinen Scheiß, Berger, das sag ich dir!“ Entsetzt schaute Schurecke von Bartsch zu Schieber und wieder zurück. Dieses Augenspiel wiederholte sich dann stetig.

„Mit kleinen Kindern konnte ich leider nicht dienen“, fuhr Berger fort. „Ihr müsst schon mit dem vorliebnehmen, was ich anzubieten habe!“

„Berger“, schrie Schurecke entsetzt. Auch Utikal gab von nebenan unartikulierte Laute von sich. Beiden fiel es wie Schuppen von den Augen. Sie konnten sich nun denken, was Berger mit ihnen plante.

„Wann soll es losgehen?“, fragte Bartsch. Man hätte fast meinen sollen, er bespräche mit Berger Geschäftliches. Doch der Mann merkte auch bei sich, wie sein Trieb der Abartigkeit erwachte. Es war schon eine gewisse Unruhe, die ihn jetzt erfasste.

„Später, Adolf“, sagte Berger. „Lass erst mal den Egon zu Kräften kommen. Euren Spaß bekommt ihr noch früh genug.“

Die beiden Männer führten Schieber zu einer freien Zelle und legten ihn auf die Pritsche. Dann entfernte Berger noch die Fußfesseln, die Handschellen ließ er jedoch um die Gelenke. Bartsch hatte ihn zurückgehalten, als er auch sie lösen wollte.

„Er frisst mir zwar aus der Hand“, entgegnete Bartsch auf den fragenden Blick Bergers, „aber dieselbe ins Feuer legen für ihn, kann ich nicht.“

Berger nickte dankbar und verließ die Zelle.

„Abschließen solltest du auch, Gerd“, fügte Bartsch hinzu. „Sicher ist sicher!“

Nachdem Berger auch dieser Aufforderung nachgekommen war, schaute er erstaunt zu Bartsch, als dieser in die Nebenzelle ging und die Tür hinter sich zuzog.

„Es ist besser, wenn du mich ebenfalls einschließt, Gerd. Ich habe selbst Sorge davor, dass ich außer Kontrolle gerate. Es wäre im jetzigen Fall sogar für *mich* furchtbar!“

***

In der süddeutschen Klinik wartete man an diesem Tag vergeblich auf die Ankunft des angekündigten Patiententransportes. Die Telefondrähte zwischen den beiden Kliniken liefen mittlerweile heiß. Keiner wusste, was geschehen war. Alle Versuche, Berger und van Baal über Handy zu erreichen, schlugen fehl. Bis dann endlich van Baal aus seiner Betäubung erwachte und sich schlaftrunken am Mobilgerät meldete. Mittlerweile waren mehrere Stunden vergangen und von Berger längst keine Spur mehr vorhanden.

In Bergers Dienststelle schlug man die Hände über den Kopf zusammen, als man dort die Nachricht von der Entführung erhielt. Mit so etwas hatte überhaupt keiner gerechnet. Entsprechend war die Ratlosigkeit, wie man denn nun vorgehen sollte. Natürlich war umgehend die Polizei informiert worden, doch die fand eben nur jenen verärgerten van Baal an, der alle Eide der Welt schwor, dieses Desaster Berger heimzahlen zu wollen.

„Ich weiß nicht, ob es Sinn macht, unter uns einen Schuldigen zu suchen“, meinte Dr. Kleine zu ihrer Kollegin Weilinghoff. „Wenn überhaupt jemanden die Schuld trifft, dann hat es Ströbels zu verantworten.“

„Da muss ich dir zustimmen“, schloss sich Weilinghoff an. „Schließlich war es ja seine Idee, Berger mitzuschicken.“

„Der Gedanke“, sinnierte Kleine, „dass Berger mit den Leuten gut umzugehen weiß, rechtfertigte nicht, ihm derartiges Vertrauen zu geben. Man sieht ja, was dabei rauskam!“

„Und sowieso, solche therapeutische Gedanken zu hegen, dass der Umgang mit Bartsch und Schieber seinen Verarbeitungsprozess fördere“, erregte sich Weilinghoff, „hatte von vornherein bei mir Bedenken ausgelöst!“

„Bei mir ehrlich gesagt auch.“ Kleine schloss sich dem Erregungszustand gern an. In Bezug auf die Verantwortung war es für beide momentan praktisch, dass Ströbels nicht zugegen war. „Und dann macht sich unser werter Kollege auch noch auf in den Urlaub, das stell’ sich mal einer vor!“

„Ich will ja nicht stören“, mischte sich Schullenberg ein, der dazukam. „Aber ich hatte da so eine Idee!“

„Und welche ...?“ Kleine tat so, als fühlte sie sich durch Schullenbergs Unterbrechung gestört.

„Ich habe mir die Begleitpapiere nochmals genau angeschaut, nachdem die Entführung bekannt wurde.

„Und ...?“, meinte Dr. Kleine nun skeptisch.

„Als ich sie zum ersten Mal sah, war es für mich sicher, dass sie Ströbels ausgefüllt hatte.“

„Hat er das etwa nicht?“

„Nun“, fuhr der Stationspfleger fort. „Ich habe sie vorhin neben andere Dokumente gelegt, die Ströbels auch handschriftlich ausgefüllt hatte. Und siehe da, die Schriften waren ähnlich, aber man sieht, wenn man genau hinschaut, dass sie nicht identisch sind.“

„Ach, ist ja interessant“, sagte Kleine und nickte dabei Weilinghoff zu.

„Auf den Punkt gebracht: Berger hat die Transportpapiere gefälscht, das ist sicher!“

„Warum haben Sie die Schriften nicht eher verglichen?“, fragte Dr. Kleine nun vorwurfsvoll.

Schullenberg glaubte nicht richtig zu hören: „Wie bitte?“, meinte er entsetzt und nahm dabei eine Kampfhaltung ein.

„Sie haben schon richtig gehört“, kam die gereizte Antwort. „Warum nicht ...?“

„Warum haben Sie mich nicht damit beauftragt?“, fragte Schullenberg spitz zurück. „Sie waren doch auch nicht mit der Begleitung einverstanden!“

„Ich ..., äh ...“ Dr. Kleine wurde nun äußerst verlegen.

Schullenberg nickte nur bitter: „Bevor Sie mich mit Dreck bewerfen wollen, Frau Doktor, sollten Sie sich an die eigene Nase fassen!“

Der Stationspfleger drehte sich kurzerhand um und ließ die Damen einfach stehen. „Das wäre ja noch schöner“, schimpfte er leise. „Zum Mülleimer für die werde ich mit Sicherheit nicht!“

Verärgert ging er zu seinem Büro und lief dabei fast Aymanns über den Haufen.

„Hoppla“, meinte dieser, „warum denn so eilig?“

„Hör bloß auf mit unserer Obrigkeit“, schimpfte Schullenberg gereizt. „Sobald sie ihre Haut retten können, wollen sie von dem, was sie gesagt haben, plötzlich nichts mehr wissen!“

***

„Einfach nicht zu glauben“, sagte Popp zu Pimpelkamp und schlug sich mit der flachen Hand gegen die Stirn. Er hatte soeben von der Entführung Bartschs und Schiebers erfahren. „Nie hätte ich das dem Berger zugetraut! Nicht zu glauben!“ Popp kriegte sich nicht mehr ein. Noch immer wollte er es nicht wahrhaben.“

„Ich habe es doch gleich vermutet, Mucke“, triumphierte Pimpelkamp fast.

„Der gesamte Plan, der Aufwand, die Logistik ..., einfach nur faszinierend!“ Die Stimme des Hauptkommissars klang beinahe begeistert. „Und dann noch derart raffiniert vorgegangen, dass selbst wir ihm auf den Leim gegangen sind! Ein bisher einmaliger Fall in der Kriminalgeschichte. Eine vergleichbare Geschichte ist mir jedenfalls nicht bekannt!“

„Du meinst wohl, *du* bist ihm auf den Leim gegangen. Ich hatte sofort meine Zweifel!“

„Ist ja gut, Holger“, meinte Popp etwas verärgert. „Das war doch wirklich nicht anzunehmen!“

„Wann soll ich denn nun den Termin für dich machen?“, grinste Pimpelkamp.

„Termin? ... Welchen Termin?“ Popp wusste im Moment nicht, was sein Kollege damit meinte.

„Na, beim Urologen natürlich“, lachte Pimpelkamp. „Ich erwarte natürlich, dass du deinem Versprechen nachkommen wirst! Also, wann geht es ab zum Nussknacker?“

Nun wurde Popp aber wirklich sauer: „Es reicht, Holger! Du solltest nicht vergessen, dass wir unseren Job erledigen müssen. Das andere war nur so eine Redensart!“

„So, so ..., Redensart also“, grinste Pimpelkamp schmierig. Dann besann er sich: „Und wo sollten wir sie jetzt suchen? Wir haben doch keinerlei Hinweise oder sonst was!“

„Richtig“, stimmte Popp zu. Die können überall und nirgendwo sein. Hamburg, München, Berlin oder im Ausland ..., kein Ansatz, nichts! Und auf irgendwelche Hinweise können wir lange warten. Der Berger hat alles generalstabsmäßig vorbereitet und sicherlich niemanden in seine Pläne eingeweiht. Also können wir auch niemanden befragen!“

„Das heißt also: Herumsitzen und warten, bis das Telefon klingelt“, sagte Pimpelkamp bitter.

„Genau so ist es“, stimmte Popp zu. „Und dabei können wir uns überlegen, was wir dann den Presseleuten erzählen. Die Öffentlichkeit ist ja ohnehin schon sensibel, was uns betrifft. Und das zu Recht, wenn man an den schmierigen Prozess denkt, für den ich mich aufs Schlimmste schäme!“

„Nicht nur du, Mucke“, nickte Pimpelkamp. „Bin gespannt auf Kämmerers Kommentar.“

„Für den wird's auch immer unangenehmer“, sagte Popp. „Aber er ist selbst schuld. Genauso selbst schuld, wie Schurecke und Utikal!“

„Wie meinst du das?“

„Nun, in deren Haut möchte ich jetzt wirklich nicht stecken! Wir können uns doch an den Fingern abzählen, was Berger mit ihnen vorhat, warum er die schlimmsten Sexualstraftäter entführt hat, die das gesamte Universum zu bieten hat!“

„Aber hallo“, stimmte Pimpelkamp zu.

„Man darf es ja nicht laut sagen“, flüsterte Hauptkommissar Popp. „Aber wenn ich mal ganz ehrlich bin: Denen gönne ich es von ganzem Herzen, dass sie genau das erleben werden, was sie anderen angetan haben.“

„Trotzdem bleibt es ein Verbrechen, das wir zu verhindern haben, Mucke.“

„Juristisch hast du völlig recht, Holger. Aber vom Rechtsempfinden her tendiere ich in diesem Fall eher zu der Philosophie des Alten Testamentes die da heißt: ‚Auge um Auge, Zahn um Zahn!‘“

„Ich ehrlich gesagt auch“, stimmte Pimpelkamp zu.

„Jetzt werden Schurecke und Utikal mal so richtige ‚Vollblut-Darmstädter‘ kennenlernen, die auf bestialischste Art ihren Mastdarm bearbeiten werden. Hoffentlich erinnern sie sich dabei an die armen Kinder, die sie schändeten!“

„Glaubst du das wirklich?“, zweifelte Pimpelkamp.

„Nein, bestimmt nicht! Die Charaktere von Feiglingen können so etwas nicht.“

„Ich mag gar nicht daran denken, wie die zugerichtet sein werden, wenn wir sie auffinden“, seufzte Pimpelkamp.

„Richtig. Wer sucht, ist nicht immer zufrieden mit dem, was er findet …“

***

Als hätte er es gewusst! Franz Aymanns wäre beinahe stolz auf sich selbst gewesen, wenn die Lage für seinen Freund Gerhard nicht so ernst gewesen wäre. Aber er hatte sich gleich gedacht, dass Gerd etwas im Schilde führte. Doch er hatte Sorge um seinen Freund. Sorge, dass dieser sich sein Vorhaben nicht gut überlegt hatte. Was er da beabsichtigte, konnte er sich ausmalen. Franz Aymanns hatte ein sehr schlechtes Gefühl und irgendwie drängte sich ihm der Gedanke auf, dass er seinen besten Freund nicht mehr wiedersehen würde.

Dieses schlechte Gefühl trieb den Mann nach Dienstschluss zu Bergers Haus. Vielleicht war es der Drang sich selbst davon überzeugen zu müssen, dass Gerhard Berger dort nicht aufzufinden war. Dass das so sein würde, stand natürlich schon vorher fest, aber irgendwie war da etwas anderes, das ihn dort hintrieb, ohne zu wissen, was es sein könnte.

Und so stand Franz Aymanns dann vor Bergers Anwesen. Es war völlig ruhig um das Haus herum. Reporter oder sonst wel-

che Medienbeauftragte hatten die Hoffnung schnell aufgegeben, hier irgendwelche Neuigkeiten festhalten zu können. Als durchgesickert war, dass Berger der Entführer von Schurecke und Utikal war, der schon seit Wochen von der Polizei gesucht wurde und der auch jener sei, der sich bei Bartsch und Schieber als Täter auswies, war das Haus kurzzeitig von ihnen geradezu belagert worden. Als man jedoch feststellte, dass sich dort gar nichts tat, zogen die Reporter auch genauso schnell wieder ab.

Aymanns trat durch das kleine Gartentor und musterte das Haus. Die Rollläden waren noch immer hochgezogen, als wäre noch jemand anwesend. Außer der Stille gab es keinerlei Hinweise auf eine Abwesenheit, wie das bei Urlaubern oftmals augenscheinlich ist. Aymanns schritt auf das Haus zu. Etwas abseits von der Haustür stand jener alte Gartenzwerg, den Sabine Berger so abgrundhässlich fand und am liebsten in die Tonne geworfen hätte. Doch ihr Gerhard weigerte sich stets, weil es ein Lieblingsteil seines Vaters gewesen war und bei ihm irgendwie immer Erinnerungen an eine schöne Kindheit hervorspülte.

Aymanns lächelte, denn er wusste, dass sich im Inneren jenes Zwerges in einer kleinen Schatulle der Haustürschlüssel befand, der besonders häufig von den Kindern genutzt wurde, wenn sie ihren vergessen hatten. Aymanns hob den Zwerg an und schaute auf die Öffnung am Boden der Figur, die mit einem Gummipfropf verschlossen war. Nachdem er jenen Pfropf entfernt hatte, erblickte er auch schon die Schatulle. Vorsichtig nahm er sie heraus und öffnete sie, als wäre dort ein Schatz verborgen. Dabei erfassten ihn Traurigkeit und Wehmut, die einem endgültigen Abschied gleichkamen. Erstaunt stellte Aymanns fest, dass neben dem Schlüssel ein zusammengefalteter Zettel lag, den er gespannt auseinanderfaltete. Schon nach wenigen Augenblicken wusste der Mann, dass es eine Art Bestimmung gewesen sein musste, die ihn hierher getrieben hatte, denn der Brief war an ihn gerichtet. Gerhard musste sich sicher gewesen sein, dass sein Freund genau das tun würde, was Aymanns soeben tat.

Mit feuchten Augen fing er an, die Zeilen zu lesen: ‚Mein lieber Freund. Wenn du diese Zeilen liest, ist es möglich, dass ich nicht mehr unter euch weile. Es mag sein, dass viele mich verurteilen werden für das, was ich getan habe. Ich gehe jedoch von euch, ohne Schuldbewusstsein zu empfinden, denn die, die ich richtete, haben mir alles genommen, was ich liebte. Sie sollten genau das durchleben, was sie meinen Kindern antaten. Dies kann kein Unrecht sein! Bitte lass mich neben meinen Liebsten die letzte Ruhe finden und denke ab und zu an mich. Es war eine schöne Zeit, dich als Freund zu haben und es ist schade, dass sie durch ein Verbrechen beendet wurde. Leb wohl und nimm alle für mich in den Arm, die mir nahe gestanden haben. Dein Freund Gerd.‘

Aymanns wischte sich eine Träne aus dem Augenwinkel und faltete das Blatt bedächtig zusammen.

„War es etwas Wichtiges?“, kam wie aus dem Nichts eine Stimme von der Seite her.

Aymanns zuckte vor Schreck zusammen und wandte sich um. Vor ihm standen zwei Männer, die ihm bekannt vorkamen. Er wusste nur nicht, wo er sie einordnen sollte.

„Tut mir leid, wenn ich Sie erschrocken habe“, meinte Popp und hob seine Hände beschwichtigend in die Höhe.

„Wer sind Sie?“, fragte Aymanns, nachdem sich sein Schreck gelegt hatte.

„Ich bin Hauptkommissar Popp und das ist mein Kollege Pimpelkamp. Ich denke mal, dass Sie uns schon mal gesehen haben, wir sind mit der Sache Berger beauftragt.“

„Ach, ja“, entgegnete Aymanns. „Sie waren auch auf der Station. Und Ihre Namen standen ja überall in den Zeitungen.“

„Genau. Und liebevoll waren die Geschichten über uns zudem auch nicht gerade.“

„Wundert sie das?“, fragte Aymanns mit einem leichten Schwall von Vorwurf in der Stimme.

„Nein“, gab Popp ehrlich zu, „doch das lag nicht an uns.“

„Mag sein“, entgegnete Aymanns bitter, „aber gerade das war es, was meinem Freund den Rest gab. Vielleicht hätte sich Sabi-

ne nie etwas angetan, wenn man jene Verbrecher gerecht bestraft hätte!"

„Berger war ihr Freund?", wechselte Popp das Thema. Zumal ihm die andere Geschichte auch unangenehm war.

„Kann man sagen."

„Guter Freund?"

„Freund und Arbeitskollege", entgegnete Aymanns. „Auch unsere Frauen und Kinder waren befreundet und trafen sich regelmäßig."

„Ich sah vorhin, dass Sie einen Zettel in der Hand hatten."

„Ein Abschiedsbrief von Gerd." Dabei reichte ihm Aymanns das Schreiben.

Popp las es kurz durch und reichte es dann weiter zu Pimpelkamp: „Wir haben beobachtet, dass Sie das aus dem Gartenzwerg dort genommen haben."

Aymanns nickte nur zustimmend.

„Ein bekanntes Versteck", entgegnete er.

„War dort sonst noch was drin, was für uns interessant wäre?", fragte Popp weiter.

„Hier, der Haustürschlüssel." Aymanns händigte dem Kriminalbeamten den Schlüssel aus.

„Oh, ja ..., das ist gut", freute sich Popp. „Dann brauchen wir die Tür nicht aufzuknacken."

„Sie wollen im Haus bestimmt schauen, ob Sie etwas finden, was Ihnen Rückschlüsse auf Gerhards Versteck geben könnte?", kombinierte Aymanns völlig richtig.

„Bingo", freute sich Popp über die Schafsinnigkeit des Mannes. „Vielleicht können Sie uns ja dabei helfen? Sie kennen Ihren Freund doch besser als wir."

„Gern", meinte Aymanns und folgte den Männern bereitwillig ins Haus. Vorher nahm Pimpelkamp noch kurz Aymanns Personalien auf. Man war sich sicher, dass man später noch Rückfragen an ihn haben würde.

Und so streiften Popp und Pimpelkamp durch das Anwesen und suchten irgendwelche Hinweise, mit denen sie etwas anfangen konnten, gefolgt von Aymanns, den eher die

Wehmut ergriffen hatte, einen geliebten Freund verloren zu haben.

Doch Gerhard Berger war viel zu geschickt gewesen, als dass er irgendwelche Anhaltspunkte offen liegen gelassen hätte. Natürlich war er sich sicher gewesen, dass man sein Haus durchsuchen würde. Insofern hatte er alles, was nach einem konkreten Hinweis aussah, sorgfältig entfernt.

„Was hast du da?", fragte Popp seinem Kollegen, der in der Schublade des Wohnzimmerschrankes einen Stapel Papiere durchwühlte.

„Das sind alles Prospekte von Ausflugszielen", entgegnete Pimpelkamp. „Praktisch aus ganz Deutschland."

„Scheint viel herumgekommen zu sein, der Mann."

„Das stimmt", schaltete sich Aymanns ein. „Gerd war mit seiner Familie viel unterwegs. Große Urlaube konnten die sich genauso wenig leisten, wie ich mir mit meiner Familie. Deshalb machten sie oft kleine Tagestouren, an denen auch wir oft teilnahmen."

„Lass mal sehen." Popp nahm die vielen Prospekte und blätterte einige von ihnen flüchtig durch.

„Was für uns dabei?", meinte Pimpelkamp.

„Nichts Besonderes", sagte der Kommissar schließlich und legte sie wieder in die Schublade zurück. Er wusste nicht, dass er gerade jenen Hinweis verwarf, der auf Bergers Versteck hinwies. Zwischen den vielen Prospekten war auch der vom Führungsbunker in der Eifel …

X.

Mit von Todesangst geprägten Augen verfolgten Schurecke und Utikal die Vorgänge im Bunker. Berger unterhielt sich leise durch die Gitterstäbe der Zelle hindurch mit jenem Fremden, den er Adolf nannte, während der andere auf seiner Pritsche fest schlief. Besonders dieser Mann flößte ihnen Furcht ein. Er sah im Gesicht aus wie ein Monster und sein Körperbau war durch Verwachsungen missgestaltet. Quasimodo hätte es durchaus mit ihm aufnehmen können, was Schaurigkeit und Hässlichkeit betraf.

Plötzlich rekelte sich das Ungetüm und streckte mit einem Seufzer alle viere von sich.

„Oh", sagte Berger zu Bartsch, „unser Egon wird wach!"

„Schau erst mal, wie der drauf ist, bevor du ihn rauslässt", warnte Bartsch. „Der kann unberechenbar sein!"

„Wem sagst du das, Adolf", lächelte Berger. „Ich denk mal, ich kenne ihn auch ein wenig."

Mit den eckigen Bewegungsabläufen eines Frankenstein-Monsters setzte sich Schieber auf und musterte die Umgebung. Als er in den Bunker geführt wurde, war er noch zu benommen gewesen, um den Aufenthaltsort bewusst wahrzunehmen. Insofern blickte er skeptisch von Person zu Person, um sich zu orientieren.

„Hallo, Egon", rief Bartsch ihm laut zu. „Alles im Lot mit dir?"

„Was ist das!?", kam die horrende Stimme wie von einem Dämonen.

„Du bist hier in Sicherheit", beruhigte ihn Bartsch. „Es wird dir nichts passieren!"

„Durst", kam die Antwort. „Durst habe!"

Berger reichte ihm eine Plastikflasche mit Cola, die er so gerne trank, durch die Gitterstäbe. Fast in einem Zug saugte er sie leer, wobei ein Teil der Flüssigkeit an seinem Hals hinunterlief.

Nach einem lauten Rülpser stellte er dann die Flasche auf den Beistelltisch und blickte erneut umher. Erst jetzt schien er so richtig wach zu sein.

„Möchtest du noch etwas haben?“, fragte Berger.

„Pissen, will pissen!“ Schieber schlurfte zu der Toilette in der Ecke der Zelle und urinierte dann in das Becken, ohne dass es ihn im Geringsten störte, dass er von allen Seiten beobachtet wurde. Es mochten wohl Geräusche ähnlich denen eines urinierenden Pferdes sein, die zu ihnen drangen. Dann wandte er sich wieder dem Geschehen zu.

„Der Gerhard hat auch eine Überraschung für uns“, sagte Bartsch zu Schieber in einem Ton, als stünde die Bescherung am Heiligabend bevor.

Schieber horchte auf und schaute Bartsch fragend an.

„Was hat ...?“, meinte er im furchterregenden Ton.

Bartsch deutete auf Schurecke und Utikal, die den Vorgang vor Angst zitternd beobachtet hatten.

„Die beiden können wir zwei vernaschen“, sagte Bartsch, in dem sich langsam die Erregung breitmachte. Es war das Durchbrechen eines Triebes, der bei ihm zum Kontrollverlust führte und zur Erscheinung und Intelligenz von Bartsch eigentlich gar nicht passte. Während dieser Phase war sein Wesen dann völlig verändert und machte ihn zum reißenden Tier.

Schieber schaute langsam zu Schurecke und Utikal. Während sich in seinem Gesicht ein breites Grinsen auftat, zuckten die beiden Männer angsterfüllt zusammen.

„Ah ..., die!“

„Da staunst du, was? Ist doch nett von unserem Gerhard, nicht wahr?“, lachte Bartsch, der es vor Erregung kaum noch aushielt. Nur mühsam konnte er sie unterdrücken.

„Ficken“, fauchte Schieber nur. „Will ficken!“

Berger öffnete die beiden Zellen.

„Bitteschön, es ist angerichtet“, sagte er höflich.

Bartsch und Schieber folgten ihm zu Schureckes Zelle.

Dieser saß zusammengekauert auf seinem Schlafplatz und hatte die Beine angezogen. Verzweiflung breitete sich in ihm aus, Verzweiflung, über das, was jetzt passieren würde und darüber, dass es unabwendbar war.

„Berger“, flehte er mit zittriger Stimme, während Berger die Zelle aufschloss. „Ich flehe Sie an, bitte, bitte verschonen Sie mich mit diesen Ungetümen!“

„Ficken, will ficken“, grunzte Schieber dabei, während Bartsch nur gierig grinste. Besonders bei ihm fiel auf, dass sich seine Gesichtszüge völlig verändert hatten, beinahe hin zum Animalischen.

„Weißt du noch, wie meine Kinder hießen?“, fragte Berger mit harter Stimme, während er die Zelle wieder hinter Bartsch und Schieber abschloss.

„Neiiin, Berger“, schrie Schurecke, während die beiden Männer sich ihm näherten.

Utikal beobachtete den Vorgang aus der Nebenzelle. Er hatte die Hände vors Gesicht geschlagen und schluchzte laut auf. Ihm war klar, dass das Gleiche auch ihm bevorstand.

„Ronja und Marcus hießen sie“, sagte Berger nur. Dabei beobachtete er den vor Angst fast sterbenden Schurecke gleichsam mit Wohlwollen und Angewidertsein.

Währenddessen knöpften sich Bartsch und Schieber die Hosen auf und streiften sie ab. Die sexuelle Erregung war bei beiden offensichtlich, denn ihre Glieder richteten sich zusehends auf.

Langsam schritt Bartsch auf Schurecke zu und riss ihm am Haarschopf seines Hinterhauptes so, dass sich Schureckes Mund vor seinem Glied befand.

„Du lutscht jetzt meinen Schwanz“, befahl er.

„Nein, bitte nicht“, stammelte Schurecke.

In diesem Moment traf ihn Bartschs Faustschlag mitten ins Gesicht. Eine klaffende Wunde tat sich an Schureckes Oberlippe auf und das Blut tropfte an seinem Kinn hinunter.

Das schien Bartsch umso mehr zu erregen. Erneut riss er ihm an der Mähne: „Ich schlage dich tot, wenn du jetzt nicht anfängst“, sagte er gefährlich leise.

In Todesangst und voller Ekel öffnete Schurecke seinen Mund und kam der Aufforderung langsam nach.

Ihn traf erneut Bartschs der Fausthieb: „Schneller, mehr“, keuchte dieser, wobei sich seine Erregung zunehmend steigerte.

Mit vor Ekel zusammengekniffenen Augen kam Schurecke auch dieser Aufforderung nach. Währenddessen stand Schieber daneben und konnte es kaum abwarten, endlich auch dran zu sein.

Bartsch stöhnte laut auf, als sich sein Glied in Schureckes Mund ergoss. Wie besessen nahm er Schureckes Haupt zwischen seine Hände und stieß ihm das Glied in die Mundhöhle soweit er konnte. In rhythmischen Bewegungen immer und immer wieder.

Paul Schurecke konnte nicht anders. Mit einem weiten Schwall entleerte sich sein Mageninhalt, während er noch Bartschs Glied in seinem Mund hatte.

„Du Schwein“, schrie Bartsch, während das warme Erbrochene an seinen Beinen herunterlief. Voller Wut schlug er auf Schurecke ein, der schließlich benommen auf dem Boden liegen blieb.

„Ich jetzt“, rief Schieber nahezu begeistert, schob Bartsch zur Seite und stürzte sich auf den fast leblosen Schurecke. Was dieses Ungetüm nun mit ihm anstellte, welche perversen Triebe und Fantasien es an ihm auslebte, war nicht zu beschreiben. Als Schieber mit seiner ‚Arbeit‘ fertig war, fiel Bartsch nochmals über den mittlerweile bewusstlosen Schurecke her.

Nach einer endlosen Zeit saßen Bartsch und Schieber erschöpft auf Schureckes Bett und keuchten nach Luft. Vor ihnen lag Schurecke, blutverschmiert und mit Erbrochenem besudelt. Ein säuerlicher Geruch durchzog die Luft, der Bartsch und Schieber nicht im Geringsten zu stören schien.

Gerhard Berger hatte sich abgewandt. Er war sich seines Unrechts bewusst. Ihm war klar: Er war zu einer Bestie geworden. Wie die vier Männer vor ihm, nur, dass er diese Verbrechen nicht selbst ausführte, sondern ausführen ließ. Bestand hierin ein Unterschied? Während der Gefühle des Angewidertseins und des Ekels tauchten immer wieder die Bilder von Ronja und Marcus vor ihm auf. Wie die beiden zufrieden nebeneinander spielten und Sabine neben ihm sitzend dem Treiben zuschaute. Diese heile Welt wurde ihm von Schurecke und Utikal genommen und hierfür mussten sie ihren Preis bezahlen. Ob es wirklich Unrecht

war, sollte später einmal der Herrgott entscheiden. Nun jedoch musste für die Taten der beiden Verbrecher ihr Blutzoll entrichtet werden!

Als Bartsch und Schieber wieder bei Kräften zu sein schienen, meinte Berger zu ihnen mit heiserer Stimme: „Habt ihr genug?“

„Im Moment, ja“, entgegnete Bartsch grinsend. „Du kannst uns ja schon mal in die Zelle des anderen lassen. Ich denke, wir kommen wieder in Fahrt, wenn wir erst mal bei ihm sind.“

„Wollt ihr euch nicht erst abwaschen? Ihr seid doch voller Schmutz und Blut?!“

„Mich stört das nicht und Egon wohl auch nicht!“

Berger öffnete die Zelle und geleitete die Männer zu dem beinahe vor Angst sterbenden Utikal. Im Grunde war Berger von dem Szenario angewidert, doch der Drang nach Vergeltung unterdrückte dieses Gefühl.

Utikal hatte seine Augen weit aufgerissen und schüttelte entgeistert mit dem Kopf: „Neiiin, Gnade, Berger, Gnade“, stammelte er.

„Hatte ich auch dich gefragt, wie meine Kinder hießen?“, fragte ihn Berger genauso kalt wie vorher Schurecke.

„Bitte, nein!“ Utikal weinte nun hemmungslos. „Es tut mir unendlich Leid, was geschehen ist, Herr Berger“, flehte er. „Bitte verzeihen Sie mir, bitte!“

„Meine Kinder, wie hießen sie?“, kam erneut die grausame Frage.

„Bitte, bitte nicht ...!“

„Ronja und Marcus hießen meine Kinder“, entgegnete Berger erbarmungslos ...

***

Kuschnickels Augen weiteten sich. Er hatte soeben den Befund der DNA-Analyse bekommen, die mit jenem mysteriösen Zettel in Zusammenhang stand, der seinerzeit Popp zugespielt und wodurch auf die Corvette von Paul Schurecke hingewiesen wurde. Es war eher Routine gewesen als gezielte Suche, dass Kuschni-

ckel das fand, was er nun vor sich in den Händen hielt. Gespannt auf das Gesicht des Hauptkommissars nahm er den Befund und ging zu Popps Büro.

„Hallo Benno“, wurde er von Popp begrüßt. „Was Neues?“

Kuschnickel nickte nur bitter: „Das kann man wohl sagen, Mucke. Du wirst nicht glauben wollen, was ich da gefunden habe!“

„Nun mach es nicht so spannend, sag schon“, forderte Popp ihn auf. Kuschnickel hatte ihn nun wirklich neugierig gemacht.

„Dieser besagte Zettel, der uns allen Rätsel aufgab und von dem wir bislang nicht wussten, von wem er stammt“, leitete Kuschnickel seinen Vortrag ein.

„Und …?“, drängte der Hauptkommissar ungeduldig.

„Ich habe ihn nochmals analysiert.“

„Aha“, meinte Popp erfreut. „Sag bloß, du weißt es jetzt!“

„Ja, ich weiß es.“

„Mensch, Benno, willst du mich vergackeiern?“, knurrte Popp regelrecht. „Den Namen!“

„Er kommt aus dem Hause Schurecke.“

„Waaas?“, meinte Popp ungläubig. „Holger, hast du das gehört?“, fragte er Pimpelkamp, der soeben zur Tür hereingekommen war.

„Hab ich“, meinte dieser kopfschüttelnd. „An alles hätte ich geglaubt. An Neider, enttäuschte Geschäftspartner von Schurecke oder sonst wen. Doch aus den eigenen Reihen …?“

„Und wer ist es?“, drängte Popp nun ungeduldig.

„Der Butler“, sagte Kuschnickel knapp.

Popp schaute erstaunt auf und wechselte einen kurzen Blick mit Pimpelkamp. Schließlich meinte er: „Wie bist du überhaupt darauf gekommen, gerade bei ihm nach dem Zettelschreiber zu suchen?“

„Reiner Zufall. Ich war mit einem Kollegen der SPUSI vor Ort und hab in dem Gemach des Sohnes von Schurecke nach irgendwelchen Hinweisen gesucht, die uns zu seinen Entführern schicken könnten.“

„Interessant“, sagte Popp. „Weiter!“

„Nun, der Butler bot uns ein Tässchen Kaffee an und servierte es auch. Ich weiß nicht, welche Eingebung mich dazu brachte,

das Tässchen heimlich einzustecken. Doch später verglich ich alle Spuren auf der Tasse mit denen auf dem Zettel und … Volltreffer!“

Popp lehnte sich in seinem Stuhl zurück: „Der Butler also“, sinnierte er dabei vor sich hin. „Ich bin gespannt, was der uns dazu zu sagen hat!“

***

„Gibt es etwas Neues von unserem Sohn?“, fragte Elvira Schurecke gespannt, nachdem Popp und Pimpelkamp ihr gegenüber Platz genommen hatten. Natürlich war sie voller Erwartung, als die Kriminalbeamten erschienen. Diese Erwartung beinhaltete Hoffnung und Leid gleichzeitig.

„Was Neues schon“, meinte Popp sich windend. Er wusste nicht so recht, wie er das Gespräch angehen sollte und wie die Familie auf diese Neuigkeit reagieren würde.

„Ich verstehe Sie nicht“, entgegnete die Frau, wobei sich ihre Anspannung steigerte. Ihr Mann Josef hingegen wirkte geradezu teilnahmslos. Beinahe desinteressiert schaute er die Beamten an, ohne irgendwelche Regungen in seinem Antlitz.

Popp atmete tief durch und nickte dabei verheißungsvoll.

„Gibt es nun etwas über meinen Sohn zu berichten oder nicht?“ Elviras Stimme klang nun etwas ungeduldig.

„Nun“, leitete Popp das Gespräch nun ein. „Von Ihrem Sohn leider nicht, tut mir leid.“

„Von was oder wem denn sonst?“ Die Stimmung der Frau drohte umzuschlagen.

„Ist Ihr Butler im Haus?“, fragte Popp.

„Was soll das denn jetzt?“ Das Gemüt der Frau war nun wirklich ins Unfreundliche geglitten. „Wollen Sie uns auf den Arm nehmen?“, fragte sie verärgert.

„Nein, wirklich nicht“, beteuerte Popp, dem der Stimmungsumschwung der Frau sichtlich unangenehm war. „Bitte lassen Sie ihn kommen, dann werden Sie selbst sehen.“

Mit bösem Blick ergriff Elvira Schurecke das kleine Glöckchen auf dem Tisch und läutete damit. Schon nach kurzer Zeit erschien dann Butler Manfred.

„Sie haben nach mir gerufen, Madam?“, fragte er dezent zurückhaltend.

„Rufen lassen“, wandte Popp ein und schaute ihm fest ins Gesicht.

Ein Adrenalinstoß durchfuhr den Butler. Ihm war in diesem Moment klar, dass er nun Farbe bekennen musste. Er nickte nur zustimmend, als der Kommissar jenen kleinen Zettel hochhielt.

„Sie kennen ihn also?“, fragte Popp.

„Ja, ich habe ihn geschrieben“, kam die aufrichtige Antwort des Butlers.

„Und aus welchem Grund?“

„Darüber möchte ich hier nicht sprechen“, kam die reservierte Antwort.

„Das werden Sie wohl müssen“, meinte Popp bitter lächelnd.

„Später werde ich das gern tun“, antwortete Manfred genauso lächelnd, wie Popp.

„Was ist hier eigentlich los“, rief Elvira Schurecke nun sehr zornig aus.

„Auf diesem Zettel hier ist der Hinweis auf Ihren Sohn vermerkt, der ihn in Tatverdacht brachte“, bemühte sich Popp der Frau vorsichtig zu erklären. Darum hatte er auch ‚Tatverdacht‘ anstatt Mordhinweis gesagt.

Elvira Schurecke musste sich erst mal sammeln. Wie wild arbeitete es in ihr, dabei war das Antlitz von Fassungslosigkeit und Unglauben gekennzeichnet.

Entsetzt blickte sie den Butler an, als sie schließlich mit bestürzter Stimme sagte. „Stimmt das, Manfred, was der Kommissar da sagt?“

„Ja, Madam.“

„Sie sind ab sofort fristlos gekündigt, Manfred! Sie packen auf der Stelle Ihre Sachen und verschwinden aus unserem Haus!“

Mit tiefrotem Kopf schaute Butler Manfred Hilfe suchend zu Josef Schurecke.

„Ich hatte ihn damit beauftragt. Er hat nur das getan, was ich von ihm wollte“, wandte dieser fast nebensächlich ein, als säße man in gemütlicher Plauderrunde.

Im ersten Moment glaubte Elvira Schurecke, sie würde ihr Bewusstsein verlieren, als sie die Worte ihres Mannes vernahm.

„Du ...!?“, hauchte sie ungläubig in einem Ton, der der Ohnmacht nahekam.

Auch Popp und Pimpelkamp mussten erst mal verarbeiten, was sie da gehört hatten. Es passte überhaupt nicht zu dem, was in jenem Gerichtsprozess zu beobachten war. Auch die schmierigen Gemeinsamkeiten mit dem Polizeipräsidenten Kämmerer, der korrupte Richter und der Staatsanwalt, alles das lag im krassen Widerspruch.

„Ja“, sagte Schurecke mit wütendem Gesicht, „ich habe Manfred gebeten, den Hinweis der Polizei zuzuspielen! Das war, bevor ihr mich alle verrückt gemacht habt, dass wir allesamt unser Ansehen und unseren Status verlieren könnten. Unser Sohn ist ein gemeiner Verbrecher, der sich versündigt hat, wie man sich nur versündigen kann!“

„Ich glaub es nicht“, keuchte Elvira Schurecke und fasste sich dabei an ihr Herz. Es sah schon beängstigend aus, wie sie dabei nach Luft schnappte.

„Ja, ich war es wirklich“, kam nun die harte Entgegnung von Josef Schurecke. „Und soll ich dir was sagen? Ich bin jetzt froh, dass alles heraus ist!“

„Uiuiui ...“, kommentierte Popp nur.

„Ja, richtig, uiuiui“, sagte Schurecke entschlossen. „Es reicht! Von Anfang an wussten wir, dass unser Sohn schuldig war! Und nur um die Etikette zu wahren, haben wir gelogen, bestochen und manipuliert! Wenn man uns hierfür einsperrt, dann haben wir es verdient! Und du,“ dabei wandte sich Schurecke an seine Frau, „du wirst mich nicht mehr beeinflussen können, zu lügen! Ich schäme mich dafür, was ich getan habe und werde dazu stehen!“

Für einen längeren Moment herrschte nun absolute Stille im Raum. Jeder war mit seinen eigenen Gedanken beschäftigt. Mit

Ausnahme der Gefühle der Freude waren hier alle erdenklichen Sinnesempfindungen zugegen. Wut, Hass, Traurigkeit, Scham und alles, was die Gefühlswelt noch so zu bieten hatte.

„Sie können mich jetzt ruhig festnehmen, Herr Hauptkommissar“, unterbrach Schurecke schließlich die Stille.

Popp seufzte tief durch, bevor er antwortete: „Festnehmen werde ich Sie jetzt wohl nicht, aber etwas hören von der Staatsanwaltschaft, das werden Sie wohl doch“, entgegnete er beinahe entschuldigend. „Und diesmal wird es hoffentlich keine manipulierte Judikative sein.“

Josef Schurecke zwang sich ein bitteres Lächeln ab und hatte, wie unter einem Zwang, das Bedürfnis, Popp die Hand zu reichen: „Von mir jedenfalls nicht. Ich bin froh, dass nun die Lügerei und das Versteckspielen vorbei ist!“

Popp schaute dem Mann fest in die Augen. Dabei spürte er, dass dieser es ehrlich meinte.

***

„Guten Tag, Herr Popp“, kam die freundliche Begrüßung von der Eingangstür zum Büro her.

Überrascht über die überschwängliche Begrüßung blickte Hauptkommissar Popp erstaunt von seinem Schreibtisch auf. Polizeipräsident Gunther Kämmerer stand dort mit breitem Lächeln und tat so, als sei Popp sein allerbester Freund, den er schon seit Jahren nicht mehr gesehen hatte.

„Hallo“, entgegnete Popp knapp.

„Ich wollte nur mal kurz nach Ihnen schauen“, meinte Kämmerer liebenswürdig.

„Setzen Sie sich“, sagte der Hauptkommissar mit ernster Miene und fügte in seinen Gedanken ‚du Heuchler‘ hinzu.

„Schon was Neues im Fall Schurecke?“, kam die Frage gespielt beiläufig.

„Nee, alle wie vom Erdboden verschluckt.“

„Noch immer keine Spuren?“ Die Gesichtszüge Kämmerers schienen höchst interessiert.

„Ich denke, irgendwann werden wir sie alle mehr oder weniger durch Zufall auffinden. Dieser Berger hat das alles geschickter organisiert, als in jedem Kriminalroman."

„Nun, Sie tun ja, was Sie können", beschwichtigte Kämmerer. „Niemand wird Ihnen deswegen irgendwelche Vorwürfe machen können. Ich jedenfalls werde bei allen Ihrer Aktionen hinter Ihnen stehen, darauf können Sie sich verlassen!"

Am liebsten hätte Popp seinem Präsidenten jetzt ins Gesicht geschlagen. Der Mann widerte ihn einfach nur an.

„Gut zu hören", sagte Popp mit makaberer Stimme.

„Das habe ich ja stets getan", fuhr Kämmerer fort.

Popp schaute ihn nur abweisend an.

Kämmerer ordnete den Blick Popps richtig ein. Er fühlte sich denkbar unwohl, als er weiterredete: „Wir wissen ja alle, dass in diesem Fall so einiges schief gelaufen ist."

„Das kann man wohl sagen", entgegnete Popp bitter.

Kämmerer beugte sich weit zum Hauptkommissar vor und meinte eindringlich: „Popp, ich setze darauf, dass Sie mir gegenüber loyal sind!"

„Wie meinen …?", kam die spöttische Antwort.

„Dass Sie anderen gegenüber bestätigen, dass ich immer nur das Beste für alle wollte!"

„Ich bin doch nicht verrückt", rief Popp nun außer sich. „Sie wollten ausschließlich für sich selbst das Beste und sonst nichts!"

„Popp", beschwichtigte Kämmerer und dabei war ein leichter Tremor seiner Hände zu beobachten. „Es wird demnächst im Polizeipräsidium eine sehr hoch dotierte Planstelle frei, wäre das nichts für Sie …?"

„Waaas …?" Popp mochte nicht glauben, was er da hörte.

„Richtig viel Geld im Portemonnaie und einen Job voller Einfluss und Ansehen!"

Erneut verspürte der Kriminalbeamte den Drang zuzuschlagen. Und diese miese Gestalt, die vor ihm saß, hatte er einst geachtet!

„Nun …", drängte Kämmerer, „wollen Sie mir nicht antworten?"

„Dabei kann es sich nur um Ihre eigene Planstelle handeln, nachdem man Sie in die Wüste geschickt hat, tipp ich mal", kam die kalte Entgegnung. Dabei breitete sich zusehends der Zorn in ihm aus.

Kämmerer schaute den Hauptkommissar mit großen Augen an, als hätte dieser Majestätsbeleidigung begangen: „Werden Sie mal nicht unverschämt", meinte Kämmerer nun verärgert. „Noch bin ich Ihr Vorgesetzter!"

„Richtig, noch!" Popp war es dabei völlig egal, ob der Dialog für ihn Konsequenzen haben könnte.

„Wissen Sie überhaupt, wen Sie vor sich haben?"

Popp blickte dem Polizeipräsidenten beinahe frech ins Gesicht: „Allerdings", sagte er dabei bitter lächelnd.

„Ich kann auch anders", rief Kämmerer ärgerlich und erhob sich. Wutentbrannt verließ er den Raum.

„Ich würde an Ihrer Stelle die Polizei anrufen", rief ihm Popp noch spöttisch hinterher. Die Unverschämtheit, auch ihn zu seinen Zwecken benutzen zu wollen, konnte er kaum fassen.

„Was ist denn hier los?", fragte Pimpelkamp, der vom Präsidenten beinahe über den Haufen gelaufen wurde, als er das Büro betreten wollte.

„Sein letztes Aufbäumen, denk ich mal", kam die zerknirschte Antwort. Dabei musste Popp sich bemühen, wieder herunterzukommen.

„Du meinst, seine Zeit bei uns geht zu Ende?", grinste Pimpelkamp.

„Na, was denn sonst? Und nicht nur das, der kann sich auf ein ordentliches Strafverfahren einrichten. Korruption, Verschleierung einer Straftat und Amtsmissbrauch mit Vorteilsannahme. Ich denke mal, wir können uns bald für eine längere Zeit von ihm verabschieden!"

„Denkst du, der kommt ins betreute Wohnen?" So gravierend hatte Pimpelkamp darüber noch gar nicht nachgedacht.

„Natürlich kommt der in den Knast! Zusammen mit Staatsanwalt und Richter! Alle haben sie Dreck am Stecken, das glaubst du doch wohl!"

„Alles scheint sich wieder in geordnete Bahnen einzurenken“, nickte Pimpelkamp. „Dann wird sich auch der alte Schurecke warm anziehen können.“

„Bestimmt“, nickte Popp. „Doch einsperren wird man ihn wohl nicht. Er hat nur versucht, die Haut seines Sohnes zu retten, wie es alle Eltern machen würden. Doch eine saftige Geldstrafe wird auch er bekommen.“

„Ich schätze mal, der kann damit leben“, lachte Pimpelkamp. „Er hat doch genug davon.“

„Geld hat der im Überfluss. Doch das wird es nicht sein, was ihn fertigmachen wird.“

„Sondern?“

„Er hat sein Gesicht verloren. Seine Identität und alles, was Josef Schurecke zu Josef Schurecke machte …“

***

„Musst du schon am frühen Vormittag Alkohol trinken?“, fragte Margott Kämmerer ihren Mann vorwurfsvoll. „Hast du mal geschaut, wie spät wir es haben?“

„Lass mich einfach in Ruhe“, entgegnete dieser abweisend. Seine Augen hatten schon einen glasigen Glanz angenommen, wie es bei Alkoholisierten der Fall ist.

„Und unser Besuch heute Nachmittag? Willst du denen was vorlallen, wenn die kommen?“

„Die können mich mal“, entgegnete Kämmerer und goss sich dabei den nächsten Cognac ein. „Sag ihnen einfach ab, ich habe eh keinen Bock auf die!“

Margott Kämmerer ergriff erbost seinen Arm: „Gunther, hör jetzt endlich auf zu saufen! Das ist doch keine Lösung für deine Probleme!“

„Was weißt du schon …“, entgegnete ihr Mann bitter. „Ich bin erledigt, weißt du das überhaupt?“

„Und warum ist das so, an was mag das wohl liegen?“, fragte Margott provokant. „Waren das wieder mal andere …?“

Kämmerer schlug mit der flachen Hand auf den Tisch: „Jetzt fängst du auch noch an“, erregte er sich. „Für wen habe ich das denn alles getan?“

„In erster Linie für dich, machen wir uns doch nichts vor“, schimpfte seine Frau zurück. „Du warst dir doch stets immer selbst der Nächste!“

„Tu doch jetzt nicht so, als ob du davon nicht profitiert hättest“, höhnte Kämmerer. „Du hast doch immer in der ersten Reihe gestanden, wenn irgendwo gesellschaftlich etwas los war! In meinem Fahrwasser konntest du dich selbst produzieren, hast über mein Konto verfügen können und es dir dabei verdammt gut gehen lassen!“

„Und der Preis dafür?“, fauchte sie zurück. „Immer nur deine Entscheidungen brav abnicken dürfen! Nie durfte ich etwas Kritisches sagen, obwohl ich dabei fast hätte zerplatzen können, so war es doch!“

„Das war jener Preis dafür, eine große Dame markieren zu können! Ohne mich wärst du ein Nichts, eine absolute Null gewesen!“

Der Streit geriet nun aus den Fugen, er fand nur noch auf der emotionalen Ebene statt. Die Hilflosigkeit beider ließ keine Sachebene mehr zu.

„Diese Null hat aber keine Probleme mit dem Gesetz, wie du jetzt! Ich habe ein reines Gewissen und brauche mir keine Straftat vorwerfen zu lassen!“

„Du unverschämtes Weib!“ Kämmerer mochte diese Impertinenz nicht glauben.

„Ich sage es so, wie es ist!“

„Du kannst mich mal“, schimpfte Kämmerer außer sich. Wutentbrannt schnappte er sich die Cognacflasche und entfernte sich torkelnd.

„Wo willst du hin?“, fauchte ihm seine Frau hinterher.

„Nur weg von dir, du kotzt mich nur noch an“, entgegnete Kämmerer mit einer Stimme, wie sie verächtlicher nicht sein konnte.

„Idiot“, schrie seine Frau ebenso verächtlich. „Sauf dich von mir aus ins Koma, unserem Besuch sag ich ab! So einen Besoffenen möchte ich denen nicht zumuten!“

„Mir scheißegal“, schrie Kämmerer zurück und schwankte zu seinem Gartenhäuschen, das sich in einiger Entfernung befand.

„Blödes Weib“, schimpfte er sich noch immer nicht abregen könnend und riss die Tür der Holzhütte auf. Mit einem krächzenden Seufzer ließ er sich auf den Sessel fallen und setzte erst mal die Flasche an den Mund. Beinahe gierig nahm er ein paar kräftige Züge der betäubenden Flüssigkeit zu sich. Tief durchatmend merkte er, wie sich das brennende Nass in seinem Körper verteilte. Da er sonst ein verhaltender Trinker war, stellte sich die Wirkung recht schnell ein. Innerhalb kurzer Zeit wurde aus dem eingangs leichten ein ausgeprägter Rausch, dem er durch erneutes und recht kräftiges Nachkippen nachhalf.

Endlich fing Kämmerer an, sich zu beruhigen. Nachdenklich blickte er in der Hütte umher. So manche Party hatten sie hier gefeiert und dabei so einigen Spaß gehabt. Wie in einem Kopfkino spielten sich verschiedene Szenen glücklicher Zeiten bei ihm ab.

Kämmerer lächelte bitter. Im Grunde waren es sehr schöne Zeiten, die er mit seiner Margott hier verbracht hatte. Auch so manche Nacht in dieser Hütte war oftmals so etwas, wie das Salz in der Suppe ihrer Ehe gewesen. Die erotischsten Stunden ihres Beisammenseins hatten sie in diesem Gartenhäuschen erlebt, das konnte man mit Gewissheit sagen. Und genauso konnte man mit Gewissheit sagen, dass es nie mehr so sein würde, wie es einst war. Zu groß war die Kluft zwischen ihm und seiner Frau in den vergangenen Wochen geworden und keiner der beiden war in der Lage, ein offenes Gespräch zu führen, das sachlich aus der Misere führen konnte. Fehlverhalten wurde einzig bei dem anderen gesucht, eigenes Selbstverschulden wurde schlicht verdrängt.

Kämmerer musterte intensiv den dicken Querbalken, der sich über ihm durch das Gartenhäuschen zog. Lange verharrte er so bewegungslos vor sich hin. Unendliche Traurigkeit erfasste dabei seinen Körper, Traurigkeit und Hoffnungslosigkeit, die ihm die Tränen aus den Augen spülen ließen.

Was hat das denn alles noch für einen Sinn?, quälten sich die Gedanken langsam durch seinen Kopf.

Kämmerer setzte erneut die Cognacflasche an und leerte sie in einem Zug. Entschlossen erhob er sich aus dem Sessel und ergriff das aufgerollte Seil, das sich an einem Haken an der Wand befand. Dieses diente ursprünglich zur Befestigung diverser Gartenvorrichtungen, die ein Gärtner so braucht. Unter anderem der Verbindung von Bohnenstangen, um sie vor Wind zu stabilisieren.

Doch nun sollte dieses Seil als Werkzeug dafür dienen, sein Schicksal zu besiegeln, seinem Leben ein Ende zu setzen. Als würden seine Arme und Hände einer Fernsteuerung unterliegen, kramte er das Seil auseinander, zog einen Stuhl unter den Querbalken und befestigte es mit zwei dicken Knoten. Ungefähr einen knappen Meter hing das Seil jetzt noch frei herunter. An diesem Ende formte er eine Schlaufe.

Kämmerer schloss seine Augen, als er seinen Kopf durch die Schlaufe legte und sie anzog. Es war fast ein Gefühl des Trotzes, das ihn umspülte, als er den Stuhl, auf dem er stand, zur Seite trat. Er spürte kaum etwas. Innerhalb eines kurzen Momentes verdunkelte sich sein Umfeld. Es verdunkelte sich für alle Ewigkeit …

***

Margott Kämmerer empfand noch immer Groll auf ihren Mann. Nur langsam beruhigte sie sich. Und je mehr sie sich beruhigte, umso mehr setzte auch das klare Denken ein. Sie dachte nach, über die Sinnlosigkeit, dass man sich gegenseitig zerfleischte. Sie dachte nach, über die eigentliche Dummheit, sich jetzt gegenseitig mit Schmutz zu bewerfen, ohne vorurteilsfrei gemeinsam darüber nachzudenken, wie man aus der bestehenden Misere und der künftigen, harten Zeit herauskommen könnte.

Mit einem Ansatz von friedlichem Lächeln kamen ihr plötzlich sanftmütige Gedanken: Was sind wir beide doch für geistlose Betonköpfe, schoss es ihr versöhnlich durch den Kopf. Und wenn er es nicht tut, dann mache ich halt den Anfang!

Mit völlig veränderter Laune machte sich die Frau auf den Weg zur Gartenlaube, entschlossen, die Scherben aufzukehren und einen Neuanfang zu suchen.

„Gunther“, rief sie schon von Weitem, „lass uns mit dem Blödsinn aufhören!“

Doch im Häuschen blieb es still.

„Ist ja gut“, lachte sie nun, „ich weiß, dass du eingeschnappt bist!“

Noch immer nichts.

„Gunther“, rief sie nun etwas ernster und klopfte zaghaft an der Tür der Laube.

Als nun wieder keine Antwort kam, erfasste sie doch ein wenig die Besorgnis. Langsam öffnete sie die Tür schließlich und erstarrte bei dem Anblick, der sich ihr auftat: Bewegungslos hing ihr Mann vor ihr, der Kopf lehnte leicht zur Seite und die Gesichtsfarbe wirkte fahl, dabei bläulich schimmernd. Seine weit geöffneten Augen quollen aus den Höhlen, als würden sie von innen herausgedrückt.

Voller Entsetzen sank Margott Kämmerer auf die Knie, schlug ihre Hände vors Gesicht und weinte ...

***

„Bin geil, will ficken, Gerd. Gib ihn mir“, forderte Schieber laut. Dabei wirkte das gierige Grinsen des Mannes Furcht einflößend. Jedem wäre bei diesem Anblick der kalte Schauer über den Rücken gelaufen.

„Aber selbstverständlich“, entgegnete Berger und wies höflich zur Zelle Schureckes. Das Unrecht seiner Handlung wurde überdeckt durch die Befriedigung über die Vergeltung, die Bartsch und Schieber für ihn ausübten. „Dein Wunsch soll mir Befehl sein!“

„Mich kannst du auch rauslassen“, rief Bartsch. Der Trieb seiner pervertierten Veranlagung war in ihm erneut entbrannt.

Schurecke und Utikal lagen zusammengekauert auf ihren Pritschen und beteten leise wimmernd, dass diese Torturen alsbald aufhören würden. Die Körper beider schmerzten unendlich, waren geprägt von Pein, Folter und Misshandlung und überall mit Bissen, blauen Flecken und Kratzwunden übersät.

Schurecke zuckte vor Panik zusammen, als ihm bewusst wurde, dass die Tortur an ihm fortgesetzt werden sollte. Vor Schmerzen gepeinigt richtete er sich mühsam auf und stammelte leise: „Ich flehe Sie an, Berger: Bitte, bitte nicht!“

„Weißt du denn mittlerweile die Namen meiner Kinder, die ihr geschändet habt?“, fragte Gerhard Berger mit einem Ton, der seine ganze Erbarmungslosigkeit ausdrückte.

„Ronja und Marcus …“, hauchte Schurecke winselnd.

„Oha, es geht doch“, sagte Berger zufrieden.

„Heißt das, dass Sie mich jetzt verschonen werden?“, presste Schurecke voller Naivität hervor. Ihm selbst war klar, dass es mehr Wunschdenken war.

„Warum sollte ich euch jetzt verschonen?“, fragte Berger. Die Forderung schien ihm beinahe unverschämt.

„Weil es unmenschlich ist, was Sie uns antun“, jammerte Schurecke.

„Unmenschlich?“ Berger konnte es nicht fassen, was er da hörte. „War es denn menschlich, was ihr mit meinen Kindern gemacht habt!?“

„Es tut mir so unendlich leid“, weinte Schurecke nun hemmungslos. „Sie haben sich doch an uns gerächt, jetzt kann es doch gut sein!“ Er hoffte nun wirklich, dass sich Berger erbarmen könnte.

„Nein“, sagte Berger mit gnadenloser Stimme. „Noch ist nichts Gleichwertiges, zu dem was ihr getan habt, vollzogen worden!“

„Er war es“, rief Utikal von der Nebenzelle her. Auch sein Gesicht war von Todesangst gezeichnet, von dem Bewusstsein, dass er anschließend dran war.

Erstaunt wandte sich ihm Berger zu: „Und du hast nichts getan?“, fragte er gefährlich leise. „Du hast keines meiner Kinder angerührt …?“

„Nein“, log Utikal. „Ich habe die Kinder lediglich festgehalten, vergangen an ihnen hat er sich!“

„Du verdammter Lügner“, empörte sich Schurecke. „Du hast genau das Gleiche gemacht wie ich! Nicht mehr und nicht weniger!“

„Das stimmt doch gar nicht!“ Utikal war im Begriff, den Verstand zu verlieren, das war offensichtlich. Die Todesangst mochte seinen Geist umnachten und seine Lügen schienen für ihn die Realität zu sein.

Wut durchfloss den Körper Bergers. Es war der Zorn und die Verachtung gegenüber Utikal, der mit einer derart plumpen Lüge versucht war, seine Haut zu retten.

„Stopp“, sagte er zu Bartsch und Schieber und deutete dabei zu Utikal. „Zuerst ihn!“

Man hatte in diesem Moment das Gefühl, die Augen des Entsetzens würden aus den Augenhöhlen des Mannes quellen.

„Neiiin“, schrie Utikal, als Bartsch und Schieber sich umwandten und nun grinsend auf ihn zukamen.

„Uns ist es gleich, Gerd, wen wir uns zuerst vorknöpfen“, sagte Bartsch genüsslich.

„Ficken, will ficken“, geiferte Schieber mit schauriger Stimme.

„Dann möchte ich aber Höchstleistungen von euch sehen“, entgegnete Berger noch immer erzürnt. Es war schon erstaunlich, wie schnell sich der Charakter eines Menschen der Situation anpassen konnte. Berger war im Grunde selbst über sich erschrocken, mit welcher Brutalität und mit welchem Wohlwollen er in seiner Rache schwelgte.

„Ins Maul piss ich dich“, fletschte Schiebers Stimme vor perverser Erregung. „Ins Maul pissen ...“

„Gnade, Berger, um Himmels willen, Gnade“, schrie Utikal, als Bartsch und Schieber grinsend näher auf ihn zuschritten.

Brutaler und widerwärtiger kann man mit einem Menschen nicht umgehen, als es Bartsch und Schieber nun taten. Wie die Tiere fielen sie über Utikal her, der nur zu Beginn abwehrende Bewegungen machte. Doch er war chancenlos und verlor schnell das Bewusstsein. Sein Körper war schon zu sehr geschwächt, um die Gräueltaten länger zu ertragen.

Berger wandte sich angeekelt ab. Was er das sah, war selbst ihm zu viel ...

XI.

Im Polizeirevier herrschte Hochbetrieb, das Telefon stand nicht still. Die Leitungen waren derart überlastet, dass selbst Popp darüber nachdachte, sich ein paar Tage freizunehmen. Er hatte schlicht keinen Bock mehr, der Habgier anderer frönen zu müssen. Alle wollten Gerhard Berger gesehen haben, oftmals in Begleitung von Bartsch und Schieber oder Schurecke und Utikal. Manche Anrufer hätten sogar alle fünf gleichzeitig erblickt. Einer gab sogar an, mit ihnen zusammen essen gewesen zu sein.

„Es reicht langsam“, schimpfte er und schmiss das Mobiltelefon auf den Tisch.

„Ruhig, bleiben, Mucke“, meinte Pimpelkamp, obwohl er selbst nicht weniger genervt war.

„Ist doch war“, schimpfte Popp verärgert los. „Wieder so ein Verstrahlter, der behauptete, alle fünf im Kino gesehen zu haben. Der besaß auch noch die Frechheit, mir seine Bankverbindung durchgeben zu wollen, damit wir das Geld überweisen können! Kannst du dir das vorstellen?“

„Seit dieser Josef Schurecke eine schlappe Million als Belohnung ausgesetzt hat, knallen die Leute einfach durch“, entgegnete Pimpelkamp achselzuckend. „Das ist ’ne Stange Geld für den Otto Normalverbraucher!“

„Nicht nur für die“, meinte Popp noch immer erregt. „Auch ich wäre da nicht abgeneigt, fürwahr!“

„Insofern ist diese Hysterie doch irgendwie verständlich.“

„Würden wir jedem Hinweis nachgehen, hätten wir keine Leute mehr für den normalen Betrieb“, schimpfte Popp, der sich einfach nicht beruhigen konnte.

„Und wenn einer der Hinweise dann doch stimmen sollte?“

„Blödsinn! Der Berger sitzt in irgendeinem Bunker und hat sich von der Außenwelt abgeschottet. Der wird weder ins Kino gehen, noch ins Theater noch sonst wo hin. Der hatte die ganze Aktion super geplant und Vorräte angelegt. Der wird sich hüten, vor die Tür zu gehen, bis er mit allem fertig ist.“

„Apropos Bunker“, wandte Pimpelkamp ein. Dabei schnipste er mit den Fingern, als wäre er gerade erleuchtet worden. „Wir sind bisher immer von einem abgelegenen Anwesen wie Restbauernhof oder einsame Waldhütte ausgegangen. Wie wäre es denn mit einer versteckten Bunkeranlage? Irgendwas aus dem Zweiten Weltkrieg, das in Vergessenheit geraten ist und von ihm reaktiviert wurde?“

Popp dachte nach. Was Pimpelkamp da sagte, war gar nicht so abwegig.

„Nun, was hältst du davon?“, drängte dieser.

„Es wird wohl Tausende davon geben. Und welche davon wären noch nutzbar?“

„Das ließe sich feststellen.“

Popp nickte: „Du wirst dich jetzt sofort mit jemandem von der Bundeswehr in Verbindung setzen. Es wird sicherlich Lagepläne und derzeitige Zustandsberichte über so etwas geben. Telefoniere dich durch, bis du jemanden an der Strippe hast, der hiefür kompetent ist!“ Die schlechte Laune Popps war plötzlich der Anspannung gewichen.

„Und was ist mit den vielen Anrufen, die hier ankommen? Ich denke mal, dass da noch einiges an Hinweisen kommen wird!“

„Da setze von mir aus dran, wen du willst. Dort hinten sitzen doch genug Kollegen, die sich mit den Spinnern unterhalten können!“

Pimpelkamp verharrte plötzlich. Es sah komisch aus, wie er im Bewegungsablauf wie eine Wachsfigur stehen blieb.

„Irgendwas mit deiner Verdauung nicht in Ordnung, Holger?“, meinte Popp und schaute ihn skeptisch von der Seite an.

„Moment“, entgegnete Pimpelkamp und hob dabei den Zeigefinger.

„Kommt’s dir gerade oder was?“ Popp fühlte sich veräppelt.

„Die Prospekte, ja, die Prospekte!“ Pimpelkamp schien richtig aufgeregt.

„Soll ich für dich einen Termin bei der Betriebsärztin machen?“, fragte Popp besorgt.

„Mensch, Mucke! Als wir das Haus von Berger durchsucht hatten: Kannst du dich daran erinnern, dass wir in einer Schublade die vielen Prospekte gefunden hatten?“

„Ja, Aymanns hatte darauf hingewiesen, dass Berger oft Kurzausflüge mit seiner Familie machte. Und er selbst hatte mit seinen Lieben dann und wann auch daran teilgenommen. Warum fragst du?“

„Ich glaube, da so ein Prospekt über eine Bunkeranlage gesehen zu haben, in der regelmäßig Führungen stattfinden“, nickte Pimpelkamp richtig aufgeregt.

„Ich denke mal, dass sich Berger nicht gerade dort aufhält, wo Führungen stattfinden“, zweifelte Popp.

„Das nicht, aber wenn in der Nähe noch weitere Anlagen sind? Als so etwas gebaut wurde, errichtete man in der Regel mehrere Anlagen. Ich könnte mir vorstellen, dass das zumindest eine Spur ist, der es sich nachzugehen lohnt!“

Popp überlegte: „Was du da sagst, das hat wirklich was“, sagte er schließlich. „Weißt du noch, wo das war?“

„Keine Ahnung. Ich hatte die Prospekte nur kurz in der Hand, weil ich mir nichts dabei gedacht hatte.“

„Versuch dich zu erinnern!“ Die Anspannung in Popp wuchs zusehends. „Wenigsten ungefähr, wo das war!“

„Tut mir leid, Mucke. Das ging einfach zu schnell, als ich den Prospekt wieder zurücklegte.“

„Dann lass uns mal rasch zu Bergers Haus fahren, es ist ja versiegelt. Auch wenn das eine Spur ist, die im Sand verläuft, es ist immer noch besser, als sich hier mit den Hirnrissigen am Telefon zu quälen.“

In diesem Moment kam Kuschnickel zur Tür herein. Dabei wirkte sein Gesicht sehr ernst.

„Was ist denn mit dir los, Benno?“, fragte Popp besorgt.

„Schlechte Nachrichten“, entgegnete der Mann von der SPUSI knapp.

„Erzähl“, forderte ihn Popp gespannt auf.

„Kämmerer ist tot“, kam die knappe Antwort.

Popp und Pimpelkamp schauten sich betroffen an. Diese Nachricht mussten sie erst mal verarbeiten.

„Was ist passiert?“, fragte Popp schließlich. Dabei war es offensichtlich, dass sich seine Ergriffenheit durchaus in Grenzen hielt.

„Er hat sich aufgehängt. Einfach so mit einem Strick in seinem Gartenhäuschen.“

„Wann?“

„Gestern Nachmittag. Seine Frau fand ihn dort, nachdem sie eine heftige Auseinandersetzung hatten, wie sie sagte. Wird wohl um seine innige Freundschaft zu den Schureckes gegangen sein und den Folgen, die sie jetzt zu tragen haben. Denk ich jedenfalls mal.“

„Hat er einen Abschiedsbrief hinterlassen oder sonst ein Bekenntnis?“

„Nicht, dass ich wüsste“, entgegnete Kuschnickel schulterzuckend.

Popp nickte Pimpelkamp zu: „Was hätte er auch schreiben sollen? Eigentlich hat er es sich recht einfach gemacht. Anstatt sich der Öffentlichkeit zu stellen, hat er sich lieber selbst gerichtet …

***

Es müffelte schon ein wenig im Hause Bergers, als sie es betraten. Seit Tagen waren alle Türen und Fenster verschlossen und von der Polizei versiegelt worden. Insofern war es logisch, dass sich ein Muff gebildet hatte, den die Kommissare jetzt wahrnahmen.

Gezielt gingen Popp und Pimpelkamp zu jenem Schrank, in dem die Prospekte lagen. Schnell hatten sie den Prospekt herausgesucht, der sie zu Bergers Versteck führen sollte.

„Führungsbunker der Bundesregierung“, nickte Popp zufrieden. „Seinerzeit noch von Adenauer in Auftrag gegeben. Ein ganzer Berg wurde kilometerweit wie eine Stadt mit Tunnelanlagen hergerichtet.“

„Ein Milliardenprojekt“, fügte Pimpelkamp hinzu. „Atombombensicher für den Kriegsfall gebaut.“

„Und jahrzehntelang getarnt und als streng geheim eingestuft“, setzte Popp das Gespräch philosophisch fort. „Über zwanzig Kilometer ist das komplette Ausmaß der Anlage, einfach gigantisch!“

„Viel ist laut diesem Prospekt wohl nicht mehr intakt“, meinte Pimpelkamp skeptisch.

„Richtig. Nach Beendigung des Kalten Krieges erschien die Unterhaltung der Anlage nicht mehr sinnvoll. Der Betrieb und die Instandhaltung waren einfach zu teuer geworden und auch nicht mehr nötig. Insofern baute man für zig Millionen alles, was dort installiert wurde, wieder zurück. Bis auf einen kleinen Teil, der als historisches Überbleibsel für die Öffentlichkeit erhalten wurde und zu besichtigen ist. Gegen Eintritt natürlich, versteht sich.“

„Und du denkst, Berger könnte sich dort versteckt halten?“, fragte Pimpelkamp zweifelnd.

„Dort natürlich nicht, die Gegend und die gesamten Zufahrtswege sind viel zu frequentiert, als dass Berger nicht aufgefallen wäre.“

„Also werden wir nachforschen, ob dort in der Nähe noch weitere Projekte ähnlichen Charakters errichtet wurden“, setzte Pimpelkamp Popps Gedanken fort.

„Und davon bin ich überzeugt“, meinte Popp entschlossen. „Mit Sicherheit sind dort im gewissen Umkreis noch weitere Anlagen errichtet worden, deren Existenz möglicherweise noch geheimer war, als der Führungsbunker. Dafür sind die Deutschen viel zu gründlich, als dass sie für alle Eventualitäten nicht mehrfache Sicherheiten installiert hätten. Je gründlicher und kostspieliger, desto besser!“

„Was das alles gekostet haben mochte …“

„Darauf kannst du Gift nehmen! Unsere Regierung hat sich da nie lumpen lassen!“

„Der Steuerzahler hat es ja“, schloss sich Pimpelkamp lachend an.

„Du sagst es! Wir werden gleich, wenn wir wieder im Revier sind, alle Hebel in Bewegung setzen, die notwendig sind.

Militär, Fremdenverkehrsamt, das gesamte Programm. Möglicherweise befinden wir uns auf dem Holzweg und Berger tummelt sich ganz woanders. Doch irgendwie habe ich ein gutes Gefühl bei der Sache und mein Gefühl täuscht mich eigentlich selten."

„Machen wir", stimmte Pimpelkamp zu und beugte sich nochmals zur Schublade hinunter. Dabei kramte er in den Haufen Papieren herum, die weit hinten lagen. Von ganz unten zog er schließlich eine Landkarte mit recht großem Maßstab hervor.

„Was hast du denn da?", fragte Popp interessiert.

„Weiß nicht, mal sehen." Pimpelkamp faltete das Teil auseinander und pfiff nach einem kurzen Moment erstaunt durch die Zähne: „Na, schau mal her, was haben wir denn da!"

„Donnerwetter!" Popp entriss ihm fast das Papier und starrte gebannt darauf.

„Das kann man wohl sagen!"

„Ich glaube, mein Gefühl hat mich nicht getäuscht", triumphierte der Hauptkommissar fast. „Besser könnten wir es wirklich nicht haben!"

„Mein Gott, sind wir blöd gewesen", meinte Pimpelkamp. „Dass wir die Karte nicht schon vor ein paar Tagen gesehen hatten. Ein wunderbarer Lageplan, eingekreist nach Planquadrat und eine Anfahrtsskizze!"

„Mit allem Drum und Dran", schloss sich Popp an.

„Wie ist das nur möglich, dass man uns diese Einladung hier beschert?"

„Die muss Berger vergessen haben, als er das Haus verließ. Er wusste, dass wir sein Haus auf den Kopf stellen würden. Ich kann mir nicht vorstellen, dass er sie bewusst hier liegen gelassen hat!"

„Dann kann der Wettlauf ja beginnen", meinte Pimpelkamp aufgeregt.

„Du sagst es", entgegnete Popp. Dabei fieberte seine Stimme beinahe vor Erregung. Rasch griff er zu seinem Handy und verständigte das Sondereinsatzkommando. Dieses SOKO war eigens dafür geschult, außergewöhnliche Einsätze durchzuführen.

„Ich denke, unser Freund Berger wird in absehbarer Zeit Besuch bekommen“, sagte Popp, nachdem er das Gespräch beendet hatte. „Bin jetzt schon gespannt darauf, was wir dort vorfinden werden!“

„Sofern er dort auch wirklich anzutreffen ist“, wandte Pimpelkamp ein.

„Davon sollten wir eigentlich ausgehen. Wenn das SOKO den Sturm des Bunkers schnell organisiert, dürfte der ganze Spuk in einer guten Stunde zu Ende sein.“

„Dann lass uns mal zusehen, dass wir uns schnell auf den Weg in die Eifel machen“, drängte Pimpelkamp mit erleichterter Stimme. „Zwar wird schon alles vorbei sein, wenn wir dort ankommen, die Nachwehen möchte ich aber doch schon mitbekommen!“

„Richtig, auf geht's!“

***

Es herrschte gespenstische Ruhe im Bunker. Bartsch und Schieber schliefen fest auf ihren Schlafstellen, während Schurecke leise wimmernd auf seiner Pritsche lag und sich den Bauch hielt.

Er hatte Schmerzen, starke Schmerzen. Sowohl seine Gliedmaßen taten ihm furchtbar weh als auch jene Stellen, an denen er geschlagen, gekratzt, gebissen und getreten wurde. Sein gesamter Körper hatte den Anschein einer offenen Wunde, an dem aus mehreren Stellen das Blut austrat oder verkrustet anhaftete. Die meisten Schmerzen jedoch bereiteten ihm der Unterbauch sowie der Darmausgang. Höllisches Brennen und Krämpfe empfand er derart intensiv, dass er glaubte, dass man ihm ein glühendes Eisen einführte. Hinzu kam noch die Schwäche, die seinen ausgezehrten Körper erfasst hatte und ihm das Gefühl gab, dass er unmittelbar davorstand, das Bewusstsein zu verlieren.

Utikal hingegen lag still da und stierte mit glasigen Augen zur Decke des Bunkers. Das Gesicht war abnorm dunkel gerötet und sein Körper nicht weniger geschunden als der von Schurecke.

Trotzdem wirkte Utikals Erscheinung anders als die von Schurecke, einfach noch hinfälliger und erheblich besorgniserregender. Sein Antlitz machte einen apathischen Eindruck, ohne jeden Ausdruck von Schmerzempfinden.

Gerhard Berger bemerkte das und musterte den Mann eindringlich. Er schritt auf ihn zu und rüttelte ihn heftig am Arm. Keinerlei Reaktion, Utikal stierte weiterhin zur Decke und reagierte auf keinerlei Reize. Dann legte Berger ihm die flache Hand auf die Stirn, um sie beinahe erschrocken wieder zurückzuziehen. Der Mann musste extrem hohes Fieber haben, denn seine Hautoberfläche war glühend heiß. Berger nahm Utikal und drehte ihn kurz zur Seite. Dabei sah er, wie ein braun-blutiges Sekret aus seinem After floss.

Das muss ein Darmriss sein, dachte Berger. Dabei hielt sich sein Mitleid eher in Grenzen. Fast hätte er sich selbst zugeben müssen, dass er dabei Wohlwollen empfand. Wohlwollen über die Qualen des Mannes, die er ihm zufügen ließ. Genugtuung darüber, dass dieser Mann nun das Gleiche erlebte, was er seinen Kindern angetan hatte, dass nun Vergeltung ausgeübt wurde dafür, dass man ihm seine gesamte Familie genommen hatte. Und Gerhard Berger schämte sich nicht dafür, nun so gehandelt zu haben. Mochte es auch als Unrecht gewertet werden, es war ihm egal.

„Bist du jetzt zufrieden, Gerd?“, kam die Stimme von der Seite.

Erschrocken fuhr Berger herum und schaute in die Richtung, aus der die Stimme kam. Es war Bartsch, der sich von seiner Schlafstelle erhoben hatte und an die Gitterstäbe getreten war.

„Ja“, kam die harte Antwort Bergers. „Fürs Erste bin ich zufrieden.“

„Ich werde verachtet dafür, was die Gesellschaft ‚meinen perversen Trieb‘ nennt, ... richtig?“

„Da muss ich dir zustimmen, Adolf“, gab Berger ehrlich zu.

„Was ich nicht verstehe“, fuhr Bartsch fort, „ist, dass wir beide Befriedigung und Lust empfinden, bei dem, was hier vorgeht. Wieso bin ich jetzt der schlechtere Mensch von uns beiden? Nur, weil ich krank bin, während du Rache ausübst?“

Berger dachte einen Moment nach. Mit derartigen Gedankengängen hatte er sich überhaupt nicht befasst. Schließlich trat er auf Bartsch zu: „Vielleicht, weil man mir alles genommen hat, was ich abgöttisch liebte. Dir hingegen hat man nichts genommen!“

„Man hatte mir erst gar nichts gegeben“, protestierte Bartsch lächelnd. „Den Trieb der Abnormität hab ich mir nicht selbst eingepflanzt. Ich wurde nie gefragt, ob ich ihn haben möchte. Mit dieser Eigenschaft wurde ich von der Natur ausgestattet. Was will man mir vorwerfen?“

Berger atmete tief durch. Irgendwie hatte das, was Bartsch da sagte, etwas in sich, was ihn sehr beeindruckte: „Dann muss da jemand bei der Ausstattung der ‚Extras‘ bei dir einen Fehler gemacht haben, Adolf. Es tut mir unendlich leid für dich, aber ich kann dir darauf leider keine befriedigende Antwort geben.“

***

Josef Schurecke war voller Zorn. Zwar war der Betrag von einer Million Euro für ihn schlicht Kleinkram, den man, wie man so sagt, aus der ‚Portokasse‘ bestreiten konnte, aber darum ging es ihm gar nicht. Die Tatsache, dass seine Frau den Betrag als Belohnung ausloben ließ, ohne mit ihm Rücksprache zu halten, das wurmte ihn doch sehr.

„Was soll das!?“, maulte er seine Frau an. Kurz zuvor hatte ihm Butler Manfred die Nachricht zukommen lassen.

Sofort nahm Elvira Schurecke eine Kampfhaltung an: „Na, und?“, entgegnete sie frech. „Willst du mich jetzt maßregeln?“

„Du kannst doch nicht so einfach eine Million von meinem Konto anderen zur Verfügung stellen“, schimpfte Schurecke.

„Von *deinem* Konto?“, höhnte Elvira. „Du meinst wohl von unserem gemeinsamen Vermögen! Schließlich sind wir beide verheiratet und es geht um das Leben unseres Sohnes!“

„Du wolltest wohl sagen, die Gestalt, die mit meinen Genen herumläuft und für die ich mich schäme?“, spottete Schurecke nun seinerseits.

„Davor und vor der Verantwortung für ihn wirst du dich nicht entziehen können!“ Elvira wurde nun wirklich fuchsig. „Ob es dir passt oder nicht: Er bleibt unser gemeinsamer Sohn!“

„Und wenn ich mich tausendmal wiederholen muss: Ich verstoße und verachte ihn“, schrie Schurecke außer sich. „Dieser Mörder und Kinderschänder hat uns alle ins Unglück gestürzt! Soll er doch seine gerechte Strafe bekommen!“

Josef Schurecke schien unmittelbar davor zu stehen, die Kontrolle über sich zu verlieren.

Elvira schaute ihn nur entsetzt an. Es dauerte einige Momente, bis sie die Fassung wiederfand und leise antwortete: „Einen derartigen Hass hast du auf ihn? Hast du nicht Angst, dass du dich versündigst?“

„Versündigen ...?“, lachte Schurecke gequält. „Versündigt habe ich mich bei seiner Zeugung, sonst nicht!“

„Und die Belohnung? Willst du sie jetzt etwa zurückziehen?“, fragte Elvira fassungslos.

„Die paar Kröten sind mir völlig egal“, schimpfte Schurecke noch immer voller Aufregung. „Peinlich ist mir einzig, dass alle Welt glaubt, ich hätte sie ausgesetzt!“

„Ist das alles, was du zu bemängeln hast?“, fragte Elvira mit fast erleichterter Stimme.

„Ja. Und, dass du vorher nicht mit mir darüber gesprochen hast natürlich ...“, grollte Schurecke, wobei sich seine Erregung zusehends abflachte.

Versöhnlich legte Elvira die Arme um den Hals ihres Mannes. Natürlich liebte sie ihn noch immer, auch, wenn diese Liebe nun erheblich auf die Probe gestellt wurde. Er hatte ja im Grunde recht, das konnte sie nicht bestreiten. Doch das Herz einer Mutter schlägt nun mal anders als das eines Vaters.

„Ich werde jetzt sogleich hingehen und den Vorgang korrigieren lassen. Alle Welt soll sehen, dass ich es war, die die Belohnung ausgesetzt hat“, sagte sie liebevoll.

***

Schon längere Zeit hatte Gerhard Berger immer wieder zu Utikal hinübergeschaut. Seine Atmung war in den letzten Minuten zusehends flacher geworden, es war kaum noch Bewegung in seinem Brustkorb zu beobachten. Auch seine ohnehin glanzlosen Augen schienen mehr und mehr stumpfer und sein Unterkiefer raffte sich zusehends zum Hals zurück. Dabei zog sich seine Unterlippe regelrecht in die Mundhöhle hinein.

Dann stutzte Berger. Utikals Körper wirkte plötzlich völlig starr und bewegungslos. Langsam schritt Berger auf den Mann zu und musterte ihn mit eindringlichen Augen. Schon auf den ersten Blick erkannte er, dass Utikal verstorben war. Seine Annahme, dass der Mann einen Darmriss erlitten hatte und sich daraus eine Peritonitis, was man auch als ‚akuten Bauch' bezeichnete, entwickelt hatte, schien sich zu bestätigen. Berger war als Krankenpfleger einfach zu erfahren, als dass er sich hier irren sollte. Zur Absicherung seiner Annahme beugte er sich über Utikal und versuchte einen Hauch seines Atems wahrzunehmen, was natürlich nicht gelang. Anschließend tastete er noch kurz am Hals nach seinem Puls. Auch hier war nichts mehr festzustellen. Berger nahm Utikals Decke und zog sie ihm über das Haupt.

„Hat er es hinter sich?", fragte Bartsch, der sich auf seiner Pritsche liegend Berger zuwandte.

„Ja, hat er", entgegnete er. Sein Mitgefühl hielt sich dabei in Grenzen. Es war eher das Gefühl, dass nun der Abschluss seiner Aktion nahte, was ihn niedergedrückt erscheinen ließ.

Derweil verfolgte Paul Schurecke den Vorgang aus seiner Zelle heraus. Voller Entsetzen nahm er den Tod seines Kumpanen zur Kenntnis. Ihm war völlig klar, dass ihm das gleiche Schicksal drohte und dass es unabwendbar war. Schurecke zitterte dabei vor Angst am gesamten Körper, denn er spürte, dass es nicht mehr lange dauern sollte, bis er an der Reihe sein sollte.

„Und wie geht es jetzt weiter?", fragte Bartsch noch immer völlig entspannt daliegend.

„Es ist Zeit, die Sache zu Ende zu bringen", entgegnete Berger und wandte sich zu der Zellentür von Egon Schieber. Mit einem kurzen Handgriff entriegelte er sie und sperrte sie auf.

Schieber schaute Berger mit fragenden Augen an. Dabei erhob er sich von seiner Schlafstelle.

„Dein letzter Auftrag, Egon“, sagte Berger zu dem Monstrum und klopfte ihm freundschaftlich auf die Schulter.

Schieber grinste breit: „Ficken!“

„Nein, jetzt nicht mehr“, sagte Berger im befehlenden Ton. „Du wirst den Mann jetzt töten. Hast du verstanden?“ Dabei deutete er auf Schurecke.

„Totmachen“, grinste Schieber. „Werde jetzt totmachen!“

„Dann geh jetzt!“

Paul Schurecke sah Schieber auf sich zukommen. Er konnte sich einfach nicht vorstellen, dass nun das geschehen sollte, was Berger forderte.

„Erbarmen, Herr Berger, bitte haben Sie Erbarmen“, stammelte Schurecke weinend.

„Danke Gott, dass ich dich nicht bei lebendigem Leib verbrennen lasse, wie du es mit meinen Kindern getan hast“, kam die harte Antwort.

„Bitte, bitte nicht, Herr Berger!“

„Ronja und Marcus hießen meine Kinder, wie ich dir bereits sagte“, sagte Berger mit entschlossenen Augen. Seine Stimme klang dabei gnadenlos.

Paul Schurecke konnte nicht mehr antworten. Schieber hatte seine Hände um dessen Hals gelegt und drückte barbarisch zu. Von Sekunde zu Sekunde trübte sich Schureckes Gesichtsfeld ein und schon nach wenigen Momenten verdunkelte es sich. Paul Schurecke starb, fast völlig ohne Schmerzen, ohne dass er dabei den Versuch unternommen hatte, sich zu wehren.

Wie ein Sack ließ Schieber Schureckes Körper, den er beim Würgen zu sich hochgezogen hatte, fallen. Befriedigt wandte er sich zu Berger um und zuckte vor Schreck zusammen. Auch wenn Schieber geistig erheblich behindert war, so wusste er doch, dass Berger eine Pistole auf ihn richtete und dass es nun für ihn selbst gefährlich wurde.

„Mich nicht totmachen, Gerd“, schüttelte Schieber heftig mit dem Kopf. „Nicht machen tot!“

Dann wurde es für Egon Schieber ewige Nacht. Von einer Kugel in die Stirn getroffen, sank er zusammen und fiel wie ein Baum zu Boden.

Adolf Bartsch lag noch immer absolut entspannt auf seiner Pritsche und verfolgte das Schauspiel, als handelte es sich um die Fernsehübertragung eines Fußballspiels. Als Berger nun auf ihn zuschritt, erhob er sich und blickte ihn erwartungsvoll an.

„Und jetzt …?“, fragte er wie beiläufig.

„Kannst du dir das nicht denken?“, meinte Berger, wobei es nicht zu übersehen war, dass es ihm schwerfiel, konsequent fortzufahren.

„Doch, jetzt bin ich dran“, nickte Bartsch gefasst.

„Tut mir unendlich leid, Adolf“, entgegnete Berger. „Ich denke mal, du wirst verstehen, dass ich so handeln muss! Ich kann dich nicht so einfach laufen lassen, auch wenn ich es noch so gerne wollte!“

„Ich weiß, Gerd. Ich bin nun mal eine reißende Bestie, die nicht in diese Gesellschaft passt.“

„So ungefähr“, meinte Berger und hob die Waffe an. Doch er zögerte mit dem Abdrücken, als wollte ihn etwas von seinem Vorhaben abhalten.

„Was ist“, meinte Bartsch, „mach schon!“

„Ich kann nicht, Adolf.“

Bartsch schaute Berger auffordernd ins Gesicht: „Ich hab dich gemocht, Gerd und wollte dir nur helfen, damit du Rache ausüben kannst. Auch für mich macht es keinen Sinn, weiter zu leben. Was soll ich hier noch? Den Rest meines Lebens eingesperrt und geächtet sein?“

Berger blickte Bartsch tief in die Augen und nickte.

„Nur zu, Gerd, schieß endlich!“

Es war fast ansatzweise ein Lächeln bei Gerhard Berger zu beobachten, als er abdrückte. Er verharrte noch längere Zeit in der bewegungslosen Stellung, nachdem Bartsch zu Boden gefallen war.

Schließlich wandte er sich um und musterte den Raum. Abwechselnd blickte er zu den Leichen, die ihn umgaben, und

empfand dabei gleichzeitig ein Gefühl der Befriedigung und der Schuld. Gerhard Berger wusste, dass seine Mission nun beendet war. Er hatte das vollzogen, was er feierlich seinen Liebsten gelobt hatte: Vergeltung!

Berger ging zum Ende des Raumes und setzte sich auf den Boden. Mit dem Rücken lehnte er sich dabei gegen die Wand. Sein Blick erfasste die Lampe, die von der Decke hinunterhing. Langsam hob er die Pistole und führte sie sich zum Mund. Seine Lippen umschlossen dabei den kurzen Lauf der Waffe. Seine Gedanken waren nun bei seinen Liebsten. Es waren Marcus und Ronja, wie sie in seinem Garten unbeschwert spielten und seine geliebte Sabine, wie sie mit ihm zusammen glücklich die Kinder beobachtete.

Und dann zerplatzte das Licht der Lampe, Gerhard Berger hatte den Abzug seiner Waffe betätigt. Der hintere Teil seines Schädels platzte förmlich weg und bespritzte die Wand innerhalb eines Sekundenbruchteils mit einem riesigen Blutfleck …

***

Als Hauptkommissar Popp und Kommissar Pimpelkamp im Bunker erschienen, herrschte dort schon ein reges Treiben. Allein das Durchkommen dorthin zeigte sich dadurch schwierig, weil die engen Zufahrtswege, sofern man sie als solche bezeichnen konnte, durch diverse Einsatzfahrzeuge mittlerweile stark frequentiert wurden. Da ein Ausweichen entgegenkommender Gefährte schier unmöglich war, mussten die Durch- oder Abfahrten regelrecht koordiniert werden, da Drehen oder Wenden außerhalb der Fahrspur auf dem weichen Boden nicht möglich erschienen.

Die Polizeibeamten waren gerade damit beschäftigt, außerhalb des Bunkers Absperrbänder zu ziehen, während im Inneren der Anlage die hiesige Spurensicherung schon recht aktiv mit der Sicherung von Beweismitteln tätig war. Popp hatte regelrecht Mühe, die Leute zu bremsen, da es ihm lieber war, dass Kuschnickel die Leitung hierfür übernahm. Doch bis zu seinem Eintref-

fen dauerte es wohl noch ein wenig und insofern wurde erst mal das Gröbste unternommen.

„Schauriger geht es gar nicht mehr“, meinte Popp zu Pimpelkamp, nachdem sie das Bild, das sich ihnen bot, in sich aufnahmen. Der qualvoll verstorbene Utikal, der erwürgte Schurecke und die erschossenen Berger, Bartsch und Schieber. Es war einzig und allein ein grausamer Anblick, der sich allen darbot. Man sah, dass das Töten in dem Bunker erst kurze Zeit vorher geschehen sein musste, denn die Blutlachen der Erschossenen wiesen noch keinerlei Anzeichen von Gerinnung auf.

„Den Wettlauf haben wir jedenfalls verloren“, seufzte Pimpelkamp. „Möglicherweise nur um wenige Stunden.“

„Minuten könnte man fast sagen, Holger, Minuten“, stimmte Popp zu. „So wie das hier alles aussieht, ist es höchstens zwei Stunden her, dass die Schüsse gefallen sind.“

„Wenn man bedenkt, dass das alles hätte verhindert werden können, wenn wir eher auf die Idee mit dem Bunker gekommen wären …“, sinnierte Pimpelkamp.

„Verhindert? Glaube ich nicht“, schüttelte Popp den Kopf. „Das meiste war doch schon gelaufen, bevor wir die Spur fanden. Erschossen hätte Berger die Leute wohl auch, wenn wir vor der Tür gestanden hätten. Ich glaube nicht, dass man mit ihm irgendwelche Verhandlungen hätte führen können.“

„Ich ehrlich gesagt auch nicht“, pflichtete Pimpelkamp bei. „Und wenn wir ehrlich sind, im Grunde sind jetzt von ihm selbst alle Ungerechtigkeiten korrigiert worden, wozu unser korrupter Justizapparat nicht in der Lage war.“

„Ich gebe dir in jeder Beziehung Recht, Holger“, meinte Popp. „Auch wenn man es nicht laut sagen darf: Schurecke und Utikal haben ihre Strafe bekommen, wie sie gerechter nicht sein kann. Über Recht oder Unrecht dieser Vorgehensweise, können sich die Gelehrten von mir aus die Köpfe heißreden. Mein Mitgefühl für die beiden hält sich jedenfalls in Grenzen, ob ich will oder nicht.“

„Meins auch“, stimmte Pimpelkamp zu. „Die ganze Mauschelei und die Vertuschungen von Kämmerer, Staatsanwaltschaft

und Richter haben sich nicht gelohnt. Alle wollten sie Vorteile für sich und haben dafür sogar schlimmstes Unrecht in Kauf genommen.

„Ich glaube“, fuhr Hauptkommissar Popp fort, „der Mensch ist nicht in der Lage, objektives Recht zu sprechen, weil Habgier und Eigennutz alle noch so guten Ansätze zunichtemachen. Die Entwicklung unseres Gehirns oder Denksystems scheint dafür noch nicht ausgerichtet zu sein.

XII.

Die Nachricht über das, was ihrem Sohn widerfahren war, hatte Elvira Schurecke geschockt. Mit vor Weinen geröteten Augen saß sie da und schüttelte immer wieder mit dem Kopf. Voller Naivität mochte sie einfach nicht wahrhaben, dass ihren ‚kleinen Paul' Derartiges angetan wurde.

Josef Schurecke war zwar nicht weniger entsetzt über die Nachricht, doch hatte er wiederum Probleme damit, seine Frau zu verstehen.

„Worin besteht denn der Unterschied zwischen dem, was dieser Berger getan hat und dem, was Paul verbrochen hat?“, fragte er fast ärgerlich seine Frau. „Beide Taten sind von der Brutalität und der Durchführung doch ähnlich?!“

„Der Unterschied liegt darin, dass Paul unser Sohn ist“, schüttelte Elvira Schurecke ungläubig den Kopf. „Ist es dir denn so gleichgültig, dass der Junge so leiden musste?“

„Wie sehr hatten denn die Kinder Bergers gelitten?“, konterte ihr Mann. „Und wie sehr litten schließlich die Eltern? Sie litten so sehr, dass sich die Frau Bergers sogar das Leben nahm. Und das deshalb, weil wir unseren Ruf nicht beschädigen wollten und unseren Einfluss dazu nutzten, dass unser Sohn und sein Freund unbestraft blieben! Nein, liebe Elvira, das Unrecht ist auf unserer Seite und wir, oder besser gesagt unser Sohn, hat den ersten Stein geworfen und wir unterstützten ihn dabei!“

„Unser Sohn war krank, Josef“, protestierte Elvira. „Er hatte einen Trieb in sich, den er sich nicht selbst ausgesucht hat!“

„Das gab ihm jedoch nicht das Recht, sich an den kleinen Kindern zu vergehen! Dann gäbe es auf dieser Welt ja nur noch Opfer und keine Täter mehr!“

„Trotz allem hat es diese Nervenklinik zu verantworten, dass unser Sohn nun tot ist“, meinte Elvira Schurecke entschlossen. „Sie war schließlich dafür verantwortlich, dass jene Männer, die sich so bestialisch an unserem Sohn vergangen haben, die Gelegenheit dazu hatten!“

„Und was willst du jetzt tut?“

„Na, verklagen werden wir sie, was meinst du denn?“

„Nichts werden wir unternehmen“, entgegnete Schurecke unbeugsam. „Das fehlte jetzt noch, dass wir Strafe fordern dafür, dass sich jemand an unserem Sohn vergangen hat, der selbst nicht weniger Böses verbrochen hat. Niemals werden wir das tun, niemals! Unser eigen Fleisch und Blut hat schon genug Unrecht getan!“

Elvira Schurecke dachte nach. Und je mehr sie nachdachte, desto mehr kam sie zu der Überzeugung, dass ihr Mann im Recht war.

Schurecke bemerkte das Gedankenspiel seiner Frau und fuhr beherzt fort: „Gerhard Berger hat sich schließlich nur genommen, wozu die Rechtsprechung nicht in der Lage war zu geben. Was er tat ist im Alten Testament vorgegeben: ***Auge um Auge, Zahn um Zahn!***“